COLLECTION FOLIO

Paula Jacques

Au moins il ne pleut pas

Gallimard

Née au Caire, Française de culture et de passion, membre du jury du prix Femina, Paula Jacques est productrice sur France Inter du magazine culturel *Cosmopolitaine* depuis 1999. Romancière, elle est l'auteure, entre autres, de *Deborah et les anges dissipés* (prix Femina 1991), *Gilda Stambouli souffre et se plaint…* (2002) et *Rachel-Rose et l'officier arabe*.

À Victor, mon frère
et à Eglal Errera

À l'aube des soleils et des étoiles,
Tu verras le triomphe des festins de joie
Et le retour de ta rayonnante jeunesse.

RUTH SCHREIBER

PREMIÈRE PARTIE

1959

1

Alors, enfin, en début d'après-midi, le *Macedonia* s'engagea dans la baie de Haïfa. Le ciel était gris, on l'aurait dit de la même couleur que la mer. Il faisait froid. Le vent soufflait en rafales sur les immigrants massés le long du pont supérieur. La première impulsion de Solly fut d'aller prévenir sa sœur qu'on était arrivé enfin, c'était pas trop tôt. Pauvre Lola. Elle n'avait pas supporté la mer interminable durant quatre jours. Solly resta un instant accoudé à la rambarde afin de savourer les dernières bouffées de la dernière cigarette de son paquet. En se penchant pour jeter son mégot par-dessus bord, il vit un petit truc jaune allongé qui tournoyait léger et insouciant des vagues qui allaient l'engloutir. Quelqu'un, une femme, le tira par le bras en arrière : « Fais attention habibi, fais attention à toi. » Il la remercia, les femmes marocaines sont vraiment maternelles, et il se dirigea vers l'escalier qui menait à l'entrepont. La cabine sentait mauvais. Lola ne dormait pas. Allongée sur la couchette, elle lisait à la mince lumière du plafonnier.

Quand ils montèrent au pont supérieur, le *Macedonia* avait stoppé ses machines. À la vue du port, une longue ligne noire sous le ciel gris, un grand enthousiasme s'empara de l'atmosphère. Les immigrants étaient fous de bonheur. Ils riaient, ils priaient, ils pleuraient, ils s'enlaçaient et s'embrassaient les uns les autres.

Solly et Lola Sasson ne se mêlaient de rien. Ils se tenaient à l'écart, ni joyeux ni pleins d'espoir. Pour eux, débarquer à Haïfa ou à Zanzibar, ils ne voyaient pas la différence. Enfin, on verra bien, dit Solly, histoire de dire quelque chose de rassurant. De toute façon, ça ne pouvait pas être pire que ce qui était arrivé déjà et Lola dit oui, ça ne pouvait pas être pire.

Deux heures s'écoulèrent avant de pouvoir mettre pied à terre. Les autorités du port puis les douaniers montèrent vérifier les papiers des immigrants. Ensuite arriva un homme très roux, très grand, vêtu d'un pantalon et d'un pull-over kaki. Il se présenta. Le Haver Boaz, le délégué de l'Agence juive chargé de l'accueil des passagers du *Macedonia*. Il parlait aussi bien le français et l'arabe populaire. À la façon dont il se tenait, droit sur le plus haut barreau d'une étroite échelle en fer, on lui voyait l'habitude du commandement. Il fit un discours mi-arabe mi-français sur les droits au travail, à la santé, à l'éducation, à la liberté et à la dignité des nouveaux arrivants, des droits dont ils avaient été privés dans presque tous les pays arabes. Au contraire, dans le jeune État hébreu… Ses paroles se noyèrent dans le tumulte des passagers en frénésie. On débarquait. Et tandis que les immigrants se ruaient vers la passerelle, le Haver Boaz les exhortait au calme et à la discipline.

Une fois à quai, après quatre jours de navigation houleuse, la terre ferme dansait sous les pieds des immigrants. C'étaient la joie, l'émotion, les prières qui les soulevaient d'une vie légère au-dessus du sol huileux et gras. Des coups de sifflet partaient pour rassembler et ordonner la cinquantaine de familles aux innombrables enfants. Des policiers les dirigèrent tant bien que mal (toutes ces valises à se coltiner, les balluchons, les paniers d'osier, les nattes en paille, les matelas roulés, les bassines, les casseroles, les réchauds à alcool, les poussettes, les berceaux, la marmaille pleurnicharde et ensommeillée) vers une zone de parcage. Un grand carré entouré de barrières métalliques où on viendrait les chercher pour procéder aux formalités d'enregistrement des nouveaux *olim*, des immigrants en hébreu.

La zone de parcage souffrait à contenir autant de familles nombreuses lestées des bagages de toute une vie. L'air puait le pétrole et le hareng salé. Le vent d'hiver soufflait et s'infiltrait entre les barrières. Les gosses chouinaient dans les bras débordés des mères. L'espace manquait aux plus grands résolus à se dégourdir les jambes. On ne savait plus où se mettre. Là, derrière un gros container, il y avait une bâche posée à même le sol. Solly empila une valise sur l'autre et ils s'assirent dessus. Une sale petite pluie s'était mise à tomber.

Les vêtements bien épais pourtant se remplissaient d'humidité. Lola était couverte de froid. Ses longs cheveux noirs lui collaient aux joues et il n'y avait plus aucune lueur dans ses yeux bleus. Solly passa un bras autour des épaules de sa sœur. Il ouvrit son manteau, il l'attira dans sa chaleur à lui. Ils se serrèrent l'un contre l'autre, en se tenant les mains comme des enfants perdus, sans parents, sans consolation, sans rien savoir du monde sur lequel ils venaient d'atterrir.

Solly aura quatorze ans le mois prochain : le 17 février, exactement. Lola est de treize mois son aînée. Des deux pourtant, c'est lui qui paraît le plus âgé. Il a vieilli d'un seul coup après l'accident de voiture des parents. D'un seul coup son visage a changé et son cœur s'est fermé. Pendant l'enterrement, lorsque le rabbin avait prononcé des discours et des paroles d'adieu, il n'avait pas pleuré. Pas même une larme. Il ne sentait rien et il ne pensait à rien. Il s'étonnait lui-même de ne rien éprouver pour tout ce qui l'avait lié à ses parents et pour tout ce qui l'en séparait à présent.

Son cœur s'est endurci parce qu'il n'est pas du genre à se retourner sur le passé. Il est du genre à aller de l'avant. Lola peut compter sur lui pour prendre les décisions qu'il faut, en cas de problème grave et dans l'attente de nouvelles catastrophes. D'ailleurs la loi est formelle à ce sujet : si deux mineurs se retrouvent orphelins, c'est au garçon d'occuper la place de chef de famille. C'est à lui de se porter responsable de sa grande sœur. Lola est une fille rêveuse, perdue sur la planète de ses romans – Solly ne comprend pas le plaisir qu'elle prend à lire, lire, lire des histoires inventées. Elle ne s'intéresse qu'à ça dans la vie. Elle manque totalement de sens pratique. Elle se noierait dans un verre d'eau, si on la laissait faire. Intelligente, jolie, douée pour les études, d'accord, mais à part ça. Une mollesse de caractère incroyable ! Le vent peut souffler à droite, à gauche, elle se laisse pousser par les événements. Que deviendrait-elle sans un frère pour la protéger et la guider dans un pays cordial et sympathique, espérons-le, mais qu'on n'a pas vraiment choisi ? Où l'on vous a débarqué comme un sac de pommes de terre qui n'a pas eu voix au chapitre ? Une chose est sûre : les orphelins ne sont aimés de personne, pas même de ceux qui leur sont proches par le sang. Après la mort des parents, les oncles et les tantes s'étaient réunis en comité de famille pour décider du sort des orphelins qui leur restaient sur les bras. La réunion se passait chez l'oncle Maurice, le plus jeune frère de maman, hors de la présence des enfants bien sûr. Solly avait tout entendu derrière la porte du salon, laissée ouverte par inadvertance. Le conseil de famille avait commencé par casser du sucre sur le dos de papa. Qui se croyait quelqu'un avec sa fabrique de robinetterie et ses costumes trois pièces, ses chaussures deux tons, ses gilets à boutons de nacre. Et dépensier avec ça. À l'arrivée des temps difficiles, quand les oncles se voyaient dépouillés légalement de leur travail, leurs papiers, leur sécurité, papa avait continué de jeter l'argent par les fenêtres. Sans songer à garder une poire pour la soif de ses enfants. Alors les avoir à charge, maintenant, n'était pas une mince affaire. Maintenant que l'étau se resserrait autour des oncles et des tantes, une immense peur du lendemain leur broyait le cœur. Parce que chacun avait ses propres enfants à éduquer et que tout le monde sans exception émigrait, en France, en Amérique, en Argentine. Dans un pays en tout cas où l'on n'a pas besoin d'assécher les marais, de travailler la terre et de défendre sa patrie contre les Arabes. Seuls les pauvres, les vieux, les orphelins de père et de mère échouaient en Israël. Parce que c'était l'unique solution pour les dépourvus de chance et d'argent. L'Agence juive vous payait le voyage, disaient les oncles et les tantes, et elle assurait tous vos besoins au centuple. À contrecœur mais unanimement, le conseil de famille avait pris la décision de confier Solly et Lola à l'Agence juive. Nous vous les donnons, prenez-les et faites-en ce que vous voudrez, ce n'est plus notre affaire maintenant.

— Ils vont nous faire attendre encore longtemps ? dit Solly. Je vais me balader un peu, voir ce qui se passe. Toi, tu restes là, tu gardes les valises.

— Non, reste avec moi, s'il te plaît.

— Ça ne va pas ? Tu as froid ? Tu trembles on dirait.

— Ça va. Je viens avec toi, je ne veux pas que tu t'en ailles !

— Juste un moment, lâche-moi enfin, et fais attention aux valises !

Ce qu'elle pouvait l'agacer des fois. Solly partit faire le tour des barrières où se pressaient les gens, de plus en plus énervés. Ça commençait à bien faire. Tu parles d'un accueil ! Sans boire, sans manger, sans même une boisson chaude pour les enfants ! Les policiers ne répondaient ni aux plaintes ni aux injures, ils devaient avoir l'habitude des immigrants déboussolés. Chose étrange, remarqua Solly, l'uniforme du policier israélien avait été copié sur celui du policier égyptien. Même couleur, même béret ! Il y avait aussi une femme flic. Solly l'observa, aussi étonné que s'il avait vu une guenon enrôlée dans la police. Un type n'arrêtait pas de le regarder lui, avec beaucoup d'intérêt. Comme un drôle d'animal enfermé derrière des barreaux. Le type s'approcha, le sourire aux lèvres. Un jeune dans la vingtaine avec une bonne bouille, un gros nez carré, des cheveux blonds coiffés en banane, à la mode d'Elvis Presley, un beau blouson de cuir noir. Ils se serrèrent la main.

— Shalom. Comment tu t'appelles ? Moi, c'est Gabriel, Gabriel Rosenthal, mais on m'appelle « Georgie » dans les milieux artistiques. Je suis chanteur, je chante du Georges Brassens, d'où Georgie, tu saisis ? Et toi, tu viens d'où ?

— Du Caire. T'aurais pas des cigarettes ?

Non, mais le type tira un paquet de chewing-gums de la poche de son blouson de cuir avec un tas de fermetures éclair. Solly avait terriblement envie d'un blouson comme le sien. Ils bavardèrent.

Ce Georgie se contentait à vrai dire de poser des questions et d'écouter les réponses. En peu de mots, car il détestait raconter sa vie, Solly dévoila la série de circonstances qui les avait amenés, sa sœur et lui, à émigrer en Israël.

— Mais alors, vous êtes seuls tous les deux, ta sœur et toi ? Vous n'avez personne, pas de famille, pas d'amis pour vous attendre à la descente du bateau ?

— Personne. Sauf l'Agence juive, voilà tout.

— L'Agence juive ?

Georgie emplit son visage de pitié. Il prit la main de Solly et, l'air immensément peiné, il lui donna de l'avenir une vision de cauchemar.

Comme quoi l'Agence juive en charge des orphelins avait la sale habitude de séparer les enfants d'une même famille. D'envoyer l'un dans un mochav de Tibériade par exemple et l'autre dans un kibboutz du fond du Néguev.

— Ils vont nous séparer ? Ils nous auraient fait venir pour nous faire souffrir comme ça, sans raison valable ? Ce n'est pas logique.

— C'est la logique de l'Agence juive.

— Tout plutôt que ça. La mort plutôt que ça. Nous nous sommes juré de ne jamais nous séparer, jamais de la vie.

— Faudra bien ! À moins que… Non, je ne sais pas si t'en seras capable…

— À moins que quoi ?

— Écoute, t'as combien de fric sur toi ?

— Je ne sais pas, une centaine de dollars, pas plus.

Georgie lui fit « approche ! » et, tout bas, il lui expliqua comment faire pour échapper au sort des mineurs et des orphelins. Ne pas avouer son âge. Ne pas présenter ses papiers d'identité. Prétendre avoir une famille d'accueil, un cousin, un ami prêt à vous héberger. Solly écouta, réfléchit, s'interrogea sur tout le bien que ce Georgie semblait lui vouloir. Aurait-il rencontré un ange tombé du ciel de Haïfa ? Un voyou qui aurait reniflé son argent ? Un pédé chasseur de jolis garçons ? Toutes les mises en garde de ses parents contre les sales dégénérés lâchés dans les rues du Caire lui revinrent à l'esprit.

— C'est gentil de ta part, mais pourquoi ? Je ne comprends pas pourquoi tu veux m'aider.

— Quand je peux aider quelqu'un, je l'fais, c'est tout.

— Mais pourquoi es-tu venu me trouver moi, spécialement, parmi tous les autres du bateau ?

— Parce que t'es différent des autres.

— Qu'est-ce tu veux dire, différent des autres ?

Georgie ne répondit pas. Son doigt se mit à frétiller en direction de la foule des immigrants venus du Maroc. Il rit. Son gros nez se plissait quand il riait. Son front était blanc là où une casquette l'avait protégé du soleil. Le reste de son visage tout rouge était hérissé de petits poils blonds. À le voir si moche, bien trop pour faire l'efféminé, Solly fut pris d'un élan de confiance.

— C'est sûr qu'on peut compter sur toi ? Écoute, je ne sais pas. Je dois parler à ma sœur.

— Elle est où, ta sœur ?

— Là-bas, c'est la petite brune avec une frange et les yeux bleus.

— Celle-là ? Dis donc, c'est un morceau !

— Un morceau… un morceau de quoi ?

— Une vraie beauté, quoi, *khatikha* on dit en hébreu. Attends, je dois filer. Attends une seconde.

Georgie défit une tablette de chewing-gum. Sur le côté blanc du papier argenté il écrivit son adresse. « Au numéro 3 de la rue El Kébir, à Wadi Salib, c'est un quartier de Haïfa. Tu demandes où se trouve la Grande Maison, tout le monde connaît. Tiens, fourre ça dans ta poche et ne le perds surtout pas. Okay ? »

Ils se serrèrent la main. Georgie se faufila parmi les gardes des barrières et disparut. Abasourdi, Solly passa et repassa sous ses yeux l'adresse écrite sur le papier d'emballage du chewing-gum. Si bien qu'il ne s'aperçut pas que Lola l'avait rejoint sur la barrière de la zone de parcage.

— À qui parlais-tu, Solly ? c'était qui ce type ?

— Un ami, t'inquiète, je t'expliquerai.

Les haut-parleurs donnaient en hébreu, arabe et français l'ordre de se rendre au bâtiment équipé pour un traitement rapide et indolore à la poudre DDT ; un ordre très mal accueilli, « ils nous prennent pour des pouilleux, des chiens galeux ? », et ce d'autant plus qu'il fallait abandonner les bagages dans la zone surveillée par les policiers.

Chemin faisant, Solly raconta à Lola son incroyable rencontre avec ce garçon tout ce qu'il y avait de sympathique et de bien intentionné.

Le bâtiment de désinfection ne se trouvait pas

trop loin de la zone de parcage, trois cents mètres au plus. La porte de gauche servait pour les hommes. Celle de droite pour les femmes et les enfants. À l'intérieur, pas de salle de douches, mais des fonctionnaires munis chacun d'une espèce d'arrosoir en fer. L'opération durait une minute à peine et on ne se déshabillait pas. On vous enveloppait de la tête aux pieds d'un nuage de pesticide incolore et inodore, et par ici la sortie. Ce n'était pas la mer à boire, non, mais on en ressortait poudré et humilié dans sa dignité humaine.

De retour derrière les barrières gardées par les policiers, Solly piqua une colère. Ils n'ont pas été élevés sa sœur et lui pour tomber à ce degré de… de pestiférication ? Peu importe le mot exact, sa décision était prise. S'enfuir, mettre les bouts, filer à Haïfa : 3 rue El Kébir à Wadi Salib. Lola hésitait, peureuse et méfiante.

— Solly, réfléchis un peu pour changer. Ce type a quelque chose derrière la tête, c'est obligatoire. Pas grand-chose de bien à mon avis, ça m'étonnerait. Tu sais à qui il me fait penser ? Au beau-père de David Copperfield, tout miel d'abord et ensuite…

— T'as fini ? Pour commencer, David a battu Goliath, je te rappelle, et moi j'ai pas peur, de personne…

— Quel rapport ? Je ne te parle pas de ce David-là, imbécile, je te parle de…

— Ne me parle pas du tout. Laisse-moi, tu m'empêches de penser.

Solly pensait à un sentiment qui n'était pas la

peur, non, mais une petite prudence face à l'avenir. Supposons que ce Georgie soit juste un frimeur. Il leur aurait filé une fausse adresse. La Grande Maison n'existerait pas plus qu'épinards en branche. Où iraient-ils nicher dans la ville inconnue ? Les hôtels existent, d'accord, mais à quel prix ? Leur capital de cent cinquante dollars ne tiendrait pas la route longtemps. Deux mois disons à tout casser. Et ensuite ? Se trouver un boulot. Mais à quel genre de boulot peut prétendre un jeune, pas encore quinze ans et qui ne parle même pas la langue du pays ?

À six heures moins le quart, mais l'attente avait aboli toute notion du temps, ordre fut donné d'aller se faire enregistrer au bureau de l'Agence juive.

Les immigrants ramassèrent tout ce qu'ils pouvaient : les valises, les balluchons, les paniers d'osier, les nattes en paille, les matelas roulés, les bassines, les casseroles, les primus à alcool, les poussettes, les berceaux, les enfants, des fournées d'enfants plaintifs, les yeux rétrécis de sommeil au milieu de toute cette lumière électrique. Les tout-petits seront casés dans le giron des mères. Les plus grands seront des réceptacles de bric-à-brac, pourvus de bras et de jambes. Ça y est ? On n'oublie rien ni personne ? On y va !

Les barrières de police s'écartèrent. Grondant et gémissant sous l'air glacé, les immigrants se mirent en marche pour la dernière étape de leur supplice. Un homme cria à un de ses voisins de ne pas lui coller au train, mais l'autre répliqua que c'était la marée, la marée humaine, qui le ventousait. Lola poussa un soupir qui ressemblait à un sanglot. Solly la délesta de sa valise. Des rêves d'évasion le harcelaient. La pluie s'était arrêtée. Un mince rayon de soleil éclairait les quais, les hangars, les silos, les grues aux bras crochus, et les centaines de maisonnettes accrochées au flanc des collines peintes en rose, en vert, en doré. Et puis, d'un seul coup, ce fut la nuit.

Le bureau de l'Agence juive se trouvait sur une esplanade de béton, au-dessus du ballast et des rails de la gare de marchandises. L'attention de Solly fut attirée par une enfilade d'autocars garés, moteurs et feux éteints, le long de l'esplanade. Le local de l'Agence brillait de toutes ses fenêtres. Dans l'encadrement de la porte, se tenait le Haver Boaz, le délégué de l'Agence juive, à côté d'un jeune soldat. Il parlait avec calme, sans se laisser démonter tandis que, autour de lui, les immigrants clamaient leur espoir brûlant d'un toit, d'un lit et, si possible, de manger un plat chaud.

C'était possible et même certain à deux conditions : la discipline et l'organisation. Il en fallait si l'on ne voulait pas passer la nuit dehors, à compter les étoiles. Les olim devaient s'aligner en file indienne, préparer leurs papiers d'identité et, au signal du soldat, sans bousculade ni affolement, pénétrer dix par dix dans le bureau de l'Agence juive.

— Tu me laisses faire surtout, hein Lola ? dit Solly. T'as compris ? C'est moi qui parle pour nous deux.

Ça n'allait pas vite. Un arrivage gros de deux cents personnes, enfants compris, à recenser et à ficher, ça demandait un temps fou. Introduits par la porte principale, les immigrants ressortaient par la seconde porte, la fiche d'immigration à la main et sur l'épaule le sac de première nécessité : du savon, du dentifrice et autant de brosses à dents que de membres dans la famille. Puis, leurs épreuves enfin terminées, ils se casaient dans les autocars en partance pour un endroit nommé Ma'abara Kiryat Soulam.

Une heure plus tard.

Le groupe de Solly et Lola fut enfin introduit dans le bureau de l'Agence juive. Un local vaste et nu. Derrière une longue table, trois préposés aux formalités. Une jeune femme aux cheveux courts, un vieux chauve à l'air gentil et le Haver Boaz dont la seule vue donna à Solly la chair de poule. Il tremblait à l'idée que Lola, incapable de mentir, finisse par cracher le morceau. La chance les dirigea vers le vieux à l'air inoffensif. Solly lui débitait le boniment mis au point avec Georgie Rosenthal quand le vieux l'arrêta :

— Pas de passeport ? Une carte d'identité ? Un visa d'immigration ?

— Rien. Mon passeport, on me l'a volé sur le bateau avec mon portefeuille et tout l'argent qu'il y avait dedans.

— D'où venez-vous ?

— Du Caire… D'Alexandrie je veux dire, où nous avons pris le bateau pour Tanger et puis le *Macedonia* pour Haïfa.

— Nous ?

— Ma sœur et moi. Ma grande sœur, elle a vingt et un ans et moi presque dix-neuf. Je m'appelle Solly Rosenthal, Sélim en fait, et ma sœur s'appelle Lola.

— Sélim Rosenthal ? Je ne vois pas… Votre nom ne figure pas sur la liste des passagers.

— Ah bon ? Cherchez bien. Vous connaissez Georgie Rosenthal, le grand chanteur israélien ? Il est très connu dans les milieux artistiques. C'est mon cousin germain, c'est chez lui que nous allons, à Wadi Salib, Haïfa, il nous prend chez lui.

— À Wadi Salib ? Un grand chanteur tu dis, et il habite à Wadi Salib !

Le vieux se mit à rigoler.

— Bon, restez là une minute, je reviens.

Il alla parlementer avec le Haver Boaz. Celui-ci consulta une liste, puis un registre et enfin un carton rempli de feuilles volantes. Il se leva et, prenant appui des deux mains sur la table, proclama haut et fort :

— Rosenthal, famille Rosenthal.

Solly demanda à Lola de rester en retrait. Il rajusta le col de son manteau. Il s'avança d'un pas qui se voulait ferme et résolu. Mais tel que le fixait le Haver Boaz à cet instant, il se sentit devenir tout petit, tout faible… Il commença :

— J'ai mon cousin germain à Haïfa pour nous…

— On verra ça plus tard. Quel est ton nom déjà, Rosenthal ?

— Solly et Lola Rosenthal.

Le Haver Boaz remplit la fiche d'immigration au nom de Rosenthal, y apposa le tampon de l'Agence juive. Il sortit de sous la table deux sacs de première nécessité : « Pour toi et ta sœur, allez, file à l'autocar. »

Et comme Solly tentait de protester, le délégué de l'Agence juive le fit taire. Sa décision était sans appel. Il appliquait la loi en vigueur dans son pays, lequel n'avait pas pour habitude de lâcher dans la nature les nouveaux arrivants.

2

Lola a beau fouiller dans ses souvenirs, elle ne parvient pas à se rappeler l'adresse de l'appartement où, toute sa vie pourtant, elle a vécu avec ses parents. Elle marche dans une rue inconnue où le sable crisse sous ses pas. Elle arrive devant un immeuble qui n'a ni porte, ni fenêtres, ni lumières, ni couleurs, ni odeurs, ni sons, ni toucher. Ça lui paraît bizarre mais c'est absolument vrai : il ne reste rien entre le regard et la vue, entre l'œil qui regarde et la chose regardée. Elle se glisse dans un couloir aussi sombre et étroit que le terrier d'Alice. Elle entre dans sa chambre. Elle ferme la porte derrière elle. Sa chambre ne sent pas bon. Elle se déshabille en hâte. Elle va dans la salle de bains et soudain il y a un bruit terrible. Ça tombe du plafond. On dirait que quelqu'un tape à coups de marteau réguliers sur le toit de la maison. On dirait qu'ils sont plusieurs maintenant à vouloir démolir le toit de la maison.

Lola ouvrit les yeux. La pluie tombait à verse dehors, sur le toit sonore comme la peau d'un tambour. Où était-elle ? Cette chambre lui était étrangère. Ce lit n'était pas le sien. Pourquoi s'y était-elle couchée tout habillée ? La chambre était envahie par la pénombre mais des odeurs répugnantes avertissaient de la saleté ambiante.

Alors enfin elle se souvint de tout.

La Ma'abara !

Le camp d'hébergement où la froide décision du Haver Boaz les avait jetés, elle et son petit frère. L'autocar qui les avait emportés loin de Haïfa, le long d'une route déserte, enveloppée dans les maléfices de la nuit. L'arrivée dans le camp immense, balayé de dures lumières, en pleine campagne. La ruée des immigrants, à l'appel des noms de famille, vers les rangées de constructions sans forme, décelées par des fenêtres éclairées et des lanternes tremblant au-dessus des portes. La baraque numéro 126 qui leur avait été attribuée au bout du camp. Une seule pièce faite de planches en bois grossier, un sol en terre battue et un toit de tôle ondulée.

Tout cela lui sembla si étrange, si inquiétant. Elle remonta la couverture sur ses yeux. Pour ne plus voir ce qu'elle était obligée de savoir. Pour penser à des choses agréables. Un bain chaud. Des vêtements propres. Un roman bien épais qu'elle n'aurait pas encore lu. Depuis toute petite, quand les parents l'emmenaient chez leurs amis, la première chose qui l'intéressait c'était de savoir s'ils avaient une bibliothèque. Même avant de pouvoir lire, elle entrait dans le livre en touchant les mots sur le papier et en respirant son odeur. Si elle trouvait dans la rue un bout de lettre froissée ou une page arrachée à un livre, ou même une liste de courses, elle ne pouvait s'empêcher de la ramasser. Elle chercha machinalement le livre sur lequel elle s'était endormie, rassurée par le contact tiède contre sa hanche. Elle se leva. Elle tâtonna jusqu'à la porte. Elle alluma l'ampoule nue suspendue au plafond. *Lac aux Dames* était tombé au pied de son lit.

Solly dormait sur un matelas posé à même le sol, devant la porte dont la partie vitrée servait aussi de fenêtre. La lumière du plafond ne le dérangea pas. La fatigue lui avait apporté un sommeil de plomb. Il avait dû prendre froid. Il toussait. Il respirait fort et expirait, la bouche entrouverte comme si quelque chose en lui cherchait à s'échapper. Quelle colère ? Quelle rage impuissante contre le Haver Boaz ? C'était bien la peine de jouer au petit malin ! Lola sourit mais tristement. Nul ne peut sauter plus haut que son chapeau, comme dit l'une des quatre filles du Dr March, elle ne savait plus laquelle. Et d'autres citations livresques lui venaient à l'esprit – elle en avait de réserve pour chacune des émotions et des situations vécues – mais alors elle vit bouger le bras de Solly.

Il s'éveillait. Il se souleva à moitié sur son matelas. À la façon dont il regardait les vêtements épars sur le sol de terre battue, Lola comprit les sentiments de son frère. Et elle aussi, du coup, ressentit le besoin d'être consolée. Elle se laissa tomber sur le matelas. Se glissa sous la couverture, tout près de lui.

— Ça va, Solly ? Tu n'as pas eu trop froid, comme ça par terre ?

— Un peu, pas trop et toi ? On se bouge, allez. On fout le camp.

— Où ça ?

— On s'en va, c'est tout. Tu crois qu'ils vendent des cigarettes ici ?

*

Huit heures moins le quart. Une accalmie de la pluie.

Solly et Lola partirent en reconnaissance des ressources inconnues de la Ma'abara.

Le camp s'étalait dans une plaine sablonneuse, cernée par de hautes dunes jaunes et pelées. Il n'y avait ni rues, ni places, ni maisons en dur, rien que de méchantes baraques plantées les unes en face des autres, à perte d'horizon. L'allée centrale, détrempée, boueuse, était parsemée de papiers gras, d'épluchures de pommes de terre, de boîtes à sardines rouillées, d'ustensiles de cuisine hors d'usage. Çà et là un robinet d'eau potable devant lequel les habitants faisaient la queue avec des bouteilles, des bidons, des cuvettes en plastique. Les files s'allongeaient devant les commodités. Toilettes et douches publiques. Une puanteur à ciel ouvert. Des poubelles remplies à n'en plus pouvoir. Des gosses qui jouaient dans les ordures. Des poules qui fouillaient le sable mou à la recherche de vers bien gras. Une chèvre dressée sur ses pattes arrière voulait brouter le linge mis à sécher sur une corde tendue d'une baraque à l'autre. Un monde fou dans les baraques si petites ! Des gens qui sortaient de partout pour aller de nulle part à nulle part. Pas une seule pancarte pour se repérer. Vers où se diriger ? Solly secoua le sable de ses semelles et leva la tête au moment où une femme coiffée d'un foulard noir lui adressait un bonjour amical. En lui rendant son sourire, il remarqua le regard bizarre qu'elle posait sur leur couple, comme si elle se doutait de quelque chose.

— Quand même, dit Lola, les gens vont et viennent comme ils veulent. Regarde, Solly. Pas de fil barbelé, pas de clôture, ils sont libres de partir ou de rester. Ils restent en famille tu vois, ils ne sont pas séparés de leurs enfants.

— Ce que tu peux être bête parfois ! Ce sont des familles justement, avec des parents quoi ! Tu as ton père, toi ? Tu as ta mère peut-être ? Écoute, on va d'abord se trouver à bouffer et ensuite on se tire, t'as compris ? On fout le camp !

Le frère et la sœur poursuivirent leur chemin. Ils passèrent devant un ensemble de bâtiments proprets, peints en vert gazon, réservés aux différents services sociaux. Le dispensaire. La cantine. Le bureau de l'administration. Une synagogue. Un *ulpan*, c'est-à-dire une école. Il y avait même un café-épicerie monté sur des parpaings avec une terrasse en bois. Il y avait surtout la porte entrebâillée du bureau de l'Agence juive, une porte que, pour sa part, Solly se jura de ne jamais franchir.

Ils se rendirent au café-épicerie se payer un petit déjeuner et faire provision de cigarettes, si possible. Lola s'inquiéta de savoir si le patron accepterait les devises étrangères. Solly n'en doutait pas : y avait-il autre chose ici que des étrangers ?

À l'intérieur du café, Oum Kalsoum chantait « Ya leil, ya leil » à la radio. Sa chanson mettait les clients dans un silence religieux. Lola et Solly s'installèrent au fond de la salle, des fois que le Haver Boaz y entrerait. Le serveur, un Arabe semblait-il, vint prendre leur commande. Solly lui parla en arabe égyptien et le serveur en fut tout épanoui. Il aimait à entendre la langue de la divine Oum Kalsoum et être questionné dans cette langue.

Haïfa se trouvait à une quarantaine de kilomètres de la Ma'abara Kiryat Soulam. Des transports ? Quoi, l'autobus ? le taxi ? L'un et l'autre existent, oui... dans les rêves ! Mais pourquoi désespérer, Dieu est grand ! dit le serveur. Dieu a fait arriver le chemin de fer à Shavei Zion, le village d'à côté. Une demi-heure à pied et on était rendu à la gare d'où, matin, midi et soir, partait le train pour Haïfa.

11 heures du matin.

Après un sacré bout de chemin pour retrouver la baraque numéro 126, ils eurent un doute.

— La porte, Lola. T'as oublié de fermer la porte en partant ?

— Mais non enfin, je t'assure, j'ai fermé à clé derrière moi, sûre et certaine.

Leur porte laissait voir un incroyable bordel dans la pièce. Les valises renversées sur le sol. Vidées de leurs affaires, vêtements, chaussures, bouquins, objets de toilette répandus un peu partout. Par le Haver Boaz, le délégué de l'Agence juive. Il était assis sur le lit de Lola, absolument massif et immobile, comme s'il ne les avait pas vus entrer. Il tenait à la main un livre de la collection Nelson (*Lac aux Dames* probablement, Lola l'avait posé sur son lit), dont il caressait d'un doigt la couverture.

— Vicki Baum, c'est bien Vicki Baum. Ses livres ont été brûlés par les nazis. Nous avons traduit en hébreu son chef-d'œuvre, *Mennch*... (Il dit un mot incompréhensible.) *Les Gens de l'hôtel* en français, je crois. Admirable... Je l'ai vue en concert, elle est musicienne aussi, elle joue de la harpe, comme Harpo Marx mais ce n'est pas aussi amu...

— Oh, mais alors vous êtes un Allemand ? dit Solly. Je me disais, vous avez un drôle d'accent en français.

— Je suis né en Autriche, comme Vicki Baum. Mais elle est de nationalité américaine maintenant. Et vous deux, dites-moi, qui êtes-vous ?

Le Haver Boaz reposa le livre en douceur sur le lit et se mit debout. Il attrapa Solly par le col de son manteau et l'agita en tout sens.

— Sasson, Sasson, c'est bien comme ça que tu

t'appelles : Sélim Sasson, né au Caire le 17 février 1945 ?

Il hurlait, le secouait, le faisait pivoter sur lui-même. Solly levait les bras devant son visage comme autrefois quand, petit garçon, il tentait d'esquiver la gifle de la bonne à qui il avait mal parlé. Lola se mit à crier : « Laissez-le, vous n'avez pas le droit de frapper mon frère, laissez-le ! » Elle se cramponna au bras de Solly. La brute le relâcha. Solly s'écarta en haussant les épaules, à croire qu'il allait dire pour la énième fois « M'en fous ». Mais il garda le silence. L'autre les observait du coin de l'œil où on ne lisait aucun sentiment. Il mit la main dans la poche de son pantalon kaki.

— Je n'ai pas le droit ? Et ça, qu'est-ce que c'est ça ?

Leurs passeports ? Le Haver Boaz avait fouillé leurs bagages. Il avait pris leurs passeports et, maintenant qu'il en avait pénétré tous les secrets, il les regardait l'un après l'autre comme si quelque chose d'impur, de mauvais flottait au-dessus de leurs têtes. Quelque part, dehors, des moineaux gazouillaient et sautillaient entre les flaques d'eau. Le Haver Boaz fit tournoyer les passeports entre le pouce et l'index. Il hochait sa grosse tête rousse pleine de consternation. Il soupira.

— Ah, les enfants, les enfants ! Avez-vous la plus petite idée de l'argent dépensé pour vous faire monter en Eretz Israël ? Savez-vous à combien s'élève le prix d'une *aliyah* ? Que pensiez-vous ? Que l'Agence juive est une colonie de vacances ?

Non, mais pour qui vous prenez-vous, petits crétins ?

Lola sentit le sang se retirer de son visage. Solly tenta, par bravade, d'allumer une cigarette, mais l'allumette trembla et s'éteignit entre ses mains.

— Qu'est-ce qui vous a pris, les enfants ? dit le Haver Boaz. Pourquoi tous ces mensonges ? À quoi jouez-vous ? Je ne comprends pas.

— C'est parce que…, gémit Lola. Parce que.

Solly vola à son secours :

— On ne veut pas être séparés, on veut rester ensemble, Lola et moi.

— Quoi ?

Le Haver Boaz fit l'étonné.

— L'Agence juive sépare les enfants, c'est connu de tout le monde !

— Écoutez, les enfants, dit le Haver Boaz presque gentiment, on va oublier tout ça, d'accord ? On ne va plus faire d'histoires. On va régulariser la situation au mieux, n'ayez pas peur, il n'est pas question de séparer les familles. Venez au bureau de la direction à 14 heures, ensuite je vous emmènerai au dispensaire pour les vaccins. C'est clair ? Alors à tout à l'heure, et vous verrez, tout le monde y gagnera !

Il s'en alla. Il emporta les deux passeports.

Solly referma la porte d'un coup de pied. Il cogna dessus avec les poings, les pieds. À quoi bon ? lui dit Lola, c'est le pot de terre contre le pot de fer. Solly alluma une cigarette et les yeux étroits il s'imagina en train de larder de coups de couteau ce salaud de délégué. Ah ! elle est belle, leur Agence juive ! Il est beau, leur pays !

— Allez, on s'en va, dit-il, fais les bagages, on se tire.

— Où ça ? On ne peut pas s'en aller comme ça, sans papiers d'identité.

— Au contraire, c'est une chance pour ne pas être reconnu, voyons ! Pour avoir le nom qu'on voudra et l'âge adulte qu'on voudra.

— Il nous retrouvera, où que nous allions, il nous retrouvera ! J'ai peur, Solly. C'est un Javert, ce type-là.

— Un quoi ? Écoute, Lola, dit-il en regardant l'heure à sa montre, c'est maintenant ou jamais. Fini, on se barre en quatrième vitesse !

*

1 heure de l'après-midi.

Solly et Lola entreprirent la traversée de la Ma'abara, chargés comme des déménageurs. Mais tout le monde s'en fichait. Personne ici ne faisait attention à personne. Ils auraient pu se balader tout nus, on ne les aurait pas remarqués davantage. La chance pour une fois, la chance les aimait. Il pleuvait ? Le ciel était gris ? Tant mieux. Ils marchaient dans la pluie grise, ils étaient gris, comme elle. Le train pour Haïfa roulait dans leurs têtes, ils marchaient à sa rencontre.

À la sortie de la Ma'abara, ils eurent l'impression de vivre un instant miraculeux. La route pour Shavei Zion s'allongeait droite et libre devant eux.

Solly exécuta un spectaculaire bond en l'air et s'agrippa à la poignée imaginaire de la porte d'un wagon. Lola lui cria d'arrêter. Il voulait se faire écraser ou quoi ? Elle n'en pouvait plus de marcher, marcher, sans savoir où on allait. Elle se laissa tomber assise sur le bord de la route, en gémissant de toutes ses faibles forces.

Existe-t-il un Dieu pour les fugitifs ? Un camion ralentit à leur hauteur et s'arrêta. Le chauffeur se rendait à Haïfa justement, au port industriel. Il les aida à charger les valises sous la bâche goudronnée du camion. Ils montèrent dans la cabine auprès de lui. Ils lièrent conversation de façon approximative. Le chauffeur, un Roumain, avait appris le français dans sa jeunesse, autrefois, à l'Alliance israélite de Bucarest. Mais le langage du cœur n'a pas besoin de mots, n'est-ce pas ? Ces deux gosses égarés sous la pluie lui rappelaient ses propres enfants. Trois enfants en fait, dont il gardait toujours la photo sur lui. Il la tira de son portefeuille. Solly et Lola s'extasièrent, quelle belle famille. Le père était fier de ce que ses enfants fussent nés et eussent grandi en Israël, la terre de liberté. Il retira un bras de sa veste, remonta la manche de sa chemise jusqu'à l'épaule. Il avait la cicatrice ronde d'une blessure par balle dans le gras de l'épaule.

Le camion suivait le cours escarpé de la baie de Haïfa. La mer scintillait avec des reflets gris argent. « Regarde, regarde ! » dit Lola. La ville apparaissait posée, ronde et large, sur une enfilade de collines brunes et plus loin d'un tendre violet irréel. Ils arrivèrent à l'entrée du port : la destination finale du chauffeur. Solly lui montra l'adresse écrite sur le papier d'emballage de chewing-gum.

Le chauffeur leur conseilla de prendre la grande rue, là, qui partait du port et montait à pic vers la colline où l'on voyait poindre le minaret d'une mosquée. Ils se séparèrent avec des souhaits de bonne chance mutuels.

— Et voici le soleil, dit Solly. Le soleil ! C'est pas beau, ça ?

Wadi Salib s'élevait à mi-flanc d'une colline qui surplombait la ville basse, le port et la baie de Haïfa. À première vue, ça ressemblait davantage aux pauvres quartiers du Caire qu'à la résidence d'un artiste du renom de Gabriel Rosenthal. La rue commerçante affichait des façades à arcades style mauresque en très fatigué. Chaque bâtiment se terminait par une échoppe grande ouverte. Les boutiques étalaient jusque sur le trottoir les marchandises que seuls les pauvres gens achètent. Des ustensiles de ménage en fer-blanc. Des légumes et des fruits couverts de poussière et un peu mâchés. Du linge de maison baptisé « bonnes affaires ». Des vêtements et des chaussures d'occasion. Les vieilleries dégageaient une odeur de trottoir, d'essence et aussi, peut-être, de fleur d'oranger. Les propriétaires de ces boutiques-là tiraient le client par la manche avec la plaisanterie à la bouche et du rire plein les yeux. Au milieu de la bousculade, de maigres pigeons picoraient des croûtons. Des mendiants tendaient la main. Un religieux à la barbe noire et aux yeux méfiants secouait une boîte à offrandes en rendant grâce au Seigneur de la venue du shabbat. L'air embaumait le grillé et le sucré, la coriandre et la fleur d'oranger, la pâtisserie aux amandes et les autres délices du shabbat qui commence de bonne heure en hiver.

— Attends ici, dit Solly. Je vais voir si quelqu'un connaît la Grande Maison de la rue El Kébir. La Grande Maison de la grande rue El Kébir, hein, ça tombe bien !

Il fallait monter. C'était tout en haut des petites rues en lacets, desservies par des escaliers aux marches usées et glissantes.

La pluie avait repris, fine et glaciale. La rue El Kébir serpentait entre des maisons en piteux état, sans fenêtres ni portes parfois. Mais arrivé au numéro 3, Solly reprit confiance en sa bonne étoile. Au milieu d'une grande cour se dressaient deux maisons séparées par un énorme figuier. À droite, une belle maison blanche à l'aspect un peu arabesque. À gauche, une bicoque moche, la loge des concierges peut-être ! Ils traversaient la cour quand, à mi-chemin, une femme sortit de la bicoque. Elle leur fit signe d'approcher. Ils s'expliquèrent. Elle dit : « C'est pas ici, les Rosenthal, c'est dans la grosse maison, là, oui, chez l'artiste avec tout le raffut qu'elle fait, vous n'entendez pas ? »

En effet. Une musique de piano lente et triste s'échappait de la maison. Ils frappèrent à la porte. Au bout d'un moment, le piano se tut. La porte s'ouvrit à moitié… Une femme apparut sur le seuil, l'air pas content d'être dérangée. Une jeune femme avec des cheveux coupés très court et qui grisonnaient déjà. Pas du tout aimable. Tout le temps où Solly expliqua comment et pourquoi Georgie leur avait donné son adresse, elle les laissa dehors, sous la pluie. Enfin, elle lâcha du bout des lèvres que Georgie ne se trouvait pas à la maison.

« En tout cas il habite bien ici ? » s'écria Solly, en proie à une joie enfantine. La femme ne répondit même pas. Hostile, fermée, mais pourquoi ? Lola songeait à repartir, indignée. Une telle méfiance à leur égard, et sous une pluie battante par-dessus le marché ! Solly s'incrustait, parlementait, insistait. Venu de l'intérieur, soudain, le bruit de pantoufles à talons sur le carrelage. Une femme survint, rouge des pieds à la tête, les cheveux, le peignoir, le pompon aux mules, et en une seconde l'atmosphère changea du tout au tout.

— *Shalom, shalom.* Entrez *be vakacha*, j'vous en prie. Ruthie, ma chérie, fais-les entrer voyons, qu'est-ce t'attends ? La Troisième Guerre mondiale ? Vous venez pour la chambre à louer ? C'est à l'étage, venez, je vais vous montrer.

Elle claqua la porte d'entrée. Un long couloir avec des boiseries à mi-mur. Le plafond très haut, strié de taches vert jaunâtre. Au mur du fond, des clous servant à pendre les vêtements.

— Vous êtes... ? Laissez-moi deviner : frère et sœur ? J'en étais sûre. La chambre n'a qu'un seul lit, mais elle est grande, il y a de la place pour un deuxième lit. Posez vos valises, voyons, débarrassez-vous ! Vous voulez boire quelque chose de chaud avant ? Ça vous requinquera, mais si, si, ne soyez pas timides, c'est la moindre des choses. C'est drôle, toute la journée j'ai senti que quelqu'un allait venir. Alors quand je vous ai vus ! C'est un signe ! Le locataire s'est barré comme ça, sans prévenir, je vais pas le regretter ! Il payait son loyer, remarquez, jamais de retard. Mais à part ça, il me portait sur le système. Pas de conversation. Aucune éducation. Fallait toujours passer après lui dans la cuisine ! Un foutoir. Faut faire attention aux autres, moi je dis, c'est la moindre des choses ! Parce que s'il y a une chose que je supporte pas moi, c'est de ne pas nettoyer ce qu'on a sali, merde alors ! On n'a pas gardé les cochons ensemble ! Moi, je supporte pas, que voulez-vous, je suis comme ça.

Un vrai moulin à paroles. Une grande femme aux formes débordant de son peignoir rouge et un air bouleversant de profonde gentillesse. Au contraire de l'autre, la plus jeune, qui les regardait suspicieuse, on a peut-être affaire à des cambrioleurs.

— Ce qu'elle est mignonne ! dit la gentille en aidant Lola à retirer son manteau. On n'a pas idée de sortir par un temps pareil ! Toi aussi, le p'tit gars, débarrasse-toi. Les godasses aussi, allez, exécution ! On va vous refiler une paire de chaussettes bien chaudes. Ruthie, s'te plaît, va voir dans la chambre de Georgie.

Lola vit là l'occasion de dissiper le malentendu mais Solly la fulmina du regard. Un nouveau plan se dessinait dans son esprit. Ils se déchaussèrent, embarrassés par les taches de mouillé sur le carrelage du couloir. Ils accrochèrent leurs manteaux aux clous fichés dans le mur. La dame en rouge les invita à la suivre dans la cuisine. Une grande pièce qui sentait bon la soupe au poisson.

— Elle est rudement grande, cette cuisine, dit Solly, c'est chouette. Georgie m'a dit qu'elle était grande mais pas à ce point-là.

— Vous connaissez Georgie ? Ah oui ? Vous le connaissez comment, depuis longtemps ?

— Un peu, enfin quelques jours ! On est des copains.

— Je suis sa tante. La tante Magda, il vous a parlé de moi ?

— Oui oui, bien sûr.

— Georgie c'est le fils de mon frère aîné, Henri, mort l'an dernier à Wintzenheim. C'est en France, bien sûr, près de Colmar, ça vous dit quelque chose. Wintzenheim, un trou de cul, j'y suis née. Elle, c'est Ruthie Schreiber mon amie, ma sœur, mais nous ne sommes pas de la même famille. Les Schreiber sont des Belges de Bruxelles, la capitale. Son père n'était pas un tailleur spécialisé dans le rapiéçage, il ne se mouchait pas du coude, croyez-moi. Les Schreiber appartenaient à la haute. Et voyez le résultat : Ruthie est une princesse. Elle joue du piano. Elle compose des poèmes. C'est une artiste. Mais nous nous entendons bien, très bien. J'suis sa meilleure amie. Nous vivons ensemble depuis la fin de la guerre… Tenez, enfilez-moi ça.

La nommée Ruthie leur tendit deux paires de

chaussettes taille 43-44 et s'installa au bout de la table avec une gueule d'enterrement.

— Ça va mieux, les enfants ? On va s'prendre une tasse de thé, ça vous réchauffera. *Lehaïm !* Vous aimez le kouglof ? C'est bien. J'aime quand on mange avec plaisir. Ne vous gênez pas. Mon père disait que si les pauvres n'avaient à manger que des pierres, Dieu en aurait mal à l'estomac. C'était sa philosophie, très humaine dans sa simplicité. Se faire autant de bien à soi-même qu'on le souhaite aux autres. C'est ça le bonheur, une chose toute simple au fond. Nous sommes heureuses de vivre ensemble, c'est pas vrai Ruthie ? Très heureuses. C'était la seule chose à faire, après le camp… Enfin, je change de sujet, Ruthie ne supporte pas qu'on parle de ça. Elle déteste revenir sur le passé, faut la comprendre. La vérité est terrifiante. En parler ne règle rien, c'est vrai, mais ne pas en parler non plus. Comment peut-on garder pour soi toutes ces horreurs ? C'est impossible, et si vous voulez mon avis, c'est dangereux. Merde alors ! À force de tout rentrer, on peut attraper le cancer, je vous assure. Combien en sont morts à la sortie des camps de la… Comment ? Tu vas dans ta chambre ? Ruthie ? Mon cœur, ma chérie, c'est pas gentil pour nos invités. Bon, j't'appelle, c'est ça, quand le dîner sera servi. À shabbat on dîne dans la salle à manger, pour le plaisir, vous verrez. Vous allez dîner avec nous. Mais oui, Georgie ne va pas tarder, il sera content. Qu'est-ce qu'il fabrique encore ? Il habite avec nous, bien sûr, la maison est très grande. À côté, c'est les Sandok.

Des Marocains. Une calamité vivante, mais je ne veux pas parler de ça. C'est une belle maison. Enfin, c'était une belle maison. Aujourd'hui, voyez, elle pourrit sur pied. C'est un bateau quoi ! Il prend l'eau de toutes parts. Qu'y faire ? Les travaux coûtent la peau du cul. Le gouvernement nous a mis là, à la place des Arabes, et après j't'en fous ! Débrouillez-vous ! Ben Gourion n'a pas d'égards pour les survivants, du mépris, ça oui, tant qu'on voudra. Vous savez comment les Israéliens nous appellent ? Les *sabonim*... *sabonim* ? Les savonnettes ça veut dire. Pourquoi ? Est-ce que je sais pourquoi la méchanceté existe ? En arrivant en Israël, j'ai pensé, ça y est, c'est bon, j'entre au paradis. Pour mon père, la terre de Sion était comme le paradis : il serait mort pour la voir ! Et voyez le résultat : Wadi Salib !... Chacun pour soi et Dieu pour personne. Le plus dur c'est le raz-de-marée des Arabes... Des Marocains je veux dire, des Tunisiens, des Irakiens et tutti quanti. Ils vivent comme des bêtes descendues du singe. Le pire c'est leurs chansons ! Je ne supporte pas la musique arabe, c'est physique en fait, leur musique me porte sur le système. Je ne sais pas pourquoi ! Ça doit être culturel, la différence des cultures, quoi ! Et vous, hein ? Pour des Mizrahi, des Orientaux j'veux dire, vous n'êtes pas tellement bronzés. Il y a des yeux bleus en Égypte ? J'savais pas. Beaux comme deux petits anges tombés de la pluie ! Les belles choses arrivent avec la pluie ! Vous auriez pas des fois un grand frère à marier ? Je plaisante, allez, je me marre ! Bienvenue en tout cas. Il y a des choses à faire chez nous, vous verrez, il y a des possibilités pour les jeunes qui en veulent. Moi-même, tiens, par exemple ! À qui me proposerait de quitter Israël, de retourner en France, voire de partir à New York, j'dirais : non, messieurs. J'suis israélienne, c'est là ma gloire ! Mais qu'est-ce qu'y fabrique, bon sang de bonsoir ? Vous savez quoi, nous allons passer à table, ça le fera arriver. Ruthie, Ruthie, à table, Ruthie !... Dites donc, vous deux, Solly et Lola, c'est ça ? Vous ne bouffez pas casher, j'espère !

Dans la salle à manger, une table dressée de trois couverts. La tante de Georgie en ajouta deux autres. Elle apporta les plats : une grosse salade, des boulettes de poisson dans une soupe, des macaronis, du fromage blanc et le vin doux du shabbat. Elle coupa le pain, elle servit le vin, elle remplit les assiettes et elle retourna à la cuisine chercher des cornichons. L'autre, la maussade, la regardait s'activer sans bouger le petit doigt. « Une bonne à rien, dit Solly à l'oreille de sa sœur, une habituée depuis le berceau à se laisser servir. Regarde, elle nous déteste ! » Elle pinçait les lèvres, le nez long, l'œil sombre du désagrément que lui causait la présence des deux nouveaux locataires de Mme Magda. Celle-ci n'en paraissait que plus aimable, rayonnante de gaieté. Elle mangeait et parlait sans arrêt quand l'autre chipotait comme si son assiette contenait un poison mortel. Mme Magda le lui reprocha. Au camp, on s'entretuait pour une épluchure de patate gelée. Elles commencèrent à se chamailler en hébreu. À les voir, on comprenait qu'elles se balançaient à la figure des choses désagréables et même blessantes. Elles semblaient avoir oublié que des invités se trouvaient là, gênés au possible, et que cinq minutes plus tôt elles étaient les meilleures amies du monde. Si c'est ça l'amitié ! Lola poussa du coude son frère : en voilà une histoire ! Et tout ça parce que l'une refusait de manger ce que l'autre avait préparé ? Pourquoi habiter ensemble si c'est comme chien et chat ? Lola avait l'impression d'assister à une comédie bien réglée entre deux actrices qui, tout en ne se supportant plus, ne parviennent pas à se détacher l'une de l'autre. Et puis rien, la tempête passa. Elles se mirent à parler de façon normale, presque tendre, tandis que la pluie tambourinait aux fenêtres. Solly reprit du vin. Il éprouvait une chaleur de bien-être, à force de vin doux, mais un petit coin de son cerveau demeurait froid et inquiet. Il était près de 8 heures du soir. Georgie ne se montrait toujours pas. Lola piquait du nez sur son assiette, épuisée, ça se voyait.

Mme Magda, que l'absence de son neveu ne souciait guère, s'avisa de ce que les « pauvres petits choux » tombaient de sommeil. Elle s'empara d'autorité de leurs deux valises. Ils montèrent un escalier fleurant la cire. Au premier étage, elle ouvrit la porte d'une chambre. Une vaste chambre au plafond très haut. Deux grandes fenêtres. Un lit à une place. Une armoire métallique peinte en vert-de-gris. Une table de chevet portant un pot de fleurs artificielles et un réveille-matin. La grosse dame prit dans l'armoire des couvertures, des draps et les jeta sur le lit.

— Vous allez devoir vous serrer un peu, mais bon, pour une nuit ! Vous savez faire un lit ? La salle de bains se trouve au bout du couloir, mais je vous préviens, il n'y a pas d'eau chaude en ce moment. La chaudière a pété. J'espère que Georgie vous l'a dit, je suis obligée d'augmenter le prix. Ça fera vingt-cinq lirot pour la chambre plus trente pour la demi-pension, soit en tout cent dix lirot pour vous deux. C'est raisonnable, je crois, par les temps qui courent... Vous pensez rester combien de temps ?

— Très raisonnable, madame, très, dit Solly. Ma sœur et moi, on vous remercie beaucoup de votre grande bonté envers nous.

Quand elle se fut retirée, Lola s'effondra sur le lit, même plus la force de se déshabiller. Solly poussait des cris de sioux tant il ne se tenait plus de joie ! C'est que la rencontre avec le frimeur, le baratineur, le racoleur de la Grande Maison était bien la meilleure chose qui leur fût arrivée depuis la mort des parents.

3

La sonnerie du réveille-matin. Les cris des hirondelles. Le petit jour colorant la chambre en rose pâle. L'odeur du jasmin aux fenêtres ouvertes. Le printemps, c'est la saison des fenêtres ouvertes nuit et jour.

Lola allongea le bras vers la table de chevet. Le réveille-matin marquait 6 h 35. Les cours d'hébreu intensif à l'ulpan commençaient à 8 h 30. Elle songea à se rendormir une petite demi-heure. Mais le drap lui pesait. La chaleur déjà à 6 heures du matin ? Elle transpirait. La sudation. Un mot découvert par hasard dans le dictionnaire. Elle cherchait la définition de « sublimer » : un personnage, une tendance agressive, une œuvre d'art, et elle avait trouvé « sudation ». Transpiration pathologique du corps soumis à la maladie fébrile, enfin quelque chose du genre puanteur, dégoût et aversion… Elle passa la main sous ses aisselles, renifla ses doigts, eh bien non, pas du tout. Du vacarme à présent. Chez les voisins. Une odeur d'œufs frits à l'ail et aux oignons soufflait jusque dans la chambre. Les bruits d'une dispute entre les Sandok, Renée et Edgar, son poivrot de mari.

Lola alla se mettre à la fenêtre. Le soleil collait des bandes de papier doré sur les murs noircis, les escaliers en guirlande, les toits serrés de Wadi Salib. L'herbe des talus resplendissait. L'air embaumait le jasmin et la sève du vieux figuier. Providentiel avec son rideau de feuilles qui installait au milieu de la cour une frontière avec la famille Sandok. Envahissante au possible. Ce qui provoquait des accrochages perpétuels. Avec Ruthie surtout. Elle supportait mal le spectacle de la cour envahie par la marmaille. Cinq gamins qui se battaient, braillaient, mangeaient, voire pissaient à l'air sous l'œil de leur mère faisant sa lessive dehors du matin au soir. De son côté, Renée Sandok ne comprenant pas qu'on s'en prît à ses enfants, pleins de vie grâce à Dieu – le sixième était déjà en route –, Renée détestait et jalousait les propriétaires de la Grande Maison. Elle aurait bien voulu savoir par quel favoritisme deux célibataires disposaient d'une maison plus vaste que celle d'une famille de sept et bientôt huit personnes, grâce à Dieu.

Autrefois, du temps de la Palestine, la Grande Maison avait appartenu à un cadi, un juge de la religion musulmane. Il possédait également une ferme et de nombreuses dépendances (dont le logement de gardien dévolu à présent à la famille Sandok). Pour en revenir aux griefs de la voisine : c'était pour avoir fait son aliyah en 1947, bien avant l'afflux des Juifs arabes, que tante Magda s'était vu attribuer la plus belle maison de Wadi Salib. Une splendeur autrefois. À présent les lames des parquets se disjoignaient. Les papiers peints se décollaient des murs et il y avait aux plafonds des traces de moisissure. Pourtant, même rongée par l'usure des années, cette maison s'acceptait comme un cadeau du destin. Oui. Solly et Lola étaient à coup sûr des élus du sort. Tante Magda les avait recueillis comme si c'était la chose la plus naturelle du monde. La bonté incarnée. Qu'est-ce que la bonté ? Une qualité innée comme l'intelligence par exemple, la beauté, le sens de l'humour ? Ou bien une petite graine de vertu qui exige beaucoup de travail pour prendre racine ? Il existe peut-être un rapport entre la bonté du cœur et les souffrances physiques endurées au camp par les déportées. Mais alors comment expliquer que l'autre, Ruthie, ne soit sortie ni aimante ni même amicale de Ravensbrück ? Froide comme un poisson en gelée. Aucune émotion, pas même à son propre égard. Sauf quand elle joue au piano des airs du classique. Alors, elle s'anime de l'intérieur. Ses mains aux doigts fins dansent sur les touches, son visage prend des couleurs presque gaies, heureuses. Mais le concert terminé, elle reprend sa tête de mal lunée. Elle redevient la princesse enfermée dans son palais des glaces. Un grand mystère se cache derrière ce mur de froidure. Qui est Ruthie Schreiber ? Comment est-elle devenue un tel monstre d'insensibilité ? Des choses terribles lui sont arrivées à Ravensbrück mais tante Magda aussi y a frôlé la mort. Pourtant, elle continue d'aimer la vie et de faire tout son possible pour la rendre douce aux gens qu'elle aime. Tandis que Ruthie semble n'aimer personne. Désagréable, féroce même avec celle qui lui a sauvé la vie. Oui, à Ravensbrück sans la protection de tante Magda, Ruthie serait morte plusieurs fois de faim et d'épuisement. Et aucune gratitude. Elle la traite de haut. Se moque de son manque d'éducation. Imite ses façons de s'essuyer la bouche du revers de la main et de se curer les dents avec l'ongle du petit doigt. C'est une fille qui ne se mouchait pas avec le coude, disait tante Magda.

Ruthie était née fille unique dans une famille de la grande bourgeoisie de Bruxelles. Une dynastie de fabricants de porcelaine. « La fameuse vaisselle Schreiber », précisait tante Magda émerveillée, comme si le roi des Belges en personne festoyait dans cette vaisselle-là. Le problème avec ces gens-là, « les Juifs au cul bordé de nouilles », remarquait-elle, c'était de se croire protégés par leur compte en banque. Ce qu'on faisait subir aux autres Juifs, les petits, les fauchés, les apatrides et ces pouilleux de Polonais, ne pouvait pas leur arriver. Les parents de Ruthie ne tentèrent même pas de fuir ou de se cacher lorsque les nazis décrétèrent les mesures raciales. Lors du recensement, ils n'hésitèrent pas à se présenter à la mairie, à montrer leurs papiers avec l'identité, la race, l'adresse et toutes les conneries possibles pour se faire cueillir. « Que veux-tu, disait tante Magda, les riches sont aussi cons que les pauvres parfois, mais eux, ils n'ont pas d'excuse. »

Les premiers temps, Lola avait été choquée par la vulgarité langagière de tante Magda. Comment une femme, une Française en plus, pouvait-elle jurer pis que la Gervaise d'Émile Zola ? Cela étant, le langage châtié est affaire de naissance et d'éducation. Pour s'exprimer comme Mme de Sévigné il faut « avoir pété dans la soie et le satin », pour dire les choses à la façon de tante Magda. Quand on a connu son enfance durant la misère et les privations, on n'a pas les moyens de parler correctement.

7 heures au réveille-matin.

Lola s'habilla en hâte.

Solly se retourna sur son lit, le visage tout rose, puis il enfonça la tête sous son oreiller. Ses pieds qui dépassaient de sous la couverture portaient des orteils aussi potelés et lisses que ceux d'un bébé. Elle le chatouilla sous la plante des pieds. Rien. Un sommeil de plomb. Normal. Couché à pas d'heure comme d'habitude quand il rentrait d'une virée avec Georgie. Pour ces deux-là, les nuits n'étaient jamais assez longues pour traîner dans les bars et les cabarets. C'est le boulot qui voulait ça, paraît-il. Georgie chantait entre les tables en s'accompagnant à la guitare. Des chansons de Georges Brassens. Solly passait une assiette pour « l'artiste français de renommée mondiale ». Bluff et mendicité en somme. Solly, si fier, si indépendant de caractère… ! Un jour viendrait, où il se rendrait compte du côté humiliant de la chose. Un jour, il reprendrait ses études. Il se préparerait à un vrai métier. En attendant, il fallait l'admettre, la manche rapportait de quoi payer le loyer et la demi-pension à tante Magda. Solly se montrait généreux. Le tiroir de la table de chevet regorgeait de billets et de pièces de monnaie. « Sers-toi, va, ce qui est à moi est à nous deux ! » Lola était tentée de se servir, pour plus tard. Pour amasser de quoi payer l'inscription à l'université de Haïfa, section lettres, puis, ses études achevées, devenir un écrivain de romans à plein temps.

7 h 30.

Tante Magda était déjà attablée dans la cuisine, auprès de Georgie. Elle mangeait avec entrain un petit déjeuner énorme, à l'israélienne. Georgie, en caleçon, le torse nu, les yeux vagues, tirait sur sa cigarette. Sa tante pimpante et prête pour aller travailler le morigénait. Se crever la santé à fumer comme ça dès le matin sans avoir rien avalé ! Tels qu'ils étaient assis, l'un à côté de l'autre, la ressemblance de figure éclatait. La blancheur de peau, le nez immense, les lèvres épaisses, un cou de taureau qui s'ornait chez la tante d'une double rangée de fausses perles. À cette différence aussi qu'elle se teignait les cheveux. Elle n'aimait pas ne pas se sentir jeune. Elle ne sortait jamais sans être bien habillée, coiffée et maquillée, même pour se rendre à son travail, au bureau postal de Wadi Salib. Qui sait ? Tante Magda avait peut-être un amant de la quarantaine.

« Ça va, ma poupée ? lui dit-elle. Viens t'asseoir, tout est prêt. » Elle lui servit une pleine assiette de foies de volaille hachés, de salade de pommes de terre, de harengs à la crème, de tomates et de fromage blanc : « Mange tout, profite. Qui ne gaspille pas ne manque de rien ! Et toi, arrête de tirer sur ta bastos de merde, tu veux mourir jeune ? Tu nous enfumes jusqu'au trou du cul. » Georgie aspira et rejeta une spirale de fumée. « Il se fout de nous, le p'tit salaud, regarde Lola, dit tante Magda. Bon, c'est pas tout, faut qu'j'y aille, je vais être en retard. Bonne journée, Lola, travaille bien. »

À peine sa tante avait-elle quitté la cuisine que Georgie vint s'asseoir à côté de Lola, tout à côté.

— Te force pas, va. C'est une manie chez elle, le gavage. C'est d'avoir eu tellement faim, tu comprends, elle se venge sur nous.

— Moi j'appelle pas ça se venger, dit Lola, c'est le contraire. Oh et puis pousse-toi un peu, j'ai pas le temps moi. Je dois filer, j'ai cours dans une demi-heure. Oh et puis va te laver, tu sens pas bon !

Elle retourna dans la chambre chercher son cartable.

Solly ouvrit un œil.

— Lola, tu viens un peu dans mon lit ?

— Non. J'ai cours.

— Juste une minute, viens. Écoute, j'ai rêvé des parents, et tu sais quoi, Lola ? Ils allaient bien, très bien même !

*

Lola arrivait toujours la première à l'ulpan de Wadi Salib. C'était à un coude de la rue commerçante, un bâtiment triangulaire avec des fenêtres à barreaux. Il avait servi autrefois de caserne à l'armée britannique. Les fenêtres donnaient d'un côté sur le minaret d'une grande mosquée et de l'autre sur un terrain vague envahi de touffes d'herbe desséchées, jaunes comme le poil dans les oreilles des vieillards. On s'y rendait en récréation, mais à reculons, à cause des crottes laissées par les chats errants. À part les récréations malodorantes (mais bon, on ne va pas à l'école pour folâtrer dans un pré fleuri) Lola éprouvait bien-être et douceur à l'ulpan de Wadi Salib. Elle aimait les études. Elle aimait se retrouver assise tous les jours à la même place, accomplir les mêmes gestes heure après heure et jour après jour. Elle aimait trôner au premier rang, les bras croisés, une habitude acquise au Lycée français du Caire, et attirer sur elle l'attention du professeur. Et en tout être la première de sa classe. Ce n'était pas difficile. Les élèves de tous âges et de tous les pays arabes, le Maroc, l'Irak, la Syrie, n'avaient pas beaucoup d'instruction. Presque tous avaient du mal à apprendre l'hébreu, la langue de leurs prières pourtant. Certains se décourageaient en route. Qu'avaient-ils besoin d'apprendre à lire le matin pour aller l'après-midi décharger les bateaux, casser des pierres, ou récolter les pommes de terre des kibboutzim de la plaine de Sharon ? La classe changeait constamment de visages. Lola n'était jamais sûre, en disant au revoir à ses camarades, de les revoir le lendemain.

Mar Yohannan, le professeur d'hébreu (un

homme tout sauf commode et patient), concentrait beaucoup d'efforts sur les cas désespérés. Il leur citait la Bible : « Voici un peuple uni dans une même langue… Et dès lors ils réussiront dans tout ce qu'ils ont entrepris ensemble. Genèse : 11, 6. » Son regard s'emplissait d'amour pour la langue hébraïque. Il établissait des rapprochements émus entre la renaissance miraculeuse de la langue hébraïque et l'héroïque création de l'État hébreu. Il avait fait la guerre d'indépendance en fabriquant de ses propres mains les bombes qui inspiraient une si belle peur aux Britanniques. Après leur départ en 1948, il avait exercé à l'armée le métier d'instructeur des recrues de toutes origines et en était sorti avec une parfaite connaissance de l'arabe et du français. À présent encore, chenu et bedonnant, il donnait l'impression de porter toujours l'uniforme. Il enseignait en rudesse, comme on formerait des soldats. Ses élèves le qualifiaient en douce de *tizelerda*, « cul de guenon » en arabe, en réponse aux quolibets bien sentis que leur valait leur remarquable absence de progrès.

Bon, mais pour Lola tout allait bien. Elle travaillait beaucoup, avec plaisir et facilité. L'orthographe, les déclinaisons, les temps des verbes ne manquaient pas de complexité. En l'espace de deux mois seulement, elle était capable de s'exprimer en hébreu. Elle commençait aussi à déchiffrer les gros titres des journaux. Pourtant, malgré ses résultats et sa volonté de surclasser ses camarades, Mar Yohannan ne lui prodiguait guère d'attention. Il lui parlait à peine et toujours sur un ton sévère. Sauf une fois, peut-être ! Ils avaient eu une conversation sur un sujet personnel. Elle sortait de la classe quand il l'avait arrêtée sur le seuil.

— *Ma nichma*, Lola ? Comment ça va ? Tu t'habitues au changement ? Tu as visité le pays ? Tu verras, c'est un beau pays.

— Je ne suis jamais sortie de Haïfa. J'aime bien Haïfa. Le soleil, le vent un peu salé, la mer me rappellent Alexandrie. Mais on dirait que la mer est plus petite ici, moins… À cause de la baie. C'est une mer fermée à l'horizon tandis que…

— Viens, accompagne-moi. Je dois aller acheter un gâteau d'anniversaire, pour Aviva, ma petite-fille. Elle fête ses dix ans. Sa mère n'est plus là pour découper le gâteau d'anniversaire.

— Elle n'a plus sa mère, votre Av… votre petite-fille ?

— Aviva… Elle vit avec nous, sa grand-mère et moi. Sa mère est morte dans un attentat, que sa mémoire soit une bénédiction. C'est le printemps de mes vieux jours. Aviva, ça veut dire printemps, Lola. Lola Sasson, hein !… Sasson, ton nom signifie la joie, l'allégresse mais aussi *shoushan*, le nom de la rose. Tu pourrais t'appeler Shoshana ou Levana, tiens. Levana Sasson, ça sonne bien !

— Blanche Joie ! Je ne sais pas trop, non. Pour quoi faire ?

— Mais c'est mieux, un prénom israélien. Tu es une *bat Israël*, une fille d'Israël maintenant… Lola, Françoise, Madeleine c'est le passé tout ça, il faut oublier. Il faut tourner la page si tu veux t'adapter à ta nouvelle vie.

— Je ne crois pas. D'abord, je n'ai pas envie de changer de nom. On peut en devenir fou, Mar Yohannan, fou complètement. Vous savez, au Caire, nous avions une voisine de palier, une copte, très grosse, elle ne mangeait que du saindoux, et alors son mari l'avait quittée. Elle avait un chien. Tous les mois elle changeait le nom de son chien, par caprice ou par vengeance contre son mari. Elle ne le battait pas mais elle l'appelait avec des noms différents. Le chien se sentait devenir fou. À force, il ne répondait plus quand elle l'appelait, alors elle l'a fait piquer. Elle a acheté un nouveau chien, pareil mais en plus petit, et elle a recommencé à lui faire perdre la…

— Ah oui, intéressant. Viens, faisons un bout de chemin, tu me raconteras !

8 h 45.

Les élèves attendaient toujours devant la porte fermée de la classe, chose étrange. Le professeur n'avait jamais de retard. Quelques minutes encore et la directrice de l'ulpan vint donner une explication. Mar Yohannan avait eu un léger problème de santé. Il ne ferait pas la classe aujourd'hui.

*

Quelle belle journée ! Il y avait un peu de vent, mais c'était un vent de printemps doux et salé comme un bonbon au caramel. En bas, la mer respirait largement. En haut, la Grande Maison se découpait blanche et imposante sous le ciel très bleu.

Quelle belle journée, malgré la maladie de Mar Yohannan.

Lola prenait grand plaisir à se promener dans le quartier délabré mais riche encore de la splendeur d'autrefois. Ses façades à arcades farcies de petits commerces, ses cafés aux terrasses ombragées, la promenade bordée d'arbres centenaires, le vieux Bain turc, le cinéma Adar où l'on jouait surtout des films égyptiens et des westerns. Les chiffonniers de la rue commerçante, et les enfants pleins de turbulence, et tous ces visages bruns, ces voix qui poussaient des plaintes et des rires perpétuels, toute cette joyeuse exubérance dont les Orientaux savent habiller leur misère. Dans l'odeur de ses épices, sa poussière et sa rayonnante gaieté, Wadi Salib était comme le retour à une enfance qui avait été heureuse avant de s'achever. C'était comme si les choses du passé n'avaient pas été anéanties, qu'elles n'avaient même pas changé.

Parfois, Lola trouvait un trésor dans les lots de vieilleries que les chiffonniers entassaient sous les arcades, à même le trottoir ; des livres écrits en français, des cartes postales, des calendriers jetés au rebut. Les livres, c'était ce qui se vendait le moins et pour des clopinettes au marché aux puces de Wadi Salib. Lola en faisait provision avec une joie particulière quand elle tombait sur un ouvrage de la collection Nelson des grands classiques français, adorables. Imprimé sur du fin papier bible avec une couverture en carton jaune entourée d'un liseré d'or qui avait pâli bien sûr et s'effritait un peu sous les doigts.

Chaque jour, avant de remonter à la maison, Lola s'arrêtait au bureau de poste pour dire un petit bonjour à tante Magda. Elle l'admirait. Sa façon d'officier avec autorité derrière son guichet ! De mater la cohue de Marocains indisciplinés, poussant ceux de devant, injuriant ceux de derrière et suppliant en franco-arabe leur bienfaitrice charmante et bien intentionnée de leur venir en aide. « Mais qu'est-ce que je peux faire de plus ? Qui suis-je ? leur disait-elle. Le président de l'État d'Israël ? Le ministre du Commerce et de l'Emploi ? Le ministre du Logement ? Allez au diable, tous autant que vous êtes, allez chier dans la mer. »

À la vue de Lola, tante Magda affichait l'air surpris – bien que les visites fussent devenues quotidiennes. Elle sortait de derrière son comptoir pour prendre l'air sur le pas de la porte et bavarder un peu. Elles parlaient de tout et de rien. La presse des gens si impatients bien qu'ils n'aient rien à branler de leurs dix doigts, le bureau qui ne sentait pas la violette, les progrès en hébreu de Lola, et s'était-elle enfin dégoté un petit ami de son âge ? Lola se récriait : les garçons ? Pour ça, elle avait tout le temps devant elle. Ah, le temps, soupirait tante Magda en palpant ses joues fardées, le temps passe vite et le sien peut-être était déjà passé.

Elles se mirent dehors pour prendre le soleil. Lola dit à tante Magda :

— Je peux vous poser une question ?

— Pose-la.

— Vous êtes née française de France, tante Magda. C'est mon rêve, la France, à cause de tous les livres possibles et imaginables qu'on trouve chez vous. Vous ne regrettez pas d'être partie ? Vous n'avez pas parfois la nostalgie de la France ?

— La France ? Ne me parle pas de la France, s'il te plaît. De la merde en barre, c'est ça la France ! La France m'a marquée à l'étoile jaune. La France m'a raflée. La France m'a déportée à Drancy. La France m'a livrée aux Allemands. La France est antisémite jusqu'à la racine, Lola, et ça ne date pas d'hier. *Ein hadash tahat ha shemesh*, rien de nouveau sous le soleil ! Je n'y retournerais pas même si on me payait pour ça. Tu retournerais en Égypte, toi ?

— Non, mais je pensais aux beaux souvenirs du vert paradis de l'enfance.

— Quels souvenirs ? Je n'ai même pas de quoi me souvenir. Si, la faim au ventre et le froid quand je faisais trois kilomètres à pied, dans la neige pour aller de chez nous à l'école. La viande qu'on ne mangeait qu'à l'occasion des fêtes juives. Ma mère qui suppliait le boulanger de nous faire crédit jusqu'à la fin du mois. La fin du mois, tu parles ! Elle arrivait une fois par semaine. Le toit de la maison qui s'en allait en morceaux. La cabane dehors pour faire ses besoins. L'odeur des vieilles fringues que mon père rapiéçait pour deux francs six sous.

Mon pauvre papa chéri, il était plus usé que les nippes de ses clients. Tout fauché qu'il était, il avait toujours une pièce pour les mendiants. À table, le soir de shabbat, il gardait une place pour l'ange Gabriel. Il attendait le Messie qui n'était pas pressé de se montrer. *Gam zé lé tova*, disait-il, ça aussi c'est bien ! Tellement pieux ! Il aurait pu devenir grand rabbin de Colmar s'il en avait eu les moyens ! Religieux à un point ! Il enfilait des gants pour tourner les pages de sa bible, je m'en souviens et je me souviens aussi du papier fin qui crissait comme de la soie sous les doigts de mon père.

— Vous vous souvenez de ça, tante Magda, au moins vous vous souvenez de la douceur du papier.

*

Vers 11 heures du matin, alors que Solly dormait encore, Georgie vint le tirer de son lit. Aujourd'hui, c'était un jour important pour les affaires. Et Georgie écarta les bras pour donner une idée de tout le blé qu'ils allaient se faire.

Le Marin turc avait fixé le rendez-vous à midi pile dans un café, le Shemesh, situé près du port de marchandises. Un sale bistrot malfamé à cent mètres du quai où accostait le *Bosphore*, son cargo farci de contrebandes en tout genre. Cela allait de la fausse montre suisse, du soi-disant briquet de marque, aux stylos à plume dorée et aux rasoirs dernier cri fabriqués par les faussaires des pays asiatiques. Enfin, que du beau produit de luxe, facile à écouler. La marchandise (pas moins de vingt pièces à chaque livraison) rapportait trois fois l'investissement. Avec cet inconvénient. Certains stocks dont on ne connaissait pas à l'avance la composition étaient à acheter tels quels : défaut pas défaut, le Marin turc menaçait de s'adresser à la concurrence. L'avantage : Georgie ne se contentait pas, comme la plupart des trafiquants, d'approvisionner les commerçants dénués de scrupule. Georgie n'avait pas pour rien l'âme d'un artiste. Il avait mis au point une combine.

— C'est comme une pièce de théâtre, Solly, lui avait-il expliqué la première fois, en le mettant au parfum. Une pièce qui se joue à trois personnages : toi, moi et le client. Tu commences ! Tu vas marcher dans la rue Ha'atmoutz, une longue rue qui couvre toute la zone du port. Tu marches lentement. T'as l'air affolé, dépassé par les événements. T'es un jeune touriste français qu'a pas eu de chance. Hier soir à l'hôtel, on t'a piqué ton billet de retour et tu n'as plus un rond pour le racheter. Donc tu cherches quelqu'un qui pourrait t'aider à trouver l'ambassade de France à Haïfa. Tu arrêtes le premier venu – c'est moi – et tu m'expliques ton problème. Tout, tout, tout, on t'a tout piqué sauf ce que tu avais sur toi. Ta montre par exemple, ou ce beau stylo Parker plume or que ton père t'a offert pour tes quinze ans. Un truc dans les deux cents dollars minimum, plus la valeur sentimentale. Tu es déchiré. Mais comment faire autrement ? Tu me proposes ton stylo Parker à moitié prix, cent dollars disons, c'est rien mais tu as tellement besoin d'argent pour retourner à Marseille ! Le problème, c'est que moi je ne comprends pas le français, malheureusement ! Bon. J'arrête un type qui pourrait parler français. Je lui demande de me dire ce qui t'arrive et pourquoi tu as l'air si désespéré. Il me traduit. Ah, c'est ça. Il veut vendre son stylo ? Quel genre de stylo ? Je l'examine, mince, c'est un Parker vrai de vrai ! Une affaire ! Je l'achèterais sans hésiter si je pouvais, si j'avais sur moi cent dollars. Bon, tant pis, dommage ! Je dégage. Je te laisse avec le type, des fois qu'il serait intéressé. Il hésite encore ? Tu rabats ton prix. Quatre-vingts dollars s'il veut, presque rien, c'est donné ! Tu baratines. Le client mord à l'hameçon, l'affaire est trop belle. Ils finissent toujours par mordre, et tu sais pourquoi ? Pour te pigeonner ! Le pigeon croit que c'est lui qui te plume en réalité. Le client est toujours un malhonnête. Retiens bien ça : le client n'est pas meilleur ni pire que nous, il est pareil à nous, tu piges ?

Solly s'était porté volontaire sans hésitation. Pour l'intérêt commercial, bien sûr, et par pure gratitude envers l'ami auquel ils devaient tellement, Lola et lui. Les débuts sont difficiles, c'est une chose connue. Sa première tentative ? Un fiasco, il s'en souviendrait toute sa vie.

Vêtu comme un petit jeune homme de bonne famille, il arpentait la rue Ha'atmoutz avec l'air d'un chien battu. Georgie allait derrière, prêt à se compassionner pour le malheureux touriste dépouillé de tout, sauf de son bracelet-montre

Rolex ! Le premier client ferré, une dame embijoutée jusqu'aux yeux, lui avait conseillé d'alerter la police. Le deuxième, un type dans la cinquantaine, lui avait filé des jetons de téléphone pour joindre ses parents à Marseille. Mais c'est au troisième que les choses se gâtèrent vraiment. Au moment précis où Georgie baratinait un mec friqué vu son polo crocodile Lacoste, ses mocassins italiens et sa chevalière au doigt, Solly eut la frousse de sa vie. Un homme venait à leur rencontre sur le même trottoir, et avant même d'apercevoir ses traits, Solly reconnut le Haver Boaz à ses vêtements couleur kaki et sa couronne de cheveux roux. Solly fut pris de panique, si seulement la terre pouvait sous lui s'ouvrir. Fauché par la lâcheté, il s'était plié en deux comme à la recherche d'un truc tombé par terre. Quand il s'était redressé, il avait connu la honte de sa vie. Vu de dos, le délégué de l'Agence juive n'était rien d'autre qu'une grosse soldate aux cheveux roux jouant des coudes dans la cohue. Mais le cœur lui battait tellement ce jour-là – et avec ça que Georgie s'était mis à l'engueuler : « Qu'est-ce qui t'a pris, t'as fait fuir le pigeon ? – qu'il avait fichu le camp à toute allure.

Les débuts sont difficiles. Le métier d'arnaqueur s'apprend petit à petit, comme n'importe quel autre. Mais à présent quand il s'y mettait, ça allait tout seul. À présent, on pouvait dire que, né pour ce métier-là, Solly l'avait exercé toute sa vie. L'argent rentrait à flots. La contrefaçon était une mine d'or. En une semaine ils pouvaient se faire dans les trois cents lirot, autant qu'un ouvrier pour un mois tout entier. Et puis il y avait le jeu, la prise de risques, le danger… Tout ça l'excitait beaucoup et délicieusement.

Sa seule inquiétude, mais il la gardait pour lui, était que Lola en vienne à découvrir la façon dont il gagnait autant d'argent. Mentir ne servirait à rien. Il suffirait à Lola de le regarder dans les yeux pour connaître tous ses secrets. Elle lui dirait, oh, il savait bien ce qu'elle lui dirait avec sa manie des citations : « Qui vole un œuf, vole un bœuf et tue sa mère. » Elle dirait : « C'est incroyable, quoi, mon petit frère fait le gangster ? » Elle dirait… Oh, qu'elle dise ce qu'elle veut, après tout. Va au diable ! On ne peut pas discuter avec une fille qui n'a pas les pieds sur terre. Où vit-elle donc ? Sur une planète où le lait et le miel coulent aux fontaines ? Que croit-elle donc ? Que l'argent pousse comme feuilles aux arbres ? Mais c'est pour elle qu'il traficotait en fait, pour lui assurer une petite vie tranquille entre ses cours d'hébreu, ses bouquins, ses jolis rêves d'une famille retrouvée…

Au café Shemesh, envahi par toute la racaille du port, Georgie alla parler au patron. Ils se connaissaient bien apparemment. Une table se libéra pour eux au fond de la salle enfumée et bruyante. Une table à l'écart, c'était plus prudent pour discuter affaires. Georgie sortit son portefeuille, en vérifia le contenu et le remit dans sa poche. « Il faut du cash à la livraison, dit-il, c'est risqué mais c'est la règle dans notre bizness. » Pas mal nerveux à l'idée de rencontrer enfin leur fournisseur, Solly lançait des regards inquiets autour de lui. Rien de suspect à première vue. Des dockers, des ivrognes, des indigents, des putains aux yeux errants, un chien venu flairer le bas du comptoir. Mais sait-on jamais à qui on a affaire ? Un mouchard ou un policier en civil se planquait peut-être parmi les habitués de l'endroit. C'est que la police ne rigolait pas avec ces choses-là. Le trafic de contrebande était un crime passible de prison. Sauf pour les mineurs. Georgie savait ce qu'il faisait en le prenant pour partenaire. Il l'avait prévenu dès le début de leur association : « Tu risques rien, mon vieux. Même si tu te fais serrer, ils sont obligés de te relâcher, c'est la loi. Si je tombe des fois, toi tu t'en tireras sans problème. Et d'une. Deux, t'as une belle petite gueule d'ange, honnête, innocente. T'as vu ma gueule à moi ? »

Midi passé d'un bon quart d'heure. De temps en temps, Georgie allait guetter devant la porte l'arrivée du Marin turc. Et s'il ne venait pas du tout ? Si ça se trouvait, les douaniers avaient fouillé le cargo, saisi les marchandises pirates et, à cette heure, le Turc était sous les verrous en train de cracher le nom de ses complices. Solly conjura le mauvais sort avec les cinq doigts écartés de la main droite et son coude, balayant la table, il renversa son verre de bière. Il tâta le col de sa chemise : un liquide visqueux. Mais quelle importance avait sa chemise en ce moment ?

Georgie revenait avec quelqu'un : le Marin turc. Ça alors ! Ni Rackham le Rouge ni Popeye, un petit bonhomme au cou maigre dans sa vareuse, à la moustache grise et aux yeux bridés de Chinois. Pas d'âge, remarqua Solly, et sa marchandise il l'apportait dans une simple boîte à chaussures glissée sous le bras. Georgie regagna sa place. Le Marin turc traversa la salle, passa devant leur table et, sans un regard pour eux, continua en direction des toilettes.

— C'est lui ? dit Solly passablement vexé de n'avoir pas été présenté. Je ne l'imaginais pas comme ça.

— Comme quoi ?

Georgie attendit quelques secondes avant d'aller à son tour s'enfermer aux toilettes. Solly était au comble de l'excitation. Ça lui rappelait la fois, au zoo du Caire, où il avait vu le dompteur entrer dans la cage aux lions. Quel plaisir il avait éprouvé alors, quelle frayeur aussi à l'idée que le dompteur allait se faire bouffer par le lion ! Mais que se passait-il dans les toilettes ? L'échange durait depuis cinq bonnes minutes. Solly commençait à se faire du mauvais sang. Un soldat entra dans le café. Une femme ridée comme un vieux cuir l'appela : « Micha, Micha ! » Son fils ? Il se dirigea vers sa mère, ils s'embrassèrent.

La porte des toilettes s'ouvrit.

Le Marin turc en sortit sans la boîte à chaussures.

Il commanda un verre au comptoir en tournant le dos à la salle. Une fille en jupette au ras des fesses lança ses yeux noirs sur le dos du marin. Elle alla lui parler en lui mordillant l'oreille. Le Marin turc ne paraissait pas intéressé. Il vida son verre, paya et partit d'un pas tranquille.

Georgie revint avec la boîte à chaussures entourée d'une ficelle. Il la posa sur la table, bien en vue, comme s'il n'y avait pas de chat à fouetter là-dedans.

— C'est quoi, c'est quoi ? s'excita Solly. T'es content ?

— Matos premier choix, mon pote ! De l'Omega Seamaster 60, dernier modèle sport, waterproof, boîtier or et acier, chronomètre, bracelet cuir imitation croco. Un bijou, ça va partir les doigts dans le nez !

Dehors, la lumière du jour les cueillit par surprise. Le soleil brûlait à tout incendier sous lui, les hangars, les quais, les bateaux sur la mer. Solly chercha des yeux le quai où, deux mois plus tôt, sa sœur et lui avaient débarqué sous une pluie glacée. Il rentra le cou entre ses épaules comme s'il avait froid. Georgie chaussa son gros nez d'une paire de lunettes noires marque Ray-Ban, en vrai. Solly se promit d'acheter la même paire, exactement. Ils se dirigèrent vers la gare où un casier automatique leur servait de coffre-fort pour le matos et le pognon récolté.

L'esplanade devant la gare était noire de monde. « Attends là, dit Georgie, j'en ai pour une minute. » Il se fraya un chemin dans la foule. Solly alluma une cigarette. Le moral au beau fixe, il s'abrita à l'ombre d'un palmier dattier qui sentait l'Égypte. La fille du kiosque à boissons le regardait, lui sembla-t-il, avec intérêt. Il en jetait faut dire grâce à son blouson de cuir noir zébré de fermetures éclair. Soudain un énorme vacarme. Une sirène d'ambulance ou de pompiers ? Des gens qui se mettaient à courir, partout, affolés. Un fourgon de police s'arrêta devant l'entrée de la gare. Des policiers se ruèrent à l'assaut du bâtiment. D'autres se déployèrent pour en bloquer les accès. Juste le temps d'imaginer la souricière qui se refermait sur Georgie et, Dieu merci, Solly le vit arriver en courant, le visage rouge comme un jambon.

— On se tire, dit-il. Grouille-toi, c'est la merde, le caissier s'est fait poignarder, deux types l'ont lardé pour lui piquer sa caisse, deux *Maroco Sakin*, paraît-il. Ne cours pas, non, marche comme si de rien n'était.

— T'as pu ranger le matos ? Écoute, je comprends rien à rien. C'est quoi des Maroco Sakin ?

— Des Marocains, quoi. Maroco Sakin, ça veut dire « Marocain-couteau » en hébreu. C'est comme ça qu'ici on appelle les Marocains.

— Et le caissier, il est mort ?

— J'sais pas. C'était la panique. Le mois dernier, tiens, ils ont saigné un chauffeur de bus pour lui piquer quoi ? Vingt ou trente lirot ?

— Mais le caissier, dis-moi, il n'est pas mort ? Il est juste blessé ?

— Va savoir ! Il s'en sortira peut-être si Dieu veut, si le cœur n'a pas été touché. Mais avance, ça va pas ? Tu vas pas tourner de l'œil quand même ?

Solly se sentait pâlir. Ses jambes tremblaient. Les parents étaient morts sur le coup. Ils n'avaient pas souffert. Ils n'avaient pas vu venir la mort. Ils s'embrassaient peut-être au moment où, au croisement Kasr-el-Nil et place Soliman Pacha, le gros camion avait embouti leur pare-brise. À ce moment-là, sans doute, papa ne regardait pas la route devant lui. Il regardait maman. Toujours, tout le temps, papa regardait la lumière dans les yeux de maman. Il se penchait vers elle. Il tenait le volant d'une main. L'autre, invisible, se baladait entre les cuisses de maman. En cachette soi-disant des enfants, pétrifiés, tout seuls sur la banquette arrière. Un jour, lorsque Solly était encore un mioche qui ne comprenait rien, il avait demandé à papa s'il l'aimait lui, son fils unique, plus que tout au monde ? Papa avait répondu, presque indigné : « Pas plus que ta maman quand même ! » Même sans comprendre, il avait su que de tous les êtres vivants papa aimait surtout maman. Un amour pareil est beau mais il ne se partage pas avec le reste du monde. C'est pénible à supporter, parfois, des parents qui s'aiment un peu trop. Avec un peu moins d'amour et un peu plus d'attention à la circulation, ils seraient encore en vie. Ce n'était pas un reproche. Solly n'en voulait pas aux parents mais quelque chose en lui se plaignait et grondait… Quelque chose en lui poussait des hurlements aussi forts que la sirène de l'ambulance qui emportait le caissier mort, ou seulement blessé.

— C'est pas de pot, dit Georgie, mais bon, on reviendra demain.

*

Quelle belle journée.

Une de ces journées remplies de soleil et de vent salé. À Wadi Salib, ces jours-là, les maisons ouvraient toutes grandes portes et fenêtres. De pauvres maisons à l'air vétuste et abandonné, bien qu'elles fussent pleines à craquer, mais bariolées de soleil, elles étaient belles à voir ! Sordide et magnifique, Wadi Salib était tout entier ainsi aux yeux de Lola.

En montant les escaliers aux marches usées, Lola mesura pour la énième fois la chance qui les avait conduits son frère et elle à vivre dans la Grande Maison de tante Magda. S'il est vrai que le hasard n'existe pas, alors c'était le destin qui les avait tous réunis, orphelins et survivants, dans le but de créer une nouvelle famille aimante.

Lola grimpait quatre à quatre les escaliers, poursuivie par toutes sortes de pensées heureuses, quand elle aperçut en haut des marches la mince silhouette de Ruthie. Elle descendait, longue de figure et pâle, avec ses yeux noirs éteints et ses cheveux courts qui formaient un petit casque argenté autour de sa tête. Un rien dégrisée, Lola lui souhaita le bonjour, avait-elle bien dormi cette nuit, sans parvenir à rien lire sur son visage. « Bon travail alors, dit encore Lola, et à ce soir. » Ruthie ferma un œil, fixa l'autre sur Lola et continua à se taire. C'était sa façon habituelle de couper court aux parlottes.

La cuisine sentait l'œuf dur et le tabac froid. Solly et Georgie avaient laissé derrière eux un reste de salade de pommes de terre, oignons et œufs, ainsi que des cendriers pleins de mégots. Il y avait aussi, sur un coin de table, un mot de Solly. « *Ma petite sœur chérie, t'inquiètes pas, je sort faire une chose importante mais contes sur moi pour le dîner de ce soir.* » Une phrase et trois fautes d'orthographe !

Lola mangea le reste de salade. Elle fit la vaisselle. Elle balaya et lava le sol de la cuisine. Elle monta à l'étage. Elle nettoya la salle de bains. Elle mit de l'ordre dans toutes les chambres, hormis celle de Ruthie où nul n'avait le droit de pénétrer, pas même tante Magda.

Sa besogne achevée, elle se plongea avec délices dans un de ces bons gros romans grâce auxquels on n'avait besoin de personne.

Ruthie travaillait l'après-midi au consulat de Belgique en tant que dactylo. Un métier modeste, vu ses dons artistiques, mais bien rétribué, surtout pour un mi-temps. Elle devait sa place au consul lui-même : « Il vient du grand monde comme la famille Schreiber, disait tante Magda, ces gens-là se tiennent les coudes, que veux-tu, la solidarité leur pend au nez comme la crotte au cul du chien ! » Ruthie avait appris la dactylographie à Ravensbrück où un travail de bureau augmentait d'un mois ou deux les chances de survie. « Celles qui lâchaient, qui s'abandonnaient à leur sort, c'en était vite fait d'elles, disait tante Magda. Moi, je n'ai pas cédé. Je sentais que j'étais forte encore, j'étais vivante, je sentais que je pouvais être utile. » Ruthie était arrivée aux limites de l'épuisement lorsque tante Magda avait réussi à la caser *Sekretärin*, secrétaire en allemand, dans les bureaux du camp. Avec des avantages sur le plan de la nourriture et des vêtements plus chauds. Mais attention : à la moindre faute de frappe, au premier signe de fatigue, crac… la matraque s'abattait sur son dos. Le travail de Ruthie consistait à remplir les listes des malades et des femmes enceintes à transférer dans un camp de travail moins dur soi-disant. En fait, et tout le monde le savait, ces femmes-là partaient pour la mort dans des camions équipés de gaz. Quelle horreur ! Savoir que chaque nom qu'on tape à la machine est celui d'une condamnée à mort ! Chaque liste est un cimetière, et continuer de la remplir ! Et comment faire autrement, ma pauvre chérie… Tante Magda lui caressait les cheveux : « C'était ça, ma petite, ou précéder dans le four brûlant celles qui n'y échapperaient pas de toute façon. »

*

Lola dit à [illegible]te Magda :

— Je peux [illegible]us poser une question, tante Magda ? Ruth[illegible]ous l'aimez comme si c'était votre propre fil[illegible]urtant vous avez presque le même âge à cinq[illegible]x ans près. Vous la nourrissez, vous la protégez, vous la consolez tout le temps. Pourquoi ?

— Pourquoi pas ? Je l'aime, voilà tout.

— Vous l'avez aimée au premier regard, comme un coup de foudre ?

— Pas du tout. J'l'avais même pas remarquée, au début. Enfin, pas plus que ça. Les femmes arrivaient par centaines dans chaque convoi, on n'arrivait même plus à les compter. Au début, nous n'étions pas dans le même block. Elle a dû débarquer dans mon block, le block 9, vers janvier 44, je crois, dans ces eaux-là, c'était l'hiver en tout cas. Ensuite, il s'est passé des semaines et des mois avant qu'on se parle, qu'on devienne amies.

— Mais pourquoi devenir amie avec quelqu'un de si différent ?

— Parce qu'elle savait des poèmes.

— Parce qu'elle savait des poèmes !

— Tu sais comment notre amitié a commencé ? Par une formidable paire de gifles. Ah là là, ce que je lui ai mis ! Ruthie avait pris l'habitude d'écrire avec un clou sur le mur de sa couchette. C'était interdit, on était envoyé au block disciplinaire pour moins que ça. Je l'avais prévenue cent fois, mais elle ne pouvait pas s'en empêcher. Une fille l'a dénoncée, une salope qui cherchait à se faire bien voir de la Bötzel. Greta Bötzel, la surveillante SS qui faisait pleuvoir sur nous les punitions et les rapports. Pour elle, la baraque n'était jamais suffisamment au cordeau, une poussière, un pli dans la couverture et allez : elle jouait de la matraque. Bon. Donc, ce jour-là, la Bötzel va droit au lit de Ruthie.

Elle l'attrape par les cheveux, elle la jette par terre, elle la piétine avec ses bottes, elle lui cogne la tête à coups de matraque. Moi, je vois qu'elle va la tuer, mon sang ne fait qu'un tour. Je les sépare. J'arrache la petite aux mains de la Bötzel. Je te l'engueule, la Ruthie, comme quoi c'est un crime de saloper le matériel allemand, qu'elle va pas s'en sortir comme ça et je te la gifle à toute volée ! La Bötzel voit que j'ai fait le boulot à sa place, elle se barre et l'affaire se termine comme ça.

— C'est comme ça que vous lui avez sauvé la vie, tante Magda. C'est beau. C'est très beau.

— Ensuite, tu sais ce que j'ai fait ?

— Vous lui avez demandé pardon des coups que vous lui aviez donnés, pour son bien.

— Je suis allée lui chercher de quoi écrire. J'ai trouvé du jute pris dans un sac de ciment, un crayon de trois centimètres et je lui ai donné. Je lui ai donné et j'ai dit : « Voilà, tu peux écrire à présent et quand je distribue la bouffe, mets-toi en queue, là où la soupe est plus épaisse. »

— Elle écrivait quoi, des poèmes inventés ou ceux des autres ?

— Elle m'a écrit un poème, pour moi toute seule. Écoute :

À l'aube des soleils et des étoiles,
Tu verras le triomphe des festins de joie
Et le retour de ta rayonnante jeunesse.

C'est pas beau ça ? Ça réchauffait le cœur. Ça promettait la liberté tranquillement, patiemment, avec tout le temps devant soi. Bon, d'autres questions ? Y en a qui peuvent passer leur vie entière sans jamais poser la moindre question et y en a d'autres qui cherchent tout le temps à savoir le pourquoi et le comment. Mais moi, j'ai pas que ça à faire, figure-toi. Je vais me faire une petite mise en plis. Regarde, on voit mes racines ?

Voilà l'ennui avec tante Magda. La conversation déviait, s'arrêtait, s'enlisait dans de futiles considérations. Tante Magda déversait sur Lola d'horribles histoires mais par bribes éparses, difficiles à relier et incompréhensibles pour qui n'a rien vécu de tel.

Jusqu'ici, Lola ignorait tout ou presque des crimes commis par les nazis durant la guerre. En Égypte, les parents n'en parlaient pas, du moins devant les enfants. Par ignorance du malheur des autres Juifs à travers le monde ? Par indifférence à ce qui ne les avait pas touchés directement ?

À cette période, juste au début de la guerre, ils venaient de se marier dans le grand bonheur de leur amour. Le seul mauvais moment de leur vie, c'était sans doute quand les Allemands assoiffés de sang juif avaient déployé leurs chars dans le désert d'El-Alamein. Les nazis étaient presque arrivés aux portes d'Alexandrie. Les habitants avaient perdu tout espoir d'échapper aux envahisseurs – surtout que la radio répétait : « Vous allez être complètement encerclés, fuyez, sinon ils vous égorgeront. » Les Anglais brûlaient les documents confidentiels de l'ambassade britannique. Les Juifs d'Égypte se préparaient à un nouveau massacre, pire que celui de Nabuchodonosor. Alors un miracle se produisit. Le général Bernard Montgomery, un génie militaire, camoufla ses soldats de diverses manières dans le désert d'El-Alamein. À l'aube, les avions, les chars, les canons fondirent par surprise sur l'ennemi nazi. Dépités et décimés, les Allemands reculaient encore et encore et finalement, dans une apothéose guerrière, le général Montgomery les mit en pièces dans le désert d'El-Alamein.

Papa vouait un culte historique au sauveur des Juifs d'Égypte. Le général Montgomery trônait en permanence sur la table de la salle à manger, sous la forme d'un gros pichet de faïence peinte et vernissée. Venait-on à casser le pichet – un modèle fabriqué en série au Caire, mais fidèle à son portrait – qu'on le remplaçait aussitôt. On le voyait moulé de profil avec un nez droit couleur saumon, une mâchoire proéminente, des lèvres fines, serrées sur une pipe imitation bois dont l'embout laissait filtrer une eau bien fraîche additionnée de feuilles de menthe. Une eau toujours délicieuse dans le souvenir de Lola, et parfumée dans sa bouche comme une petite brise caressante.

4

— Solly, tu ne sors pas ce soir ? T'as l'air fatigué. Viens te coucher tôt pour une fois, j'ai des choses à te raconter.

— J'ai pas sommeil, vas-y toute seule, je te rejoins.

— Tu es fâché ? Alors donne-moi un petit baiser.

— Fiche-moi la paix, je t'dis, je réfléchis.

Lola partit lire dans sa chambre.

Solly resta assis au salon, le visage tourné contre le mur. Chaque fois qu'ils se trouvaient seuls, elle en profitait pour lui casser les pieds. « Où vas-tu ? » et « D'où viens-tu ? » Et : « Qu'est-ce que vous fabriquez tous les deux avec Georgie ? » et « Où prenez-vous tout cet argent qui te remplit les poches ? Ce n'est tout de même pas la manche qui te rapporte tout ça ? » Il avait beau rigoler : « Qu'est-ce que tu crois ? Que j'ai dévalisé une banque ? », elle n'arrêtait pas de l'asticoter avec ses petits principes de moralité. Il n'en pouvait plus de lui bourrer le mou. Il n'arrivait même plus à croiser son regard bleu layette en train de le deviner à fond. Un jour, il finirait par craquer et ce jour-là…

Le canapé du salon grinçait faiblement. Il faisait chaud dans la pièce où le piano luisait toutes dents dehors, pourtant Ruthie n'oubliait jamais de le refermer avec soin. Il prit dans son blouson son paquet d'anglaises, des Camel pas données. En allumant sa cigarette, il éprouva la délicieuse sensation de l'homme qui n'a rien à se refuser. Quelle réussite sensationnelle, quand même ! Sa sœur pouvait se moquer de son ignorance crasse. Est-ce qu'une intellectuelle saurait faire son chemin à travers les obstacles de… comment dit-elle ?… de Karib en quelque chose de pire encore. Lui, le frère sans orthographe, il a su conduire sa barque. Une bouffée d'orgueil emplit son blouson de cuir. Il se rappela ce jour d'hiver et de pluie où, fuyant la Ma'abara, ils étaient arrivés, Lola et lui, devant la maison d'où sortait une musique dans un registre prétentieux qui ne ressemblait pas à Georgie. Il se rappela l'attente et l'inquiétude sous la pluie devant la porte close. Où aller maintenant, se demandait-il, et que faire ? Il se rappela Lola égarée, au bord des larmes tandis que la porte restait fermée. Elle voulait laisser tomber, retourner à la Ma'abara, tant pis, je n'en peux plus. Et lui qui disait pas question, jamais je ne retournerai en prison. Et il avait eu raison puisque la porte de la maison avait fini par s'ouvrir sur deux places prêtes à les recevoir, Lola et lui. Deux places dans un foyer qui n'était pas provisoire ni fortuit ! Grâce à qui ?

Il se leva. Son corps commençait à s'engourdir. Il fit quelques mouvements de souplesse et s'arrêta net. Le couloir venait de s'éclairer. Des pas résonnaient, feutrés sur le carrelage. Il en conclut que Lola allait encore venir l'embêter.

Mais ce n'était pas Lola. En robe de chambre et pantoufles, Ruthie se dirigeait vers la cuisine, très vite, comme pour une urgence. Il attendit un moment puis, intrigué, il la suivit sur la pointe des pieds. Debout devant le frigo, elle mordait dans la carcasse du poulet rôti avec une fureur incroyable pour une qui n'avait jamais faim à table. La figure pleine de gras, elle croquait les os de poulet à la manière d'une bête sauvage, affamée. Une bête qui sort la nuit pour manger et se cache le jour. Entre chaque bouchée avalée, sa bouche s'ouvrait comme pleine de cris, mais sans un son. Soudain, elle se retourna vers le couloir, avec des yeux terriblement inquiets. Solly recula d'un pas en retenant la porte de la cuisine qui avait craqué. Elle regarda la carcasse nue entre ses doigts avec une expression bizarre. De violent dégoût. Elle la jeta dans la poubelle. Elle examina ses mains souillées de graisse. Puis, brusquement, elle se mordit les doigts de la main droite, plusieurs fois. Avec douleur et cruauté.

Naturellement, Solly pensa à Ruthie en se réveillant, à cause du rêve où elle l'avait visité. Dans ce rêve, elle préparait une soupe dans la cuisine. Pendant qu'elle coupait les légumes, le couteau dérapa en lui entaillant profondément le pouce. Elle se mit à lécher le sang sur son doigt, avec délices, comme si elle suçait un bonbon. Et sa bouche grande ouverte avec devant un tuyau à essence rouge se mit à aspirer tout le sang contenu dans sa gorge. Mais comme Solly avançait la main pour l'empêcher de continuer de se tuer, elle lui flanqua une tape en criant : « Laisse-moi tranquille, fous le camp ! »

Le plus étonnant ? La réaction de Georgie aux histoires de Solly. Pas plus le rêve sanguinaire que le spectacle de Ruthie se gavant la nuit, en cachette de tout le monde, ne retinrent son intérêt. Il n'écoutait même pas. Il ingurgitait son petit déjeuner et la seule pensée qui lui venait en tête était de savoir s'il allait se cuisiner une autre paire d'œufs au plat. Solly n'y tenait pas, pour sa part. Il n'avait pas faim. Il était trop bouleversé.

— Écoute quoi enfin ! Tu trouves ça normal ? Qu'elle se bâfre comme une sauvage quand elle croit que personne ne la voit ? Qu'elle se morde les doigts en même temps comme si elle voulait se punir de je ne sais quoi ? Elle est cinglée, ma parole !

— Elle est ce qu'elle est. Ils sont tous comme ça, quand ils reviennent des camps. Un peu dérangés, mais bon, ça leur passe avec le temps.

Georgie mouilla son pain de jaune d'œuf, lança une plaisanterie sur les œufs en tube fabriqués paraît-il par les Américains et recommença à manger énormément, comme sa tante, remarqua Solly, l'estomac noué. Incapable même d'avaler une tasse de café.

— Regarde comment tu bouffes. Fais gaffe, mon vieux, t'as grossi, tu vas devenir aussi gros que ta tante Magda. Est-ce qu'elle fait des trucs bizarres elle aussi, comme Ruthie ?

— Mais qu'est-ce que t'as avec Ruthie ? Elle te plaît ? T'as envie de te la faire ?

— Moi ? Ça va pas dans ta tête. Ruthie ! Elle pourrait être ma grand-mère d'abord !

— Tu rigoles ! Tu sais quel âge elle a, Ruthie ? Dis pour voir !

— J'sais pas ! Quarante-cinq, cinquante ?

— Trente-deux, mon pote, trente-deux ans ! C'est à cause de ses cheveux tout blancs. Mais elle est bien quand elle s'arrange un peu, tu sais, enfin elle est pas mal ! T'as déjà été avec une fille ?

— Ben oui, bien sûr. Et pas qu'une !

— Ah oui ? Tu parles ! C'était quand, où ? Au jardin d'enfants ? Tu sais ce qu'y te faudrait, n'empêche ?

Georgie se mit à débiter des obscénités tellement dégoûtantes, impossibles, que Solly en resta stupéfait. Il chercha une rosserie à jeter en pleine figure du gros dégueulasse. Mais sauf à le regarder de travers, il ne savait comment lui clouer le bec. Car, de fait, Georgie avait mis le doigt sur une vérité secrète au fond de lui, une vérité à laquelle il ne voulait pas penser justement.

Le silence alors, la meilleure expression de mépris qui soit.

Solly alla faire sa toilette. Il rasa ses joues

désespérément lisses de tout poil. Il revêtit sa tenue de travail. Le blazer bleu marine sur chemise bleu ciel du fils de bonne famille, les mocassins de cuir souple, la casquette ornée de l'écusson doré des collèges anglais. Georgie, lui, s'habillait en sabra, le natif israélien. La chemise brodée sans col, typique du kibboutznik, le large short kaki, les sandales aux orteils nus, et le *cova tembel*, le bonnet d'idiot en hébreu, qui lui en donnait l'air à s'y méprendre.

C'est l'art du déguisement qui fait vivre les escrocs.

« On commence par le boulevard Ha'atmoutz ou par Hadar HaCarmel ? dit Georgie au moment de partir. Qu'est-ce t'en penses ? » Ils virent le facteur traverser la cour avec sa sacoche.

Au courrier, il y avait une lettre par avion adressée à « Solly et Lola Sasson. Chez Mme Magda Rosenthal – 3 rue El Kébir. Wadi Salib – Haïfa. Israël ».

Une lettre de l'oncle Maurice évidemment, la barbe ! Solly avait interdit à Lola de communiquer leur adresse à l'oncle d'Amérique, ou d'ailleurs, il ne voulait plus avoir de rapport avec cette famille d'égoïstes.

— Tu ne lis pas ta lettre ? dit Georgie.

— Plus tard. On y va ?

Il savait d'avance le contenu de la lettre. Une seule page et un billet de vingt dollars ou deux billets de dix. L'oncle Maurice commençait toujours par demander des nouvelles de ses chers petits neveux, poursuivait sur la bonne santé de lui-même et de Rosette sa femme, enchaînait sur la vie difficile à Brooklyn où il avait ouvert un magasin « Tout à un dollar », se plaignait de la marche des affaires et du mauvais temps de New York, un froid de canard, et terminait par des souhaits émus de se revoir un jour, si Dieu veut.

Solly décacheta l'enveloppe, prit le billet de vingt dollars, et se déclara prêt à gagner aujourd'hui une petite fortune.

*

Lola revenait à la maison par le raccourci des escaliers quand une flopée de gamins se jeta dans ses jambes. Elle perdit l'équilibre, son cartable s'envola et elle tomba sur le pointu de la marche. Son genou saignait. Elle pesta contre les sales gosses toujours à se poursuivre dans les escaliers. Et contre leurs parents qui les mettaient à vadrouiller tout le temps ! Puis, reconnaissant deux petits Sandok au milieu de la bande aux joues gonflées par le rire, elle regretta sa saute d'humeur. Il n'empêche, son genou écorché lui faisait mal et elle boitait de la jambe gauche.

Si bien que, se traînant clopin-clopant, elle mit un temps fou à atteindre la Grande Maison.

Mme Renée était en train d'étendre des mètres de linge sur des cordes allant du figuier à un poteau fiché au bout de sa partie de cour. Elle soupirait et se plaignait du dos, à cause du fardeau de sa grossesse. Momo, son petit dernier, assis cul nu par terre, touillait avec sa gravité enfantine la bassine pleine de pinces à linge.

« Mais tu pisses le sang, ma fille, viens, montre-moi ça. »

Lola obtempéra, contrainte et forcée.

« C'est pas grave, madame Renée, juste une écorchure, ne vous inquiétez donc pas, ça va aller ! »

Mme Renée était la femme la plus bavarde de la Création. Une commère. Toujours à se mêler de vos affaires et à exposer les siennes. Souci sur souci, chagrin et griefs perpétuels. Existait-il en Israël famille plus malheureuse, plus abandonnée que les Sandok ? Edgar, son mari au chômage la plupart du temps, buvait pour ne rien arranger. Qu'allaient-ils devenir en ce triste monde quand serait né leur sixième enfant ? Elle se frappait la poitrine. Le temps de sa jeunesse affluait à sa mémoire, le temps où elle n'était qu'une jeune fille pleine de rêves. Elle roulait des yeux pleurards. Maintenant la jeune fille était devenue une femme amère flétrie par le sort.

— Mais c'est pas beau, ça ! Ça va s'infecter. Entre à la maison, entre un peu, je vais te soigner.

— Non merci, madame Renée, c'est trop gentil, vous avez déjà tellement à faire, de votre côté.

— Entre, ma fille, tu es si pressée ? Comme tu voudras ! Il n'y a aucune obligation, aucune, ma fille. Tu peux rentrer chez toi, je ne te retiens pas. De quel droit ? Un bonjour-bonsoir et puis rien. Chacun chez soi, allez, vous me détestez, vous autres, je le sais bien. Vous parlez en mal de moi, *maalesh* ! Ça ne fait rien. Chacun vaut l'idée qu'il se fait de soi, pas vrai ?

Elle prit dans le linge mis à sécher sur la corde une petite serviette. Se baissa en gémissant que ses jambes ne la portaient plus, et noua la serviette autour du genou sanguinolent de Lola.

— Merci, madame Renée, merci beaucoup. Mais vous savez, chez nous personne ne parle en mal de vous, ne croyez pas ça. Au contraire. Tante Magda vous admire, elle ne tarit pas d'éloges sur vous.

— Sur moi, pas possible ! Quels éloges, dis-moi, quelle admiration ? Qu'est-ce qu'il y a de si admirable chez moi ?

— Mais… plein de choses ! Votre façon de lutter pour le bien de votre famille, votre énergie, votre courage, tout ça…

— Mon courage, mon courage ! Si tu savais, ma fille, si tu savais ! Je suis si fatiguée de cette vie. Tu as vu dans quoi nous vivons, trois pièces pour sept personnes, bientôt huit… Si j'avais su ! Une villa par famille, qu'ils disaient, un bon travail qu'ils promettaient ! La liberté, la dignité, le respect ! Où ça ? À Wadi Salib ? Maudit soit le jour où j'ai écouté les sionistes ! Si seulement je pouvais partir ailleurs, disparaître, entamer une nouvelle vie là où je ne serais connue de personne, où personne ne me cracherait à la figure. Mais en même temps je me dis, qu'est-ce que je vais faire des gosses ? Et eux, comment vont-ils pouvoir se débrouiller sans moi ? C'est pas Edgar qui va s'occuper de les nourrir, les laver, les éduquer. Il n'est même pas capable de se faire une tasse de thé. Je ne te dirai rien de son ivrognerie, ils boivent tous, après tout, mais n'empêche que pour lui picoler et rigoler c'est tout un ! Et moi je gueule comme un âne après lui, bouge-toi un peu, il faut que tu gagnes de l'argent, il faut que tu gagnes de l'argent ! Le pauvre, qu'est-ce qu'il y peut ? Mais je ne supporte plus la situation, je ne supporte plus. Je peux te le dire, entre nous ma fille, souvent je n'ai même plus envie de me coiffer, de me laver, je me couche comme je suis. Parfois, quand je me regarde dans le miroir, je me dis, mais elle est où la Renée de Meknès ? J'étais une belle fille. La nature avait fait un chef-d'œuvre de mon visage et, quand je marchais dans la rue, les hommes se retournaient sur moi. À l'époque, je pensais qu'on pouvait résoudre tous les problèmes et qu'il suffisait pour ça de s'aimer bien fort, comme mon Edgar et moi, tu vois ? Suffit de s'aimer, facile à dire ! L'amour sans argent est une chose fragile, plus fragile que le verre le plus fin. Momo, mais qu'est-ce qu'il y a, mon cœur, pourquoi tu cries ?

Le petit garçon se roulait dans la poussière en hurlant comme s'il avait avalé une pince à linge. Sa mère courut pour le relever. Elle le prit dans ses bras, le dévora de baisers, mais rien n'y faisait. Momo tempêtait à s'exploser les poumons.

— Vous ne pourriez pas faire taire ce gosse, enfin ? On n'entend que vous, du matin au soir, c'est insupportable.

Ruthie élevait la voix, campée sur le seuil de la maison. Mince et raide, impeccable dans une tunique blanche au col droit relevé sous ses cheveux courts et luisants comme un casque d'argent.

— Comment, qu'est-ce que vous dites ? rétorqua Mme Renée, les yeux ronds de surprise outragée.

— Je viens de vous le dire, vous êtes sourde ? Nous le serons nous aussi bientôt, si ça continue.

— Et votre piano alors, qui nous casse les oreilles du matin au soir ? C'est la musique des anges, vous croyez ? Vous jouez comme une casserole, ma fille, allez prendre des cours, allez, au lieu de courir après les hommes.

Mme Renée mit ses mains en porte-voix devant sa bouche pour mieux se faire entendre du voisinage.

— Zona, putain, fille de pute, je sais reconnaître les filles de pute quand j'en vois une et comme toi, on ne fait pas mieux. Tu es une malade de la chose, une malade, tout le monde le sait ! Dis-moi, sale pute, il n'y a pas assez d'hommes à Haïfa pour que tu coures aussi après le mien ?

Un silence. Cinq grosses secondes d'incertitude durant lesquelles Lola se demanda pourquoi Ruthie se taisait. Pourquoi ne réagissait-elle pas aux saletés débitées sur son compte ? Elle traversa la cour, la tête haute, les narines pincées comme à passer une poubelle dont on aurait ôté le couvercle. Quand elle eut atteint la rue El Kébir, sans un regard pour Lola qui la suivait des yeux,

Mme Renée était repartie de plus belle, « Putain, salope, traînée », etc.

Lola s'en indigna.

— Comment pouvez-vous être aussi méchante, madame Renée ? Je ne vous comprends pas. Vous n'avez pas le droit d'insulter votre prochain, surtout une ancienne déportée qui revient de l'enfer.

— L'enfer ? Quel enfer ? Ni elle ni l'autre menteuse n'ont jamais été déportées… Je le sais. Les déportés sont revenus avec un numéro tatoué sur le bras, tatoué profond tu peux me croire, ça ne part pas à la lessive.

— Mais les hommes peut-être, je ne sais pas moi, pas les femmes en tout cas.

— Tous, je te dis, les hommes, les femmes, les enfants, tous, sans exception, marqués à vie. Tu leur as vu un numéro sur le bras, toi ? Moi pas. Alors ?

— Oh, ça va, dit Lola, on ne peut pas discuter avec vous.

Elle tourna les talons en se jurant de ne plus adresser la parole à Mme Renée. Trop c'était trop. Prétendre que Ruthie cavalait après son type relevait de la bêtise mariée à la jalousie. Mais affirmer que tante Magda et Ruthie usurpaient le titre de rescapées des camps de la mort atteignait le comble de l'ignominie.

La Grande Maison était vide et sonore à cause de la radio mise à fond, exprès, par Mme Renée. Sur la table de la cuisine, elle trouva la lettre décachetée de l'oncle Maurice.

New York, le 28 mars 1959

Mes bien chers neveux,

En premier lieu, j'espère que ma lettre vous trouvera en bonne santé.

Rosette, votre tante qui vous embrasse tendrement, est malade en ce moment. Elle reste à se reposer dans son lit et je dois tenir tout seul le magasin. Une fois encore, j'ai travaillé dur et avec l'argent que j'ai emprunté à mon beau-frère, j'ai l'intention de…

Lola reposa la lettre sur la table. Son genou s'était remis à beaucoup saigner à travers le pansement de fortune.

Dans la salle de bains, elle lava au savon sa blessure, versa dessus du mercurochrome. Mais songeuse, troublée même, elle ne s'aperçut pas tout de suite que le sang mêlé de mercurochrome avait rougi le carrelage sous l'évier. Quelque chose la troublait au point de ne plus être consciente de ce qu'elle faisait. L'acrimonie de Mme Renée, ses attaques haineuses à l'encontre de ses voisines. Que voulait-elle dire en qualifiant Ruthie de « malade de la chose » ? Les choses du sexe, bien sûr, quel rapport avec la glaciale Ruthie ? Et cette histoire selon laquelle les anciens déportés seraient marqués à vie par un tatouage au bras ? À sa connaissance, c'était même une certitude, tante Magda et Ruthie n'avaient pas de tatouage, sur aucun des deux bras. Pourquoi ?

Elle s'enveloppa le genou d'une bande de gaze. Un monde de questions planant dans sa tête, elle traversa le couloir et, c'était plus fort qu'elle, s'arrêta devant la porte de Ruthie. Pourquoi la fermait-elle toujours à double tour ? Sur quels secrets que nul ne devait découvrir ? Lola observa la forme de la serrure, scellée peut-être d'un cheveu invisible. Elle passa la main sur la boiserie douce, patinée par les années. Une fente dans la porte laissait passer un étroit faisceau de lumière. Lola s'avança dans cette lumière et colla son œil à la fente.

*

Lola dit à tante Magda :

— Quelqu'un m'a dit quelque chose sur les déportés et je me demandais si c'était vrai ou pas.

— Quelque chose ? Sur moi ? Quelqu'un t'a parlé de moi ? Qui ça ? Où ça ?

— Mais je ne sais plus où, en classe peut-être, quelqu'un que vous ne connaissez pas en tout cas.

— Et qui me connaît moi ?

— Non, non, je ne crois pas.

— Bon, alors parle, qu'est-ce qu'on t'a dit exactement ?

— On m'a dit, je ne sais pas si c'est la vérité, que tous les déportés dans les camps avaient un numéro tatoué sur le bras. Mais vous, tante Magda, vous n'avez pas de tatouage et Ruthie non plus.

— Ah, c'est ça qu'on t'a dit ? C'est tout ?

— Oui, c'est tout. Alors les tatouages, c'est vrai ou c'est faux ?

— C'est vrai mais juste pour les déportés à Auschwitz. À Auschwitz-Birkenau, les Juifs étaient tatoués sur l'avant-bras gauche. Pas dans les autres camps. À Ravensbrück, nous avions une croix peinte en blanc sur le dos de la robe, un numéro cousu sur la manche et le triangle sur la poitrine. Ça te suffit ?

*

Lola dit à tante Magda :

— Pourquoi est-ce que Ruthie ferme toujours sa chambre à double tour ? La vôtre, tante Magda, est ouverte à tous les vents. Pourquoi ? C'est une question de confiance ? Elle a peur des voleurs ?

— Des fantômes à vrai dire, des fantômes nus et tremblants qui veulent bouffer les vivants !

— Vous plaisantez, tante Magda ? Elle ne croit pas aux fantômes tout de même, elle est complètement athée.

— Je plaisante, mais c'est quand même vrai. Ruthie ne croit pas en Dieu mais les fantômes oui, ça la travaille !… Les fantômes sans lèvres ni dents qui ont soif et qui ont faim et qui… Chose… Attends, ça va me revenir, soif, faim et… Et qui boivent l'éponge des poumons et qui mangent le sommeil des vivants. Sommes-nous, nous vivants, morts pour les fantômes ?

— Quelle horreur ! C'est un poème de Ruthie,

hein ? J'en étais sûre. Quelle horreur, tante Magda, ah non, non, c'est trop dur à entendre.

— P'tite mère, va ! Y a des choses bien pires que ça. Tu sais ce qui m'est arrivé l'autre jour dans l'autobus ? Je montais au Carmel chez mon coiffeur quand un bonhomme s'est levé pour me filer sa place ! Tu imagines, un type qui avait facilement dix ans de plus que moi, j'te jure !

*

Lola dit à tante Magda :

— Votre amie Ruthie est exactement le contraire de vous. Le feu et la glace ! Pourquoi est-elle si désagréable envers Solly et moi ? Est-ce qu'elle ne nous prendrait pas par hasard pour des éléments indésirables ?

— Non, c'est sa façon d'être avec tout le monde. Même avec moi, tu sais, elle a un caractère de chien, que veux-tu ! Mais ne va pas croire, elle n'a rien contre toi, au contraire.

— Pourquoi ? Elle vous a parlé de moi ?

— Non.

— Jamais ? Ni en bien ni en mal ?

— Une fois elle m'a dit : la petite rêveuse, c'est comme ça qu'elle t'appelle, la petite rêveuse n'est pas ajustée au monde moderne.

— Ajustée au monde moderne ? Qu'est-ce que ça veut dire ?

— Va savoir ! Que tu lis trop de livres qui n'ont rien à voir avec quoi que ce soit de profitable à ton âge ! Que tu devrais rencontrer des copains et des copines de ton âge au lieu de passer tes soirées à la maison. Que tu devrais avoir enfin un petit ami et t'arranger un peu pour lui plaire ! Tu t'es regardée, Lola ? T'es jolie comme un cœur, mais tes cheveux, t'as vu tes cheveux ? Ils vont n'importe comment ! Une broussaille, la jungle ! De si beaux cheveux, noirs, épais, bouclés !

— Je n'arrive pas à les discipliner, tante Magda, j'en ai trop. C'est de famille chez les Sasson. Maman disait toujours : les Sasson naissent et meurent avec la crinière du lion. Et je me demandais… Les cheveux de Ruthie, tante Magda, ils sont devenus blancs tout d'un coup, au camp ?

— Si c'est pas dommage, à son âge ! Les années passent, une année puis deux, puis dix, comment est-ce possible j'me dis, je ne sais pas. Enfin c'est la vie, comme on dit, Lola, et c'est toujours ça de gagné. Ah la vie, Lola, la vie, c'est toujours ça de gagné !

5

Chaque dernier samedi du mois, lorsque blanchissait la racine de ses cheveux teints, tante Magda se rendait chez Oscar, son coiffeur adoré. Tout un rituel. Elle se mettait sur son trente et un, se maquillait abondamment, s'embijoutait de bricoles clinquantes. Puis, juchée sur ses talons aiguilles, elle s'examinait devant la glace de sa coiffeuse. Elle se dandinait, arrondissait ses mains en coque sous ses gros seins, les soulevait, les faisait dansoter à gauche, à droite et, inquiète, elle demandait à Lola : « Comment tu me trouves aujourd'hui ? »

Ce samedi, elle se piqua d'emmener Lola chez son coiffeur, que ça lui plût ou non. Lola n'avait pas le goût de la coquetterie, pure perte de temps en ce qui la concernait, mais comment résister à tant de gentillesse. « Une bonne coupe, t'en as besoin, allez je t'offre le coiffeur, j'te dis, et c'est pas donné, crois-moi. » Tante Magda n'avait de cesse de vouloir « changer la chenille en papillon ». Ce désir impérieux d'éveiller sa féminité mettait

Lola au supplice. Elle ne savait pas comment s'y prendre pour devenir « une jolie fille appétissante » et pourquoi pas comestible ? Lola n'avait pas de familiarité avec son propre corps. Il l'encombrait. Son visage passait pour être joli mais son corps manquait de... de... Elle ne savait pas quoi. Lorsqu'elle pensait au garçon de ses rêves, son cerveau se fixait sur des images floues, indéfinies. Comme si l'être idéal vivait à des années-lumière de distance, sur la planète Mars ou dans la lune. Tout cela venait de ce qu'elle ne pouvait concevoir d'avoir un amoureux, même dans ses rêves. Et c'était très bien ainsi.

Le salon de coiffure se trouvait sur les hauteurs du Carmel, dans la rue Arlozorof. La rue des beaux immeubles, des petites maisons couvertes de fleurs et des boutiques élégantes. Ici, pas de mauvaises odeurs, pas de taudis, pas de foules d'Orientaux dépenaillés et bruyants. Même l'air ici, quand on venait des bas quartiers, l'air paraissait sain et léger comme une plume.

Elles longeaient la rue Arlozorof quand tout à coup elles entendirent un énorme vacarme. Il provenait, leur sembla-t-il, d'un attroupement formé juste devant le salon de coiffure. Une foule en colère à en juger par les cris et les imprécations. Elles approchèrent inquiètes, surtout tante Magda, pour son cher petit Oscar. Une vingtaine de personnes, hommes et femmes, grondaient et dansaient presque joyeusement sous l'enseigne « Salon Oscar Katz. Maître et Artisan ». La façade vitrée avait volé en éclats. Sur la porte en bois peint en rose, une main avait écrit à la peinture noire « Katz Kapo/Bergen-Belsen ». Des gens lui hurlaient de sortir, on savait bien qu'il était là, planqué, qu'il se montre ce salaud, on te trouvera de toute façon, on te fera la peau, sale kapo, assassin, criminel, ordure, bourreau de ton peuple ! Un homme, au dos courbé de petit vieux, en appelait à la vengeance et au meurtre du complice juif des nazis. Une femme, la mousse au coin de sa bouche haineuse, précipita par la vitrine fracassée des pierres à l'intérieur du salon. Une tige de fer s'abattit sur la porte, la fendant de part en part. Elle allait céder dans quelques secondes et Lola détourna le regard pour retarder le moment où, tiré de sa boutique, le coiffeur allait être battu, tué peut-être. Elle s'accrocha à la main de tante Magda qui la repoussa et, puissante, se fraya un chemin dans la foule furieuse. Elle injuria. Elle implora. Elle fit le serment sur son âme qu'Oscar son ami de longue date n'avait aucun crime sur la conscience. Alors ce fut contre elle qu'ils se retournèrent. Un crachat lui éclaboussa le visage. Un instant de stupeur, elle en oublia de s'essuyer la joue, et laissa tomber ses bras, comme si elle était épuisée. Vaincue par la haine, la cruauté dont sont capables les êtres humains. Désespérée. Les larmes coulaient sur son visage en deuil comme si elle voyait la mort fondre sur l'innocent qu'elle n'avait pas réussi à sauver. Les larmes de l'empathie. Un mot magnifique. Empathie. La faculté de se mettre à la place d'autrui, de comprendre sa souffrance, de la ressentir comme la sienne propre.

Lola tremblait un peu en fouillant le sac de tante Magda, à la recherche d'un mouchoir. Quand elle eut fini d'essuyer toutes les peines sur le visage défait, tante Magda n'avait plus qu'un pli d'amertume au coin des lèvres. Des policiers survenaient, matraque au poing. La bagarre menaçait. Tante Magda passa un bras protecteur autour des épaules de Lola et l'entraîna loin des fous rendus encore plus furieux par l'intervention des policiers.

*

Lola dit à tante Magda :

— Cet Oscar Katz, que lui reproche-t-on exactement ? Vous le connaissez bien, tante Magda. D'où vient-il ?

— D'Autriche. C'est un ancien communiste. Un brave gars, Lola, tellement doux. Il ne ferait pas de mal à une mouche. Dans quel monde on vit, bon Dieu ! Ce pays est peuplé de cinglés, tu comprends ? Y a pas eu assez de morts comme ça dans les camps. Il leur en faut d'autres.

— Qu'est-ce ça veut dire, kapo, tante Magda ? C'est un mot italien ? Chef, ça veut dire chef en italien ?

— Tu parles l'italien, toi ?

— Un peu, quelques mots, comme tout le monde en Égypte. On parlait des tas de langues mélangées à cause de tous les Italiens, les Grecs, les Arméniens qui vivaient ensemble, en Égypte.

— J'adore l'italien, *bambino, bambino ! Ta*

musique est plus jolie que tout le ciel de l'Italie. Tu connais Dalida ? Je l'adore, c'est une de chez vous non ? *Je sais bien que tu l'adores, bambino, bambino, et qu'elle a de jolis yeux, bambino, bambino !*

— Pardon tante Magda si j'insiste, je sais la peine que vous avez à en parler, mais les kapos c'était quoi exactement ?

— C'étaient des prisonniers comme les autres. Des déportés comme les autres. Des victimes. Les SS les avaient tirés du lot, pour faire régner l'ordre et la discipline, arrêter les bagarres, ce genre de choses quoi. C'était ça aussi le vice des nazis. Faire faire leur sale boulot aux victimes, tu comprends ? Bons ou méchants, tous étaient obligés d'obéir. Ils n'avaient pas le choix.

— On a toujours le choix.

— P'tite mère, va ! Si on te donnait à choisir entre vivre et mourir, tu choisirais de mourir ? Maintenant je vais te dire une chose que dit la Bible : Ne juge pas ton camarade tant que tu n'es pas à sa place. Ne juge pas sans savoir. N'essaye pas de savoir ce que tu ne peux pas comprendre. Moi, en tout cas, je suis sûre d'une chose. J'ai réussi à préserver ma conscience et ma dignité malgré le prix à payer.

— Concernant Oscar, tante Magda, à votre avis qu'est-ce qui va lui arriver ? S'ils l'attrapent, je veux dire.

— Je ne sais pas. Ils ne l'attraperont pas, ce n'est pas un idiot. Peut-être bien qu'il le savait, pour les calomnies, les dénonciations sans queue ni tête. Ça arrive tout le temps à tout le monde.

Peut-être qu'il est parti se cacher quelque part en attendant que ça passe.

— Et si ça ne passe pas ?

— Et si et si et si... On verra c'qu'on verra, voilà tout. Lâche-moi, veux-tu ? Et puis éteins cette radio, j'ai assez de bruits comme ça entre les oreilles.

6

Les jours se succédaient, absorbés par les études et la sorte de climat romanesque que l'énigme Ruthie Schreiber donnait à la maison où vivait Lola.

Comment appelle-t-on ce sentiment qui vous fait un trou dans le cœur et y met la passion pour une personne qu'on n'aime pas spécialement ? Une idée fixe ? Une obsession maladive ? Lola avait l'esprit terriblement accaparé par Ruthie. À l'observer, distante et froide, elle pressentait des mystères et des secrets enfouis dans les coins obscurs de sa personnalité. Pourquoi interdisait-elle l'accès de sa chambre à coucher ? Qu'y avait-il derrière l'œil aveugle de sa serrure ? Les secrets de toute une vie ? Des photos de famille ? Des poèmes ? Un journal intime ? Comment forcer une porte toujours fermée à clé ? Où trouver le sésame de cette caverne d'Ali Baba, rendue plus fascinante encore par l'acte de transgression ?

Un jour, elle pensa avoir trouvé le moyen de se rapprocher de Ruthie, de l'amadouer, d'éveiller chez elle un changement de sentiments à son égard.

Vers midi, après les cours, elle était montée à Hadar HaCarmel le quartier huppé de Haïfa. Elle flânait devant les magasins en quête d'un maillot de bain une pièce (la mode était aux bikinis) quand elle passa devant la vitrine d'une librairie. Des livres écrits en hébreu mais, par habitude, elle s'arrêta : Alterman, Bialik, Agnon, Martin Buber, Israel Zangwill, Franz Kafka. Son regard tomba sur un coffret ancien à reliure de cuir. Le dos indiquait *Mélodies* en langue française. Elle entra dans la librairie pour examiner le coffret vermoulu, doré sur tranche. C'était un album de musique en réalité. Il comportait une douzaine de partitions composées par un certain J. Massenet. Un ouvrage précieux et rare, expliqua le libraire, et il ne le céderait pas à moins de cinquante lirot. Lola n'eut aucune hésitation. Les compositions de ce J. Massenet (Jacques, Jean, Julien ?) étaient peut-être de la musique de mirliton. Mais le bel album attendait depuis si longtemps que quelqu'un vînt le sauver de l'oubli.

En rentrant à la maison, le visage cramoisi d'excitation, Lola rencontra un chat noir avec, Dieu merci, une collerette de poils d'un blanc pur, éclatant.

Le jour finissait.

Tante Magda préparait le repas en écoutant *Avis de recherche*, l'émission des familles en quête de survivants. Ruthie ne tarderait plus à rentrer.

Lola l'attendit au salon où, souvent, après le travail, elle se mettait à son piano. Elle songea à inscrire une dédicace sur la page de garde de l'album. Raffinée et poétique comme sa destinataire. Elle le tira avec précaution de son papier cadeau. Elle renifla les pages lourdes et jaunies, à l'odeur de rose fanée, délicieuse. Elle regretta de ne pas savoir lire une partition. La dédicace maintenant. Elle réfléchit longtemps, trop longtemps, Ruthie pouvait surgir d'un instant à l'autre dans le salon. Elle séchait quand soudain elle se rappela le petit poème composé à Ravensbrück : « *À l'aube des soleils et des étoiles, tu verras…* » Et ensuite, quoi donc ?… Elle plissa les yeux pour mieux se concentrer et lentement, en formant bien les lettres, elle écrivit au haut de la page de garde :

À l'aube des soleils et des étoiles,
Tu verras le triomphe des festins de joie
Et le retour de ta rayonnante jeunesse.

Elle signa en bas de page : « de la part amicale de Lola ». Ensuite, elle refit le paquet et le plaça bien en vue sur le couvercle du piano. Elle déplaça un peu le lampadaire pour que l'abat-jour projetât l'or de sa lumière sur le paquet-cadeau.

Elle s'installa dans le fauteuil, face à la porte, afin de voir Ruthie arriver. Elle attendit et attendit, les yeux rivés sur le couloir.

Un quart d'heure environ, puis Ruthie passa en flèche devant le salon et prit l'escalier. Au bout d'une minute, Lola se sentit incapable de contenir sa hâte. J'y vais et qui sait, elle me fera peut-être entrer dans son domaine réservé. Elle grimpa les marches en se répétant ce qu'elle dirait à Ruthie et ce que celle-ci lui répondrait, les yeux ronds de surprise et de joie. Toutefois, arrivée devant la porte sous laquelle filtrait un rai de lumière, Lola eut un moment d'hésitation. Et si cet album ne valait rien ? Ce J. Massenet était peut-être le plus médiocre des musiciens du monde ! N'est-ce pas l'intention qui compte avant tout ? Elle frappa un coup timide. Pas de réponse. Un deuxième coup. Le bruit sec d'un verrou tiré, le déclic de la serrure et... Ruthie plaça sa tête dans l'ouverture : sa tête des mauvais jours.

— Qu'est-ce que tu veux ? T'as quelque chose pour moi ? C'est quoi ? Un cadeau pour moi ? Pourquoi ?

Elle lui prit des mains le large et long paquet. Elle le prit d'autorité, comme un dû, et, sans la remercier le moins du monde, elle lui ferma la porte au nez.

À table ce soir-là, Lola espérait encore une parole de Ruthie, un petit merci ou ne fût-ce qu'un sourire de connivence. Eh bien non. Elle n'avait pas prononcé trois mots depuis le début du repas sinon pour dire : « Une bouchée de plus et je rends tout. » De son côté, Lola avait trop de fierté pour ouvrir question la première du cadeau tombé aux oubliettes. La conversation anodine la mettait au supplice. Georgie et Solly fumaient entre les plats. Tante Magda se fâcha : « Vous avez tellement envie de vous fabriquer le cancer de poumons ? » Elle citait des statistiques selon lesquelles les artères des gens maigres se bouchent plus vite que celles des grosses gens. Au camp, c'était une règle absolue que plus une personne est forte, plus ses chances de survie sont grandes. Prise à témoin, Ruthie rétorqua des ironies sur l'appétit d'ogre de tante Magda. Qui répondit la bouche pleine : « Vaut mieux mourir d'indigestion que de faim. » Elles se querellaient avec des méchancetés de vieux couple uni pour la vie. Les sarcasmes déchaînaient les rires stupides de Georgie. Solly l'imitait, par complaisance. La bêtise est contagieuse, se disait Lola.

Les garçons partirent se balader à la fraîche.

L'heure tournait. Tante Magda n'en finissait pas de siroter son lait chaud en redisant la même chose d'un air satisfait : « Hé hé hé, va falloir songer à se faire dormir les yeux ! » Chaque minute perdue sonnait le moment où Ruthie allait se retirer dans sa chambre. Lola se sentait exploser du dedans. Sa bouche s'ouvrit brusquement et, avec l'impression d'avoir une pierre dans la gorge, elle se lança.

— Un album comme celui-ci, Ruthie, on n'en trouve pas tous les jours, vous savez. Il a au moins cent ans.

— Ah bon ! Où l'as-tu déniché ?

— Est-ce que vous l'avez ouvert seulement ? Est-ce que vous l'avez regardé ?

— Quoi donc, dit tante Magda, de quoi parlez-vous ?

— S'il ne vous plaît pas, ce n'est pas grave. Je peux le rendre ou l'échanger contre autre chose.

— Mais pas du tout, je le garde. Je te remercie de ton cadeau.

— Elle t'a acheté un cadeau ? dit tante Magda. À toi ? C'qu'elle est mignonne ! qu'est-ce que c'est ?

— Je ne veux pas vous obliger. S'il ne vous plaît pas, je comprends. Il ne vous plaît pas ?

— Mais si, enfin, puisque je te le dis.

— Non, je le vois bien. C'est pas grave. Je voulais juste vous faire plaisir, je ne sais même pas pourquoi.

— Si tu ne sais pas, moi non plus. Pourquoi veux-tu me faire plaisir ? En échange de quoi ?

— Je croyais, je ne sais pas moi. Je croyais que ça irait bien avec votre personnalité.

— Ma personnalité ! Et quelle est-elle, ma personnalité ? Dis-moi, ton avis m'intéresse !

— Ruthie, sois un peu plus gentille voyons, tu la mets dans tous ses états. Qu'est-ce qui se passe entre vous deux ? C'est quoi cet album, d'abord ? Tu sais quoi, Lola ? Y a des gens qui apprennent la gratitude trop tard et d'autres qui ne l'apprennent jamais.

— La ferme, Magda ! Arrête avec tes petits proverbes frappés au coin du bon sens, tu me fatigues. Bonne nuit, vous autres, moi je tombe de sommeil.

— Attends, Ruthie, attends un peu, il n'est pas tellement tard. Je ne comprends pas. La petite voulait te faire plaisir, c'est un crime ?

— Laissez, tante Magda, c'est sans importance.

Je me suis trompée, voilà tout. Je voulais lui faire plaisir, mais il n'y a pas moyen avec vous, Ruthie. Rien ne peut vous faire plaisir, surtout venant de moi.

Ruthie ne répondit pas. Elle regarda Lola avec un air étrange, un peu perplexe, un peu triste. Un air, en tout cas, comme elle ne lui en avait jamais vu auparavant. Durant un instant, Lola eut l'impression de découvrir une Ruthie différente. Un instant, elle eut la sensation d'ébranler le rocher sur lequel reposait l'énigme Ruthie. Mais voilà que, rompant le charme, tante Magda intervint avec ses gros sabots :

— Le plaisir, parlons-en du plaisir ! À trop en prendre, on ne prend rien ! N'est-ce pas, Ruthie ? Je me demande si tu ne le fais pas exprès. C'est ta revanche, au fond ! Toutes coupables sans exception ! Mon père disait toujours : ne juge pas si tu ne veux pas être jugé.

— Oh, ferme-la, fiche-moi la paix enfin, qu'est-ce que tu cherches ? Tu ne changeras jamais.

Et tandis qu'elles discutaient avec véhémence de choses incompréhensibles, l'idée vint à Lola qu'elles usaient d'un code, d'un langage à elles seules réservé pour dissimuler… Quoi donc ? Quelles vérités ou quels mensonges cherchaient-elles à tenir secrets ? À quoi jouaient-elles ? Pourquoi ces allusions troubles et opaques en présence d'un tiers ? Et ces silences de fer soudain, ces réticences, l'esquive quand on abordait les temps difficiles ? Lola risquait une timide intervention quand Ruthie, se levant de table, sortit dans la nuit de ses mystères.

7

Les affaires marchaient du feu de Dieu.

En moins d'un mois, trois semaines et demie exactement, la vente des Omega Seamaster waterproof avait dépassé toutes les espérances. À raison de quatre à cinq pièces par semaine, il ne resterait plus grand-chose à écouler. Les deux associés partageaient fraternellement la moitié de la recette. Le reste allait dans leur casier automatique de la gare, en prévision des marchandises à renouveler. À la fin de chaque mois (Solly touchant sa part devait se pincer pour être sûr qu'il ne rêvait pas), ils allaient fêter leur victoire dans le meilleur des restaurants de poisson de Haïfa.

C'était pour ce soir.

Il y avait la queue devant le Windsor de Shedorot Carmel, à cause d'un car de touristes américains. Ils se replièrent sur le Meggido, encore plus chic, mais quoi on n'était pas des radins. Moyennant bakchich, le serveur les installa à une table déjà réservée, avec vue sur les jardins du Carmel. Là, devant une bouteille de vin blanc français, ils se sentaient tellement importants que leur tête se mit à enfler.

— Toi et moi on se démerde au petit poil ! Toi et moi Solly, tu sais quoi ? On est des gagnants sur toute la ligne.

— On se défend, quoi !

— Et comment, mon vieux, et comment ! Écoute, s'il y a des types que j'peux pas encaisser, c'est ceux qui sont pas fichus de se défendre tout seuls. J'aime pas les minables.

— Moi non plus.

— T'as des couilles, toi, ça fait pas l'ombre d'un doute. Et t'as quoi ? Quinze ans ? T'iras loin, crois-moi, si tu veux t'en donner la peine tu iras encore plus loin que moi, si ça se trouve.

Solly palpa les billets au fond de sa poche. Leur contact lui mit une chaleur incroyable entre les doigts. Il s'illumina tout entier. Il calcula que si ça continuait aussi bien, à raison d'un millier de lirot par mois, il serait bientôt à la tête d'une petite fortune. Même en soustrayant le loyer et la demi-pension, plus l'argent de poche pour Lola, il se ferait une vie de pacha ! Tout ce qu'il lui plairait d'avoir, il l'aurait comme ça en claquant des doigts ! Alors, dans un paroxysme de bonheur, il se mit à rêver à voix haute :

— On pourrait s'acheter une Vespa, qu'en dis-tu ? C'est pas trop cher, une Vespa d'occasion non ?

— Une bagnole plutôt ce serait chouette ! Une petite Fiat, tiens. Enfin on verra, Vespa ou bagnole c'est pas donné ! Je suis sur un coup. Dès que nous en aurons fini avec les montres, je ferai rentrer un stock de postes à transistor.

— Des faux, n'est-ce pas ?

— Mais non, gamin, des vrais en or vingt-quatre carats !

Confus mais joyeux, il adorait cette canaille de Georgie, Solly voulut aborder la question du profit escompté pour le nouveau produit. L'autre l'arrêta net.

— Je ne parle pas affaires au restaurant, on n'est pas là pour ça !

Les plats défilaient en silence, plus délicieux les uns que les autres. Tant et si bien qu'à la fin, il n'y avait plus de place pour le dessert.

Le garçon apporta la note avec deux vodkas offertes par la maison. Exorbitante, la note, mais normale quand on ne s'est privé de rien ! Georgie paya sans sourciller. Une broutille pour lui, songea Solly, pour nous deux ! Il savoura le respect du garçon qui, empochant son pourboire, proposa d'aller leur chercher un taxi.

Ils avaient trop bu et trop mangé. Ils résolurent de redescendre à pied vers la ville basse, pour l'exercice et le panorama. Le ciel si lumineux qu'il faisait concurrence aux réverbères. Les rues qui étalaient des guirlandes d'ampoules électriques de toutes les couleurs de l'arc-en-ciel. Le haut de Haïfa, vraiment, pouvait rivaliser de beauté et de richesses avec les grandes villes du monde moderne. À Haïfa, il y avait tout ce qu'on désirait : du fric, de belles fringues, des voitures, des femmes. Et tout cela, si Dieu veut, Solly pourrait se le payer bientôt. Alors, quand il serait vraiment riche, ils partiraient Lola et lui, pas loin mais pas trop près non plus de cette maison de cinglées. Parce que, soit dit en passant, et sans vouloir choquer Lola dans ses affections, ils habitent chez deux folles à lier. Parce que, sur tante Magda aussi, il aurait des choses à dire s'il n'était pas obligé de les garder pour lui.

Une fois, c'était un samedi matin, il se lavait debout dans la baignoire quand tante Magda surgit dans la salle de bains. « Ça va, mon petit, tu veux que je t'aide à t'essuyer le dos ? » Son peignoir était ouvert sur une combinaison transparente, laissant voir ses seins et ses hanches rebondies. De surprise, il en laissa échapper le morceau de savon.

Il joignit les mains sur son sexe au-dessus de ses jambes serrées et se recroquevilla. « Tu t'es bien lavé partout ? Les cheveux aussi, c'est bien, attention aux poux. Au camp, un pou c'était la mort assurée. »

Elle prit une serviette et avança vers lui, grosse et forte et pareille à une ourse dressée sur ses pattes arrière et qui aurait l'intention de vous avaler tout cru. Il bondit hors de la baignoire. Il voulut saisir une autre serviette, mais déjà elle l'avait enveloppé dans la sienne. Elle le frictionnait partout, le dos, les jambes, les cuisses, en rigolant parce qu'il se débattait férocement. « J'mords pas, va ! Quel trouillard, un grand gars comme toi ! » Il avait beau résister, elle le maintenait contre elle avec une force incroyable. Elle se pencha, son visage contre celui de Solly, ses lèvres tout près des siennes. Il détourna la tête, la repoussa, tenta de fuir. Elle l'agrippa par les épaules, le secoua avec une espèce de fureur désespérée et, allez savoir pourquoi, elle se mit à pleurer : « C'que tu es joli, mon Dieu c'que tu es joli. »

Et ce fut tout. Quand elle sortit en laissant derrière elle l'odeur de son corps féminin, il en fut tout troublé. L'odeur lui monta à la tête. Il se sentit faible et n'eut plus qu'une envie, aller se coucher.

Cette nuit-là, il rêva de tante Magda. Plus exactement, c'était parfois tante Magda, parfois une jeune fille aux lèvres humides sur son cou, et quelquefois les deux ne faisaient plus qu'une seule et même personne.

Ses rêves nocturnes le tourmentaient. Dans les rues, sur la promenade du port, aux terrasses des cafés chics du mont Carmel, il ouvrait de grands yeux sur les filles, sur leurs bras lisses, leurs cheveux brillants, leurs seins et leur cul.

Un après-midi, sur le port, un maquereau lui avait cherché des noises : comme quoi il tournait autour de ses filles, gratuitement, sans débourser un rond. Solly avait évité la bagarre en lui donnant un billet de vingt lirot. « Tiens, c'est pour leur offrir à boire à toutes. » Finalement, ils s'étaient quittés presque bons amis. « Reviens quand tu veux te choisir une fille, dit le maquereau, t'es ici chez toi. » Solly avait refusé avec les remerciements d'usage pour ne point vexer le propriétaire des filles. Les putains, pour ce qu'il en savait, sont suspectes de maladies. Leurs sexes, à force de servir, deviennent râpeux. Il préférait éviter. Quand l'une d'elles lui souriait, même une toute jolie, il s'empêchait de la regarder. Il serrait les paupières pour empêcher l'image de la fille d'y entrer, et malgré lui, ses yeux s'agitaient comme pour sortir de leur cachette. En repartant, non merci une autre fois peut-être, il traînait derrière lui son ombre écrasée par le regret. Pourquoi ne pas essayer juste une fois, histoire de s'informer de certaines choses, une seule petite fois, et ensuite, juré craché, ne plus y retourner ? Mais rien qu'à imaginer ces choses-là avec ces filles-là. Problème réglé, se disait-il, et aussitôt le ver de la tentation le rongeait. C'est que le désir de la femme le brûlait comme une flamme cachée dans le sang de ses veines. Jour et nuit, la flamme brûlait au point de lui vider la tête. Alors, il se mettait à penser aux billets de banque au fond de ses poches et la brûlure du désir s'effaçait. Il se sentait tout à fait bien alors. L'argent, c'est sûr, n'a jamais fait de mal à personne.

*

Lola s'aventurait quelquefois au-delà du périmètre du quartier. Mais se balader au hasard dans des rues inconnues, monter au Carmel pour lécher les vitrines des beaux quartiers, manger une glace à la terrasse d'un café, tout cela ne l'amusait pas beaucoup finalement. Si seulement Solly était avec elle ! Chez elle, à la Grande Maison, elle ne s'ennuyait jamais. Quand elle avait expédié les petites corvées domestiques, le ménage, la vaisselle, elle révisait ses cours pour le lendemain. Après quoi, elle était libre de s'adonner à son histoire d'amour avec les romans écrits de préférence en français. Le temps s'arrêtait et, tante Magda avait peut-être raison, les livres l'isolaient du monde.

Lola n'avait pas d'amis à l'ulpan et n'en désirait pas. Elle se sentait à mille lieues de ces gens avec qui elle partageait les mêmes bancs. C'étaient des immigrés de fraîche date, un peu frustes et pas du tout intéressés par les choses de l'esprit. Elle n'aimait pas leurs manières familières. Quand par mégarde son voisin de pupitre lui effleurait le bras, elle se reculait comme sous l'effet d'une décharge électrique. Quand l'un d'eux lui serrait la main ou lui tapotait les cheveux, elle sentait monter en elle quelque chose qui ressemblait à de la répulsion. Elle comprenait qu'elle n'avait rien à attendre de ceux-là, rien à leur donner. Ils ne l'aimaient pas davantage, elle le savait. Les bons élèves sont l'objet du ressentiment des cancres. D'autant plus qu'elle s'était fait le pari, réussi, d'apprendre trente mots nouveaux minimum par jour, et qu'à plusieurs reprises le professeur l'en avait félicitée.

Mais ce matin, catastrophe. Mar Yohannan accueillit ses élèves en leur distribuant des formulaires émanant de la mairie de Haïfa. Chacun était tenu de remplir le sien avec soin puis, muni de ses papiers d'identité (passeport, titre de voyage, certificat d'apatride), d'aller le déposer à la mairie, rue Hassan Choukri, au service chargé de délivrer la carte d'identité israélienne. Ceci, naturellement, leva une peur panique chez Lola. La menace en suspens depuis trois mois se matérialisait. Tout allait être découvert. Les passeports confisqués par le Haver Boaz. La fuite clandestine de la Ma'abara. La double imposture sur l'âge et l'identité. Le risque certain d'être remis sous la tutelle de l'Agence juive.

À midi, par chance. Solly était encore à la maison. Il dormait. Elle le secoua. Il ouvrit un œil vague et, l'ayant identifiée, il poussa un râle de déplaisir. Elle se mit à débiter son histoire à toute allure et sans beaucoup de cohérence. Il la fit asseoir près de lui et lui demanda de tout reprendre par le début. Après quoi, il vit rouge.

— Oh là là, Lola, dans quel pétrin tu nous as mis ! Pourquoi, pourquoi t'as donné ton vrai nom ? D'abord tu fous le camp de cette école de merde, tu m'entends ? Tu disparais, tu coupes les ponts, fini ! Il n'y a plus de Lola Sasson. Qui ça ? Lola Sasson ? Non, inconnue au bataillon ! Compris ? Tu m'as bien compris, Lola ? Et tu évites de te balader dans le quartier !

— Écoute. Ton idée ne tient pas debout. D'abord ça ne sert à rien d'interrompre les études, je suis déjà fichée à l'école. Ensuite je ne peux pas rester enfermée à la maison toute la journée.

Il en convint. Une ruée d'angoisse déferla sur son visage. Que faire ?

— On va se barrer. Partir dans une autre ville

ou un autre pays où personne ne va nous connaître.

— Où personne ne nous connaîtra ! Excuse-moi, Solly, mais tu parles comme un gosse de six ans. D'abord, pour partir dans un autre pays, il faut se procurer un passeport. Tu la passeras comment, la frontière ? Nous n'aurons pas de passeports, même pas en rêve. Il faut être majeur et vacciné, et encore ! Tu crois que l'Agence juive fermera les yeux : mais oui, allez en paix les enfants et bon voyage ?

— Je ne te parle pas d'un vrai passeport, voyons. Ne cause pas sans savoir. Les faux papiers ça existe, il suffit de savoir à qui s'adresser et fini, ils ont l'air plus vrais que les vrais !

— Et toi tu sais à qui t'adresser ? Première nouvelle ! Tu connais des gens qui fabriquent de faux papiers ?

— Ben non, mais je sais où les trouver.

— Ah oui ? Où ça ?

— Au port. Ce sont des gens qui bossent au port. Georgie les connaît.

— Georgie à présent ! Le comble qui nous manquait. Qu'est-ce vous traficotez tous les deux au port ? Je ne sais pas mais de toute façon je ne veux pas partir. Si on en parlait à tante Magda, elle trouverait une solution, j'en suis sûre.

— Ah, laisse-moi rire, tiens ! Tu es tordante, tu devrais entrer dans un cirque. Laisse-moi t'expliquer quelque chose, toi qui crois tout savoir. Il n'y a qu'une personne au monde sur qui tu peux compter, pas deux, une seule ! Moi, ton frère. Va dans la cuisine, fais-moi du café. Je vais réveiller Georgie et j'arrive.

Il resta longtemps enfermé dans la chambre de Georgie. Le café refroidissait dans la cafetière. Le poste de Mme Renée hurlait une musique d'accompagnement pour une réclame de dentifrice. Ses gosses se pourchassaient dans la cour en poussant des cris guerriers. Un boucan infernal, oui, mais à Wadi Salib au moins on ne séparait pas les familles, on n'expédiait pas le frère dans un kibboutz de Tibériade et la sœur dans un mochav de Galilée.

Lola monta à l'étage.

La porte de la chambre de Georgie bâillait, entrouverte. Il racontait une blague, semblait-il. Solly s'esclaffait, mort de rire. Elle poussa la porte et entra. Accroupi sur le plancher, son gros derrière saillant, Georgie essayait d'enfiler une chaussure. « Hé, hé, shalom la petite cafteuse », dit-il et, du tac au tac, elle le salua d'un « Shalom le babouin albinos ».

— Laisse-la, dit Solly, c'est pas une cafteuse, elle pouvait pas savoir ! Et puisque c'est réparé ? Lola on ne part pas, on reste. Georgie a tout arrangé, il sait comment faire. Je t'avais dit, c'est un type génial, avec un cœur en or fin par-dessus le marché.

— Je ne voudrais pas vous gâcher le plaisir, dit Lola, mais s'il faut encore faire une chose interdite pour…

— Mais non justement, il ne faut rien faire du

tout, Lola, parole d'honneur, rien de rien du tout. Parce que toi et moi on n'existe pas, c'est tout. On n'a plus de passeports, fini, ils n'ont jamais été à nous et on n'a pas non plus de fiches d'immigration, tu comprends ? Sans tout ça, ce serait comme si on n'était jamais entrés en Israël, Lola, et qu'on était exactement une aiguille dans la botte de foin.

— De quoi parles-tu, voyons ? Je ne comprends rien à vos histoires.

— Je t'explique, dit Georgie. C'est simple comme bonjour. Tout Juif qui pose le pied en Israël obtient la nationalité automatiquement au bout de trois mois, d'accord ? Il y a droit d'office mais… mais… c'est là le hic, il l'obtient sur présentation de la fiche d'immigration qu'on lui a fait remplir à sa descente du bateau ou de l'avion.

— Et ces fiches, je ne les ai jamais remplies ni de près ni de loin, triompha Solly. Elles n'existent pas, par chance, et nous non plus.

— Et le Haver Boaz, il n'existe pas davantage ?

— Lui ? Il s'en tape, hein Georgie ? Ça lui fait toujours deux de moins à s'occuper !

— Et mon prof ? Il s'en fout du formulaire ? Et qu'est-ce que je vais lui dire ? Je l'ai perdu ! J'en ai fait des cocottes en papier ? Qu'il a fait long feu ? Que la fumée est toujours plus large que le feu ?

— C'est une devinette ? Qu'est-ce qu'elle raconte, ta sœur, Solly, c'est quoi le rapport ?

— Je ne sais pas moi ! Qu'il y a le feu au lac, je suppose, elle dit des choses comme ça de temps en temps pour épater le monde. Elle pense trop, elle pense tout le temps, c'est sa folie ! Elle se ronge par le dedans avec des choses fausses, pas vrai ? Y a encore des risques avec le Haver Boaz, tu crois ? Il peut se pointer un jour ou l'autre, c'est possible ?

Solly leva son poing au plafond.

— Qu'il se pointe et je le tuerai, parole d'honneur ! Je le tuerai s'il vient fourrer son nez à la maison, je le tuerai !

Quelques jours durant, Lola vécut dans l'inquiétude. À chaque instant, elle s'attendait à être convoquée à la mairie pour être convaincue publiquement de mensonges et accusée de falsification d'identité. La nuit, elle rêvait qu'un employé de la mairie ou un policier venait les arrêter Solly et elle pour les remettre entre les griffes du Haver Boaz. Mais les jours passèrent sans que Mar Yohannan rouvre la question du formulaire. Lola finit par se ranger à l'optimisme de Solly. À chaque moment difficile, chaque problème, il trouvait une solution… Cette fois encore, si une fatalité survenait, Solly saurait s'en dépatouiller.

8

Les premiers jours d'avril apportèrent de fortes chaleurs. Le khamsin soufflait, brûlant. Les sables du désert s'immisçaient dans les moindres recoins des maisons. L'air devenait irrespirable tant dedans que dehors. Les enfants souffraient, les femmes semblaient abattues et moins bavardes, les hommes perplexes et désemparés. Enfin, pour ne rien arranger, une panne d'électricité finit d'assombrir le moral des habitants. Bien qu'ils fussent habitués aux coupures de courant, cette dernière leur paraissait suspecte, voire préméditée dans le but de forcer les mauvais payeurs (tout le monde en somme) à acquitter leur facture d'électricité. Pour certains, ça tenait carrément d'un plan d'éviction conçu en haut lieu. Le voisin Edgar Sandok établissait un rapport étroit entre les pannes électriques et la mise en chantier à Haïfa du métro souterrain. Celui-ci avancerait ses tentacules jusque sous la colline de Wadi Salib, la tailladant, la creusant comme une fine couche de sable, avalant les maisons, chassant les habitants, les déportant dans le désert du Néguev. L'esprit de rébellion s'emparait du quartier, qu'ils essayent donc et ils verront, ça va leur péter à la gueule, il y aura des larmes et du sang !

Il y avait surtout, se disait Lola, les délires du désespoir. Les gens de Wadi Salib n'en pouvaient plus de vivre dans le dénuement. L'un d'eux, un père de famille nombreuse, avait perdu la boule à l'heure des préparatifs de Pessah. Faisant irruption au bureau de poste de tante Magda, il avait exigé sous la menace un gigot de mouton et des haricots blancs en purée.

À l'approche des fêtes, tante Magda n'avait plus une minute à elle. Elle attachait beaucoup d'importance à la célébration de la Pâque car, fidèle à la foi de son père, qui aurait pu être le grand rabbin de Colmar, elle demeurait assez croyante.

Sitôt revenue de son travail, elle s'activait. Aidée de Lola, ravie de se rendre utile, elle nettoyait, balayait, traquait les miettes de pain dans chaque pièce de la maison, sauf celle de Ruthie. Miette pas miette, sa forteresse demeurait imprenable. Lola essayait bien pourtant : « S'il s'avère qu'une seule chambre contient encore une seule minuscule dernière miette de pain, tante Magda, c'est un péché grave aux yeux de Dieu, non ? » Tante Magda se contentait de soupirer : « Que veux-tu, mon chou, personne ne peut aller contre la volonté de Ruthie, pas même Dieu ! » Lola soupirait en son for intérieur : « Quel dommage qu'elle soit athée, c'est comme ça que se perdent les bonnes occasions. »

Au jour voulu, la maison resplendissait de propreté.

En cuisine, tout était prêt pour le seder : le sel et le miel, le céleri amer et la confiture de figues, les matzot et le vin traditionnels. Et l'agneau pascal, évidemment. Un gigot de trois bons kilos fourni par Edgar Sandok, un gigot dont l'acquisition démontrait que, malgré sa piété chevillée à l'âme, tante Magda ne regardait pas trop au respect du code moral. Car, comme chacun savait à Wadi Salib et tout le monde s'en arrangeait, Sandok et Fils (les deux aînés, douze et dix ans) s'en allaient au moment des fêtes voler du petit bétail dans les kibboutzim environnants. Lola n'en revenait pas. Ainsi donc, ce père de famille juive instruisait ses fils dans le brigandage ?

— Que peut-il faire d'autre ? dit tante Magda. Les laisser danser devant le buffet ? Écoute-moi bien, Lola, et prends-en de la graine : parfois, dans les situations désespérées, il faut mal faire pour s'en sortir. Parfois l'honnêteté confine à la bêtise crasse.

— Solly dit exactement la même chose, tante Magda, la fin justifie les moyens.

— La faim, *f-a-i-m*, justifie les moyens.

— Enfin, j'espère que Ruthie va s'amuser ce soir, pour une fois. Et surtout qu'elle ne nous fera pas sentir qu'on est de trop, Solly et moi.

— Tu ne m'écoutes pas, Lola, je te l'ai dit cent

fois. Ruthie n'est ni pour ni contre personne, elle ne s'occupe que d'elle-même. Mais ne t'inquiète donc pas, mon petit chat, je suis là. Si elle te cherche des poux, je serai là.

Une fois le couvert mis dans la salle à manger, elles allèrent revêtir des tenues de fête.

Ruthie apparut majestueuse dans une longue tunique brodée dans le genre yéménite et, chose exceptionnelle, les lèvres soulignées d'un trait de rose. Aux compliments de Lola – « Vous êtes belle ce soir, magnifique vraiment » –, elle répondit : « Vous en êtes une autre, ma chère », avec une gentillesse tout à fait surprenante. Tante Magda arriva en dernier, dans une robe pleine de festons et d'un tas de petits boutons autour du décolleté. Georgie et Solly, deux butors, en riaient sous cape. Lola leur intima l'ordre d'arrêter ça tout de suite : tante Magda avait de nouveau vingt ans, et chacun a le droit de rattraper les années que les nazis vous ont volées.

On passa à table.

Georgie entama la lecture du texte sacré. Et déjà, afin qu'on sût qu'elle était athée, Ruthie bâillait d'ennui : la cérémonie, le rituel, la religion, des simagrées assommantes ! Dieu, un imposteur ! Sa bonté, Sa miséricorde, Son alliance avec le Peuple élu ? Une franche rigolade ! Tante Magda, très éprouvée, on lui gâchait sa fête, fit en sorte d'écourter les prières.

Il était temps de s'attaquer au festin conçu et préparé par tante Magda. Et là, devant les plats servis dans la belle vaisselle sortie seulement aux grandes occasions, un nouveau sujet de contrariété. Ruthie faisait la fine bouche, rien d'étonnant à cela, mais Georgie et Solly émettaient des réserves sur le trop de sel dans ceci et pas assez dans cela. Le gigot de mouton cuit à l'eau baignait dans une sauce blanchâtre… Les potirons, une spécialité alsacienne, étaient farcis de chair blafarde et d'herbes fades et fibreuses. Tante Magda ne brillait pas par ses talents aux fourneaux. Sa fidélité aux petits plats de son enfance alsacienne émouvait Lola, il ne lui serait pas venu à l'esprit de les dénigrer. Mais cette fois, il fallait l'admettre, tante Magda s'était surpassée dans le domaine de l'immangeable.

On alla prendre le café au salon. On se sentait bien assis, on était heureux d'être ensemble.

Ruthie se fit un peu prier avant de se mettre au piano… Georgie prit sa guitare pour l'accompagner. Ils commencèrent par jouer « Khad Gadia », la litanie du chevreau mangé par le chat aussitôt dévoré par le chien qui à son tour… Georgie chantait le premier couplet et l'assistance reprenait en chœur. Ruthie enchaîna sur des mélodies rapides, entraînantes. Une gaieté merveilleuse se déchaîna au salon. Tante Magda entonna une chanson yiddish que son père lui chantait, à elle spécialement, « Shein alle Shein » : « Jolie, je suis jolie, Jolie est mon nom, ce n'est pas pour rien que tous les sages du village me demandent en mariage ! » Elle connaissait aussi de vieilles chansons françaises désopilantes. Tout le monde se mit à brailler « Il m'a vue nue, toute nue ! » ou « La môme Catch-Catch » en s'étranglant de rire. On riait, on chantait, on riait à ne plus pouvoir s'arrêter. La nuit passait trop vite, on aurait voulu qu'elle ne finisse jamais.

Au moment de se séparer, vers les 2 heures du matin, on s'embrassa longuement. On se souhaita bonne fête et longue vie et on s'embrassa encore. Et si bien que la fête de Pâque laisserait à Lola un souvenir de grand bonheur familial.

*

Le lendemain matin, tante Magda souffrait d'indigestion. Alitée, elle gémissait en étreignant son estomac devenu trop gros pour la place qui lui était allouée. Il fallut lui appliquer des compresses et lui expliquer que, d'après les lois de la physique, un estomac aussi a ses limites. Lola s'y employa avec douceur.

— Tante Magda, ne vous énervez pas si j'ai l'air de vous faire la leçon. On dirait que vous le faites exprès de manger, manger, manger même quand vous n'avez plus faim... Ce n'est pas permis. Regardez dans quel état vous vous êtes mise. Et que se passera-t-il si vous continuez comme ça ? Vous tomberez raide morte et moi, moi... que vais-je devenir sans vous ?

— Je sais, je sais, je mange trop, j'ai quinze kilos à perdre mais que veux-tu : c'est tellement bon de manger. Tu sais combien je pesais quand j'ai été libérée ? Je pesais quarante-trois kilos d'os et pas un gramme de graisse. Et Ruthie, crois-tu qu'elle était décharnée ? Dans les trente-cinq kilos ! Les Suédois, quand ils nous ont libérées, ça leur a fait un sacré choc. Ils n'en croyaient pas leurs yeux : des squelettes avec des frusques rayées, puantes, infestées de poux, tachées de sang et de pus ! Un infirmier nous a dit quelque chose en suédois et puis il est tombé dans les pommes. Un jeunot pas préparé à un spectacle aussi atroce. D'autres nous ont posé toutes sortes de questions que j'ai saisies cette fois, ils parlaient l'allemand. Ils nous ont donné des paquets de biscuits emballés dans du papier transparent. J'ai mangé mes biscuits à toute vitesse, tout le paquet d'un coup. Je savais bien que c'était dangereux, qu'il fallait y aller doucement, par étapes, mais je ne pouvais pas m'en empêcher, que veux-tu ma Lola, je n'avais jamais mangé quelque chose d'aussi bon. Ensuite, j'ai vomi mais heureusement je n'ai pas eu la diarrhée.

— Alors, ce sont les Suédois qui vous ont libérées ?

— Juste à temps. Un peu plus et les Suédois n'auraient eu que nos cadavres à libérer. Il n'y avait plus rien à manger. Plus une goutte d'eau potable. Partout des cadavres, partout des rats. Les SS avaient pris la tangente et je me suis dit, il faut partir tout de suite, même si on doit arracher les barbelés. J'étais suffisamment jeune pour avoir encore assez de forces dans les jambes. Mais Ruthie avait à la cheville un abcès qui la gênait pour marcher. Alors nous sommes restées à attendre les Soviétiques, parce que c'était la rumeur. Les Soviétiques avançaient en Allemagne et ils allaient nous libérer. Mais c'est un autocar de la Croix-Rouge qui est entré dans le camp. Les infirmiers nous ont dit, maintenant vous êtes libres ! Libres ? Qu'est-ce que ça voulait dire ? On entendait, on écoutait mais on ne comprenait pas. Normalement on aurait dû sauter de joie. Mais non, on restait complètement apathiques. Peut-être qu'on avait peur de redevenir libres. Je me suis dit : être libre, pour quoi faire ?

— Et alors, qu'est-ce que vous avez fait ?

— Les infirmiers nous ont donné des paquets de biscuits et ils nous ont dit : « Maintenant nous allons en Suède. » Ils nous ont emmenées derrière les barbelés où il y avait l'autocar de la Croix-Rouge. Ils ont aidé les plus faibles à monter, Ruthie la première, et ils nous ont donné des couvertures et un colis de nourriture. J'ai mangé mon colis et celui de Ruthie aussi, elle ne pouvait rien avaler, et j'ai été malade à vomir dans l'autocar de la Croix-Rouge. C'est pas beau à dire, mais toute la nuit je n'ai pensé qu'à une chose. Est-ce qu'ils vont encore nous donner à manger ?

— Et après ? Vous êtes allées en Suède ?

— En Suède, au Danemark, en France, en Israël... N'importe où pourvu qu'on reste ensemble, Ruthie et moi.

— Comme Solly et moi, alors. Rien n'arrive par hasard, tout est prémédité.

— Tout quoi ? J'ai sommeil. Je suis fatiguée. J'ai mal dans tout mon corps.

— Je vous fais couler un bain.

— ...

— Je vous prépare un bon bouillon de poulet ?

— …

— Ça ne vous fait pas envie ? Ça alors ! Vous êtes vraiment malade, tante Magda, malade comme un chien.

— C'est toi qui me rends malade avec tes questions. T'en auras donc jamais assez de me cuisiner ?

Lola chercha en elle une excuse quelconque à sa curiosité tournée comme un couteau dans les souvenirs de tante Magda. Ces moments passés à évoquer le camp de concentration la bouleversaient de tristesse, pourtant elle y revenait sans cesse. Comme un nœud crucial à nouer entre elle et tante Magda. Comme un nid de confiance et de tendresse où elles pourraient toutes deux se reposer.

*

Le surlendemain, une lettre arriva de New York Brooklyn. Une lettre à la tonalité si triste que, en dépit des injonctions de Solly, Lola rédigea une longue et tendre réponse à l'oncle Maurice.

New York, le 10 avril 1959

Mes bien chers neveux.

J'espère que ma lettre vous trouvera en bonne santé. Avez-vous bien passé les fêtes de Pessah ?

Chez nous, un triste malheur s'est abattu la semaine dernière. Édouard, mon cher beau-frère, a perdu la vie en tombant de sa chaise, fauché par une crise cardiaque. Ma pauvre Rosette pleure son frère bien-aimé et moi j'ai perdu mon associé au magasin, juste au moment des fêtes. La femme d'Édouard, une Américaine pure cent pour cent, n'a pas voulu des funérailles religieuses. Au nom soi-disant des dernières volontés de son mari. Édouard a été crématorisé en notre présence révoltée par l'offense à Dieu et à l'âme perdue de notre cher disparu trop tôt, âgé de seulement trente-huit ans. Que voulez-vous, mes chers neveux, c'est ça l'Amérique des Juifs modernes. Se recueillir sur la tombe de quelqu'un qui nous a quittés, qu'on chérissait est une grâce de Dieu, indispensable à ceux qui restent. Il ne se passe pas un seul jour sans que je pense à la fin tragique de vos chers parents. Il n'y a pas de limites à mon profond chagrin, alors je m'interromps ici.

Mon souvenir fidèle et mon affection à vous, mes très chers Solly et Lola. Y a-t-il quelque chose du magasin qui vous ferait plaisir que je pourrais vous envoyer ? Tee-shirt I love America, baskets de sport, lunettes noires à la James Dean, c'est la grande mode des teen-agers.

Transmettez mes vœux de Hag Sameakh à Mme Rosenthal et ma reconnaissance pour les bons soins qu'elle prend de mes chers neveux, entre de bonnes mains, grâce à Dieu.

Votre oncle Maurice.

P.S. Ci-joint 40 dollars, mon cadeau à l'occasion de Pessah.

*

À la reprise des cours interrompus par la fête de Pessah, Mar Yohannan accorda aux élèves un jour de congé à l'occasion de Yom ha Shoah (un événement d'importance nationale dont Lola ne savait rien et n'avait jamais entendu parler).

Yom ha Shoah, expliqua le professeur, c'est un jour de deuil et d'affliction en mémoire des victimes et des héros de l'époque nazie. Les commémorations se déroulaient le 27 Nissan, le jour anniversaire de l'insurrection du ghetto de Varsovie. Aussitôt (c'était sa marotte), il établit une relation étroite entre le martyre du peuple juif et la renaissance miraculeuse d'Eretz Israël.

— C'est la grande catastrophe juive, l'extermination des six millions qui a permis d'assurer une patrie au reste des Juifs du monde entier. Je vous invite tous à vous souvenir de l'horreur qui fut la nôtre. Je vous invite à la ressentir, non dans le but de vous attrister ou de déclencher votre colère mais dans le but d'éveiller votre fierté. Les assassins nazis n'ont pas tué le peuple juif, n'ont pas exterminé Am Israël, ils ne nous ont rendus que plus forts.

Jusqu'au soir, en attendant le retour à la maison de tante Magda, Lola n'arriva pas à concentrer son attention sur autre chose que Yom ha Shoah : le triomphe de la vie sur la mort, le festin de joie des survivants.

Tante Magda s'empressa de doucher son « enthousiasme romantique de merde ».

— Qu'est-ce tu crois, ma pauvre fille ? Qu'on célèbre la prise de la Bastille ? C'est rien de tout ça, c'est trois fois rien. Deux minutes de silence et la fête est finie, chacun s'en retourne à ses petites affaires.

— Mais Mar Yohannan nous a parlé de grandes commémorations très solennelles, au contraire.

— Tu parles ! Deux ou trois défilés minables, un beau discours de Ben Gourion pour changer. Il nous chie dessus le restant de l'année et comment ! Faut voir. Comme quoi on serait tantôt des lâches, tantôt des criminels, et pourquoi et comment on a fait pour survivre et que c'est une honte et qu'on aurait dû se laisser gazer plutôt, avec les autres. Ils nous enterreraient vivants s'ils pouvaient, pas vrai ?

Lola laissa passer un silence dubitatif.

— Tante Magda, finit-elle par dire, je comprends qu'un seul jour de deuil pour six millions de morts ne suffit pas à la consolation. Mais c'est mieux que rien tout de même. Ça ne doit pas être facile pour vous, avec tous vos souvenirs. On ira ensemble si vous voulez, j'irai avec vous.

— Mêle-toi de tes fesses, on te demande rien. De toute façon, j'irai pas. Qu'est-ce t'as à tout le temps fourrer ton nez dans mes affaires ? Ferme-la.

Lola ne comprit goutte à la réaction de tante Magda. Jamais encore elle ne lui avait entendu cette voix-là, rauque, hargneuse, comme si Lola lui avait gravement fait injure. Elle eut la brusque intuition que tante Magda se sentait menacée par quelque chose ou par quelqu'un d'agressif. Mais par ailleurs, elle n'avait pas la moindre idée de ce que cette menace pourrait être.

*

Le mois d'avril fut spécialement profitable aux arnaques à cause des cadeaux à s'offrir pour les fêtes de Pessah.

Une fois écoulé le stock de fausses Omega Seamaster, Georgie avait mis la main sur un produit très prisé : le poste de radio à transistor qui tenait dans la poche. L'article copié à Hongkong sur le modèle Sonocolor rapportait deux cent cinquante lirot pièce, soit le triple de l'investissement.

À quinze ans, Solly gagnait autant qu'un prince du dollar tout en se fatiguant beaucoup moins. Et pourquoi ? À cause de la bêtise et de la cupidité du client convaincu de tenir pour pas cher l'affaire de sa vie. Voler un voleur n'est pas voler en fin de compte. Non, Solly n'éprouvait ni crainte ni remords. S'il trouvait la peur sur son chemin, il allait à sa rencontre pour la vaincre. Si, de temps à autre, un scrupule le tracassait, il le chassait aussitôt. La loi de la jungle gouvernait le monde. En Israël les gens s'écrasaient les uns au profit des autres. Haïfa débordait de voyous juifs, de voleurs juifs, de putains juives, de maquereaux juifs, de drogués et de dealers juifs, d'assassins juifs qui figuraient en première page des journaux… Ici, dans la patrie des Juifs, le fort dépouillait le faible de son argent. Et propre ou sale, l'argent faisait le bonheur.

4 heures de l'après-midi.

Georgie et Solly avaient tardé à se mettre au boulot, à cause de la canicule. Ils se hâtaient de descendre vers la gare où ils entreposaient la marchandise lorsque au bas des escaliers, ils virent Sandok rond déjà comme une barrique. Il avait le vin gai et il fallut l'écouter battre la campagne durant cinq bonnes minutes.

L'esplanade de la gare était couverte de gens pressés à la mine assombrie par la fatigue. Solly resta dehors, la cigarette aux lèvres et l'œil aux aguets. Georgie entra dans la gare et ressortit aussitôt avec deux postes de radio miniatures. « Impec, dit-il, j'en ai pris deux d'un coup. Ça va marcher tout seul. Fais voir ? C'est ça ! La raie bien sur le côté… Chouette ! Une gueule d'ange ! Avec cette gueule-là, parole de Torah, on obtient tout ce qu'on veut en moins de deux ! » Solly leva les yeux au ciel, dont il descendait, paraît-il, et répliqua : « C'est pas avec ta tronche de cake qu'on pourrait se payer même un paquet de cigarettes ! » Il en avait marre à la fin de s'entendre dire, comme à une fille, « T'es joli comme un cœur » ! Comme quoi l'un réussirait grâce à son seul physique et l'autre, Georgie le disgracié, à une brillante intelligence supérieure.

Ils se concertaient sur le lieu du crime – la rue Jaffa ou le square Plumer, le bien nommé – quand brusquement une voix les assaillit. Un type, assez vieux, la moustache en fureur, prit Georgie à partie : « Voleur, escroc, fils de chien ! », tout ça avec un accent d'Arabe palestinien. Georgie mimait le mec surpris et outragé : « Mais quoi, mais comment, mais qu'est-ce qu'il me veut, ce cinglé-là ? » Le Palestinien grondait de plus belle entre ses grosses moustaches hérissées : « Tu ne me connais pas, fils de chien, mais moi je te connais, propre à rien, voleur, mécréant, tu ne crains donc pas Dieu ? » Georgie cherchait des yeux à prendre la fuite. Le vieux brandissait un bracelet-montre… Omega Seamaster, évidemment. Mais honnêtement, sur la tête de Lola, Solly ne se souvenait pas d'avoir fourgué pareille Omega à un Arabe qui en aurait eu les moyens. Celui-ci se mit à cracher sur la montre, cracher et recracher : « Reprends ta saloperie, fils de chien, salaud, rends-moi mon argent, dans ton intérêt, salaud, si tu veux que ta vie soit longue ! » Solly songea à filer, c'était la règle en cas de pépin, s'éloigner chacun de son côté, mais il n'en fit rien. Le Palestinien tapait sur les bras, la poitrine, le cou de Georgie, lequel ameutait la foule pour la rallier à sa cause innocente. Des gens criaient : « Appelez la police ! Il va le tuer, appelez la police ! » Georgie ne faisait pas le poids, il se prenait une vraie raclée. Solly volait au secours de son partenaire, mais soudain il se ravisa. Un policier arrivait. Il ceintura le vieux par les aisselles : « Lâche-le, lâche le gamin ou je te descends », le frappa et le menotta dans le dos. L'Arabe se débattait, et criait sa version des faits. La montre payée deux cent cinquante lirot à ce sale voleur était de la camelote, elle avait marché dix jours, pas plus. Georgie jurait le contraire : « Ce sale con d'Arabe m'a sauté dessus brusquement, c'est un fou, il m'a pris pour quelqu'un d'autre à mon avis, il a peut-être un couteau, va savoir. » Le policier se mit à fouiller le vieux. Ne trouvant rien sur lui, il s'en vengea avec une énorme baffe en plein dans le nez. Et d'un coup de poing qui l'atteignit à l'oreille. Le Palestinien saignait de partout, le nez, la bouche, les moustaches. Il implora pitié. Le policier le fit taire : « Ta gueule, sale Arabe, tu t'expliqueras au poste. » Pour lui le problème était réglé. Un sabra, un natif, le sel de la Terre, avait toujours raison contre un sale Arabe. « Et toi, dit-il à Georgie, tu veux venir porter plainte ? Pourquoi non ? Bon, à ta guise, tu peux t'en aller. » Georgie partit à toute allure, non sans avoir ramassé l'objet du litige tombé à terre. Solly était à un doigt de le suivre, mais quelque chose le retenait. Le regard du vieux le clouait sur place, un regard anxieux qui comprenait que personne ne viendrait le défendre ou lui rendre justice. Quand il se laissa emmener, les mains liées dans le dos, la tête rentrée dans les épaules, le nez sanguinolent, sa figure exprimait la grande souffrance de l'homme humilié dans ses droits et sa dignité.

Solly s'abandonna à une émotion telle qu'elle lui causait une vive douleur au ventre.

Papa avait la même expression, exactement la même que l'Arabe, le jour où les deux officiers étaient venus à la maison saisir les registres, les factures, la comptabilité de la fabrique de robinetterie. Tous les papiers que papa avait pris soin de rapporter à la maison, en prévision de la mise sous séquestre de sa boîte et de son compte en banque. Les deux officiers et le soldat, resté dehors, sur le palier, n'étaient pas armés, ni hargneux de ton, mais le seul fait de débouler à l'aube chez les gens suffisait à répandre la terreur. Les officiers avaient fouillé l'appartement, pièce après pièce, suivis par papa en pantoufles et pyjama car ils ne lui avaient pas permis de s'habiller, exprès, pour le vexer et le dominer, c'est plus facile avec un pyjamiste qu'avec un monsieur vêtu d'élégance. Et Lola et maman tremblantes dans leur chemise de nuit. Et privées de la permission d'aller se changer dans leur chambre, des fois qu'il y aurait eu des papiers compromettants à détruire. Mais il n'y avait rien de suspect, que dalle, et les officiers acceptèrent de boire le café chaud fait par maman afin de les amadouer. Elle alla même apporter une tasse au soldat resté sur le palier. Les officiers burent du café et mangèrent du cake au chocolat. Après quoi, ils s'en allèrent poliment, vu qu'ils étaient les premiers embêtés de déranger ainsi des personnes aussi aimables et hospitalières. Là-dessus, Sayeda, la bonne, avait surgi dans le désastre de l'appartement mis à sac. Maman pleurait en serrant Lola et Solly contre elle. Sayeda la consolait en maudissant les fils de pute qui persécutent les innocents, que Dieu détruise leur foyer et que leurs femmes les fassent tous cocus.

Papa s'était enfermé dans la salle de bains. Ensuite, il vint s'asseoir au salon, sans bouger, sans parler, sans pleurer. Il restait silencieux comme s'il y avait eu un mort dans la maison. Mais son visage parlait malgré lui d'un sentiment difficile à nommer : de l'humiliation ! de la dignité perdue ! Ou, comme l'Arabe, de la solitude de celui qui comprend qu'il est foutu et que rien ni personne ne viendra le sauver. Alors à quoi sert de se défendre ou de lutter, sachant que c'est peine perdue ? Que rien ne va s'arranger et que tout ira de mal en pis ? L'espoir meurt et le chagrin prend sa place. L'Arabe ne pleurait pas non plus parce que les larmes sont aussi une façon d'espérer qu'on va se tirer d'affaire. Et c'est pourquoi papa n'avait pas réagi à la complète catastrophe qui lui tombait dessus ce matin-là. Il n'avait plus d'espoir, et il ne voulait être ni dérangé ni consolé. Si on amenait la conversation sur ce sujet, et comment on allait vivre sans l'argent de la fabrique, il répondait par son silence de mort.

Solly pensa qu'un coca soulagerait son mal au ventre. Il acheta une bouteille sortie de la glacière du kiosque et s'assit sur un banc, face à l'entrée de la gare. Il décapsulait sa bouteille quand, sans trop savoir pourquoi, une supposition lui vint à l'esprit. Et s'il ne s'agissait pas d'un accident fortuit de la circulation ? Et si papa avait décidé de mourir exprès, pour en finir avec l'injustice de ce monde ? S'il avait attendu le moment où le camion tournait le coin de Kasr-el-Nil et Soliman Pacha pour, d'un coup d'accélérateur, propulser sa voiture contre le poids lourd ? Mais à peine cette idée affreuse l'avait-elle effleuré que Solly s'en voulut à mort. Non, mais ça rimait à quoi ce délire ? D'abord les accidents mortels de la circulation sont courants au Caire. Ensuite, papa n'aurait pas pu suicider maman, l'être qu'il aimait le plus au monde, la lumière de ses yeux, non, jamais il n'aurait provoqué la mort de maman. Jamais il n'aurait condamné ses deux enfants à devenir pour toujours des orphelins.

Solly se leva du banc avec une seule idée en tête : rentrer à la maison, voir Lola, lui parler, lui dire combien il l'aimait à la folie et que jamais il ne la laisserait tomber.

9

Début mai, enfin les grandes chaleurs se dissipèrent. Les collines de Haïfa s'entouraient d'une fourrure d'arbrisseaux verdoyants et d'une dentelle de maisons miniatures couleur d'ocre sous le ciel embrasé de soleil. Sur chaque pente bientôt il y aurait des orangers, des citronniers, des grenadiers et des lauriers en fleurs. À Wadi Salib, on sentait la fraîche brise matinale venue de la mer et les nuits étaient étoilées.

Le quartier se ranimait d'espoir et de gaieté. Une rumeur étourdissante se répandait parmi les habitants. À savoir que des logements neufs et modernes seraient attribués à la population de Wadi Salib. Des agents électoraux viendraient établir la liste des ayants droit aux *chicouns* (de trois à cinq pièces par famille, en fonction du nombre d'enfants) et à une carte d'adhésion au Parti travailliste. La date des élections à la Knesset approchait.

Tous les habitants de Wadi Salib, même les abstentionnistes, plaçaient un fol espoir dans ce qu'il fallait bien qualifier de miracle. Tous attendaient comme le Messie l'agent du Parti travailliste. Tous avec impatience guettaient son passage de maison en maison.

Tous sauf Renée Sandok. Ses rêves l'avaient lâchée tant de fois ! Elle ne décolérait pas contre les fausses rumeurs et les promesses non tenues depuis bientôt six ans, depuis que sa famille avait échoué là, dans la saleté et le chômage de Wadi Salib. Et comment vivrait-elle l'invivable lorsque viendrait au monde son sixième enfant ? Lola attendrie (entre temps elles s'étaient réconciliées) essayait de la réconforter avec les paroles de circonstance. Tant qu'il y a de la vie ! Le désespoir est un péché ! Les enfants selon la Bible et le professeur Yohannan sont le pilier sur lequel repose l'avenir du monde. Et autres idées reçues dans l'incrédulité et la rage douloureuse de Mme Renée.

À part ça, rien de neuf à signaler dans la relation (l'absence de relations plutôt) avec Ruthie. Après le bel intermède de la soirée de la Pâque, celle-ci était retournée à ses humeurs froides et solitaires. Parfois, au beau milieu du dîner, elle quittait la table brusquement, comme si elle ne pouvait demeurer une seconde de plus en compagnie de la famille, enfin de ce que Lola nommait une famille. Elle filait dans sa chambre. Elle en ressortait habillée de façon plus seyante. Une robe ou une jupe légère, des chaussures fines à petits talons. À peine maquillé, son visage triangulaire aux grands yeux sombres donnait à penser qu'elle pouvait être jolie quand elle le voulait. Et puis elle s'en allait avec des étincelles dans le regard. Surtout ne me demandez pas où je vais, disait son regard, ni à quelle heure je reviendrai. La curiosité dévorait Lola. Où s'en allait-elle comme ça, sur un coup de tête ? Quelle était cette chose têtue et totalement imprévisible qui la poussait à courir Dieu sait où en pleine nuit ? Lola pensait à Buck, le chien fugueur de Jack London, un animal magnifique qu'on ne pouvait ni contraindre ni dompter quand résonnait l'appel sauvage de la forêt.

Dans l'un de ses rêves, Lola entrait dans le cerveau de Ruthie. Un cerveau tortueux et sombre et sale parce que personne n'y avait pénétré pour y faire le ménage. On n'y voyait goutte. Lola allumait une bougie et avançait vers une espèce de cratère rond, le centre du cerveau… Elle y descendait. Elle rencontrait une porte, guère plus grande que celle d'un placard. En l'ouvrant, elle vit une araignée géante dressée sur ses pattes velues. Lola reculait, effrayée, quand soudain l'araignée se mit à lui parler, l'implorer, la supplier d'une voix très humaine : « Promets-moi une chose, Lola, c'est de me laisser une porte, une seule porte que tu ne pousseras jamais. »

*

— Tout le monde a quelque chose à cacher, dit Solly.

— Pas moi en tout cas. Tu me caches des choses, toi ?

— Des tas de choses, ma vieille, qu'est-ce que tu crois ?

— C'est charmant ! Charmant ! Quel genre de choses ?

— Pas ton genre à toi !

— J'ai un genre, moi ?

— Le genre fouine qui fourre son nez partout. On aurait dû t'appeler Fouina, pas Lola. Fouina, Fouina ! C'est bien trouvé ! Tu sais quoi je me souviens ?

— De quoi, *q-u-o-i*, je me souviens ! de quoi ?

— Quand t'étais petite, t'arrêtais pas d'ouvrir le ventre de tes poupées pour voir ce qu'il y avait dedans.

— Oui bon, je suis curieuse de naissance, c'est vrai. C'est ma tournure d'esprit… J'ai besoin de savoir, de comprendre la profondeur sous la surface des apparences. Au lieu de faire l'autruche, comme toi.

— Merci. Dis tout de suite que je suis un idiot. Mais y a pas un idiot au monde qui voudrait perdre son temps à s'intéresser à ta Ruthie. T'es obsédée, ma parole, et par quoi ? Mystère et boule de gomme !

— Je sais, je sens, je devine que si j'arrivais à entrer dans sa chambre, je découvrirais une personnalité inouïe, fantastique et extraordinaire.

— Tu vois, j'avais raison, t'es une malade de l'obsession. Bon. Écoute, c'est facile. Tu me trouves du chewing-gum, non, de la pâte à modeler et le tour est joué.

— Comment ça ?

— Tu prends une empreinte de la serrure et je te fais la clé. Tu sauras ?

— Non. Oui. Je ne sais pas. Et toi ?

— D'accord, je m'occupe de copier la serrure.

— Tu ferais ça pour moi ? Tu le jures ?

— J'ai pas besoin de jurer, ce que je dis, je le fais !

— Tu es tellement gentil, Solly. Pourquoi ? Pourquoi es-tu si gentil avec moi ?

*

En attendant la fabrication de la clé, Solly et Georgie tournaient en rond dans le quartier. Désœuvrés. L'air était surchauffé. Une fenêtre laissait voir une femme maigre et dépeignée en train d'allaiter son bébé. En face, un vieux se rasait devant un miroir. Il se mit à engueuler trois gosses qui torturaient un chat en le soulevant par les oreilles comme si c'était un lapin. Sur le seuil des boutiques, les marchands s'endormaient de chaleur et d'inactivité. Pas un client à la ronde. Georgie soufflait et se traînait, le derrière devant comme on dit en Égypte pour se moquer des gros ventres. Il avait beaucoup grossi de partout ces derniers temps. Lola, qui n'avait jamais pu l'encadrer, le surnommait « le babouin albinos » à cause de son front bas sur son énorme nez rouge. C'est égal ! Pour Solly, quand on aime on ne compte pas les kilos en trop. La petite sœur se consumait de jalousie parce qu'elle les voyait liés Georgie et lui, à la vie à la mort. Son cœur se réchauffait quand il pensait à tout ce qu'il lui devait en plus de l'amitié. Le bonheur d'une vie somptueuse au milieu de la pauvreté générale à Wadi Salib. Ils n'ont pas les mains bien propres ? Et alors ? Où est le problème ? L'arnaque au fond est un métier comme un autre, avec cette différence qu'il nourrit mieux son bonhomme.

— Et si on allait boire un truc glacé en attendant ? T'es en nage, mon vieux, ça te fera du bien.

Tout à coup un nuage de poussière s'éleva au bout de la grande rue. Une voiture munie d'un haut-parleur arrivait en fanfare. Par-dessus la musique une grosse voix appelait la population à ne pas oublier d'aller voter pour le Mapai aux prochaines élections. En échange de quoi, l'agent électoral promettait la carte d'adhésion au seul parti soucieux du droit au travail, à la santé et à la dignité des populations venues des pays arabes. Cause toujours ! La rue n'avait pas la tête à la politique ! Alors le causeur sortit de la voiture. Puis, avec l'éloquence qui caractérisait ces gens-là, il déclara que les pauvres en entendement étaient les premiers responsables du sort injuste qui leur était fait.

*

La clé tourna dans la serrure sans rencontrer de résistance. Une perlée de sueur coula du front de Lola. Elle se retourna avec l'impression d'avoir été suivie. Personne. Mis à part les cris et les rires des gosses Sandok qui s'ébattaient dans la cour, elle n'entendait que son cœur battre le tambour.

La chambre de Ruthie baignait dans la lumière dorée du soleil posé encore au-dessus de la fenêtre. Elle paraissait plus grande que les autres pièces de la maison, à cause du peu de meubles peut-être. Un lit étroit, une table de chevet, une armoire métallique, deux chaises, un bureau de bonne taille, un mur couvert de rayonnages de bouquins classés par ordre alphabétique. Et si bien rangés, impeccables. La chambre d'une maniaque de l'ordre et de la propreté. Lola commença par inspecter la bibliothèque. Elle y chercha le gros album de partitions de J. Massenet dont Ruthie avait fait si peu de cas. Le fichant à la poubelle si ça se trouve ! Elle le trouva couché en hauteur sous d'autres livres de moindre envergure.

Le bureau formait une masse imposante dans la pièce presque vide. Un beau bureau de bois sombre, fleurant la cire et la colle à l'amande amère. Alignés, par ordre de taille, des ouvrages éreintés par l'usage. Une anthologie de la poésie française, un dictionnaire de rimes, deux cahiers à spirale, un ramequin empli de trombones, un autre pour les ciseaux, les crayons par dizaines et un taille-crayon dans un bocal de pharmacie décoré de deux serpents entrelacés. À gauche du bureau, un recueil de poèmes en français d'un Allemand nommé R. M. Rilke. Sur une page ouverte au hasard, Lola vit une phrase soulignée au crayon rouge. « Ce qui est terrible a besoin de notre amour. » Dans un cahier à spirale elle découvrit des poèmes tracés au crayon d'une très petite écriture arrondie avec des ratures et des corrections dans la marge, comme si Ruthie n'en était pas satisfaite et y travaillait encore. La preuve d'un authentique écrivain, songea Lola, et modeste avec ça : les poèmes n'étaient pas signés. Le premier s'intitulait « Nues. Ils ricanaient ».

Nues. Ils ricanaient.
Bijoux, lunettes, chaussures.
Tout est récupéré
jusqu'à la plaie profonde
toujours prête à saigner.
Nues. Ils ricanaient.
Le troupeau affamé
le bidon de soupe renversé.
La miette bue dans la boue
a le goût blême de la cendre
que dans notre main fort nous serrons.
Nues. Ils ricanaient.

Ô vivantes ne me craignez pas
nue, je suis morte.
Seule dans la nuit
je marche en silence
dans la nuit des étoiles mortes
loin de la pestilence du camp.
Loin des flammes des crématoires
dans la nuit des étoiles mortes.

Lola relut le poème la tête lourde et pesante. Elle se laissa tomber sur la chaise de Ruthie et le monde autour d'elle se pétrifia dans une angoisse de mort. La poésie, si c'était ça, la poésie peut donc blesser comme une balle tirée en plein cœur. Elle lut quand même un deuxième, puis un troisième poème. Sur le camp encore. On n'en sortait donc jamais ? Mais la poésie quand même, la poésie est capable de naître n'importe où, même au fin fond de l'enfer ? Les poèmes de Ruthie étaient-ils bons ou mauvais ? Elle ne savait pas, faute de pouvoir les comparer à ceux qu'elle connaissait déjà. Elle sentait pourtant qu'écrire des poèmes est une chose si… Une chose qui permet de se remettre à exister après l'enfer. Et ça c'est très beau, se dit-elle. C'est beau d'arriver à reconstruire sa vie sur des mots. C'est beau de se battre pour que la tristesse et le chagrin trouvent leur place dans les mots.

Elle referma le cahier à spirale. Il fallait se dépêcher maintenant que le journal de 16 heures résonnait à plein tube depuis la maison des Sandok.

Lola remit chaque objet à la place exacte où Ruthie l'avait rangé sur le bureau. Elle fouilla les tiroirs dans l'espoir d'y trouver des lettres, des photos, un journal intime qui révélerait tout un être inconnu jusqu'alors. Mais non. Une ramette de papier. Un rouleau de papier collant. Des jetons de téléphone. Un paquet de biscuits secs, une boîte entamée de gaufrettes à la vanille. Ah mais alors, Solly avait raison. Ruthie dévalisait le frigo la nuit et non seulement elle se gavait d'un tas de sucreries. Lola s'attaqua au tiroir du bas. Là, enfin, une découverte intéressante. C'était une carte d'identité établie au nom de Ruth Schreiber :

Date de naissance : 08-11-1927.
Lieu de naissance : Bruxelles, Belgique.
Nationalité : Israélienne.
Religion : Juive.
Sexe : F.
Taille : 1 m 69.
Couleur des yeux : Noir.

Elle n'avait donc pas plus de trente-deux ans ? Sur la photo, elle avait les cheveux presque noirs autour d'un jeune visage pas très souriant, déjà !

Lola inspecta l'armoire de Ruthie. Quelques vêtements pendus, des chemises et des pantalons pliés sur l'étagère du dessus et en bas des chaussures de sport et une paire de talons hauts avec un bracelet de cheville piqueté de faux diamants ! Tiens donc ! mais à part ça, résultat nul sur toute la ligne. Évidemment. À quoi donc s'attendait-elle ? Pourtant, pourtant… Une intuition la brûlait intérieurement. Quelque chose n'allait pas dans cette chambre trop calme, trop banale pour une Ruthie qui était le juste contraire de la banalité. Lola jeta un long regard circulaire sur la pièce en tentant, par la force de la pensée, de se mettre dans la situation de quelqu'un qui aurait des choses à y cacher.

Elle regarda sous le lit étroit tendu d'un drap blanc immaculé, garni d'un seul oreiller. Elle ouvrit le tiroir de la table de chevet. Elle en tira une boîte de somnifères, des mouchoirs en papier, des bâtons de réglisse, un petit coffret en bois d'olivier. Le coffret contenait un paquet de cartes à jouer plutôt bizarre. Des cartes dessinées dans le style érotique des miniatures indiennes. Lola n'en revenait pas. Un jeu de cartes pornographiques caché dans le tiroir de Ruthie, à portée de sa main ? Pour quoi faire ? En remettant le paquet au fond du coffret, les doigts de Lola butèrent sur un machin assez compact. Un calepin semblable à un répertoire téléphonique. Mais le contenu… Quelle surprise ! Des prénoms masculins se suivaient à la queue leu leu, Ariel, David, Avi, Schlomo, Edgar, tiens un Edgar, Ron, Samuel, etc., assortis chacun d'un numéro à deux chiffres : le jour et le mois d'une rencontre, d'un rendez-vous d'amour, du début d'une liaison ?

Lola éprouva le besoin de s'allonger un instant, par-dessus le drap impeccable, pour calmer sa tête pleine de questions. Elle ferma les yeux sur sa concentration intense. Tout à coup, la voix de Renée Sandok, sa voix aigre de calomnies, lui revint en mémoire. Tout d'un coup, elle eut l'impression de connaître ce qu'elle était venue chercher dans la chambre de Ruthie.

*

— Écoute, Solly, écoute-moi. J'ai quelque chose d'important à te dire. Tu n'en parleras à personne, promis ? Tu me le jures ? Écoute : Ruthie est une nymphomane.

— Elle est quoi ?

— Nymphomane… Une obsédée sexuelle, quoi ! Nym-pho-mane ! Ça veut dire une femme qui court constamment après les hommes pour faire l'amour. C'est plus fort qu'elle. Elle ne peut pas s'en empêcher. Elle voit un homme, elle le désire. Elle le prend. Elle le jette. Elle en désire un autre et ainsi de suite.

— Mais… ça va pas, non ? Des femmes qui font l'amour comme des animales. Non, ça n'existe pas ça.

— Si, sûr et avéré. Dans le carnet secret de Ruthie, j'ai vu toute la liste de ses amants par écrit.

— C'est une pute alors ? Ta Ruthie, elle fait la pute, voilà tout.

— Mais absolument pas, elle ne fait pas la pute, pas du tout, tu ne comprends rien, comme d'habitude. Une pute fait l'amour pour l'argent, sans plaisir, d'accord ? Une nymphomane se fait du plaisir sans amour. Maintenant si tu veux bien réfléchir un peu à…

— Oh là là, mais j'm'en fous, moi, Lola, Lola, tu me les casses ! Où est-ce que t'as encore été chercher tout ça ?

— Elle a des amants, je te dis, des amants qu'elle garde une heure ou deux, et puis au revoir monsieur, quittons-nous pour toujours.

— T'en es sûre ? Alors c'est quoi à ton avis, c'est pas une vicieuse ?

— Pas du tout. Peut-être que c'est ça qui l'attache à la vie, au fond. Quand elle se sent comme morte, après tout ce que les Allemands lui ont fait, elle cherche un homme, n'importe lequel, qui lui apportera un peu de chaleur humaine. Elle pense à eux la nuit avant de s'endormir. Ils lui tiennent compagnie. Elle se sent moins seule dans ses rêves, tu comprends ?

— Oui. C'est une belle salope, ta Ruthie. Une chose m'étonne. Elle fait comment pour les ramasser tous ces types ? Elle est moche et maigre, un vrai sac d'os sur pattes. Où va-t-elle les pêcher ? Au bal des déportés ? Je plaisante, ça va, ça va, on a le droit.

— Non, justement, on n'a pas le droit de plaisanter. Pas avec ces choses-là.

*

Lola dit à tante Magda :

— Je peux vous poser une question tante Magda ? Ça fait très longtemps que vous vivez ensemble, Ruthie et vous, n'est-ce pas ?

— Quatorze ans, non, seize ans en fait avec les années au camp.

— Est-ce qu'il n'y a pas eu entre vous parfois un homme, un fiancé, un petit ami qui aurait pu vous séparer ? Est-ce que vous n'êtes jamais tombée amoureuse ? Ruthie par exemple, elle n'a jamais rencontré l'amour ? L'amour physique et sensuel, je veux dire, avec les hommes.

— Les hommes d'avant ou ceux d'après ? Je rigole, va, je t'fais marcher ! Avant, mon chou, non, ça risquait pas de nous tenter, tu parles ! C'est la mort qui nous travaillait, pas le sexe, la mort, mais après elle s'est bien rattrapée.

— Qui, Ruthie ? Que voulez-vous dire, tante Magda par bien se rattraper ?

— Rien. Je n'ai pas dit ça, jamais de la vie.

— Si, vous l'avez dit : elle s'est bien rattrapée, après.

— Non. Elle a été bien attrapée après, c'est ce que j'ai dit, bien attrapée.

— Ça veut dire quoi, bien attrapée ?

— Ça veut dire occupe-toi de tes fesses ! Je ne vois vraiment pas où tu veux en venir avec tes questions à la mords-moi-le-nœud.

— Vous voyez bien au contraire, tante Magda, trop bien. Et vous savez quoi ? Je suis prête à parier que vous êtes une grande amoureuse passionnée vous aussi. Je me trompe ? Vous avez eu un tas d'amants à vos pieds, j'en suis sûre.

— À la pelle, mon chou, comme feuilles mortes, mais c'est derrière moi tout ça. *Où sont tous mes amants/ceux-là qui m'aimaient tant/ils sont je ne sais où/à d'autres rendez-vous.* Et voilà mon histoire. Les jeux sont faits pour moi. Rien ne va plus !

— Mais non, voyons, vous êtes très… très attirante encore et tellement vivante ! Une dernière question, tante Magda, la dernière promis, je peux ? Bon. Faire l'amour, c'est normal, n'est-ce pas ? Mais si une femme couche avec un tas d'hommes à la queue leu leu, est-ce que cette femme…

— À la queue leu leu ! Mais qu'est-ce qu'y faut

pas entendre ! Tu n'as pas honte ? On n'emploie pas un langage pareil quand on est bien élevée. Laisse-moi tranquille. File, va dans ta chambre, allez, marre, dégage.

Lola aussi en avait marre, plus que marre des faux-fuyants et des échappatoires de tante Magda. Pourquoi se dérober ? Pourquoi tant de précautions oratoires ? Par crainte des questions qui vont plus loin et creusent plus profond qu'on ne le voudrait ? Mais, avec le temps, Lola en était convaincue, les secrets sortiraient de leur puits. Avec le temps et la clé de la chambre de Ruthie, les mensonges deviendraient de pures vérités.

*

À la mi-mai : la poisse ! Il fut impossible de bosser pendant trois jours entiers.

Tout autour du port, rue Ha'atmoutz et rue Jaffa, la police avait dressé des barrages. Il y avait eu un attentat à la bombe contre un cargo venu de Hambourg avec toutes sortes de machines fabriquées en Allemagne. Des tracteurs, des moissonneuses-batteuses, des machines électriques à la traite des vaches. Tout un matos chérot que les Allemands voulaient offrir à Israël pour se faire pardonner leur passé criminel. Et pour cette raison justement, les survivants n'en voulaient pas pour tout l'or du monde. Ils manifestaient en tenue rayée et avec des pancartes insultantes envers Ben Gourion, le pactiseur avec le diable. Ben Gourion qui finit par s'énerver parce que toutes ces machines hors de prix auraient été bienvenues dans les kibboutzim. Il envoya la police mettre la pâtée aux rescapés des camps de la mort, ce qui la foutait mal. Du coup, des tas de gens qui n'avaient pas souffert rejoignaient les rangs des opposants au commerce avec les assassins du peuple juif. Et dans leur joie d'avoir réussi à renvoyer chez lui le cargo allemand, les manifestants entraient maintenant en fureur contre un problème inconnu jusqu'ici de Solly, le problème des *shiloumim*. Des réparations financières, c'est-à-dire que les Allemands filaient sans compter à ceux qu'ils n'avaient pas réussi à exterminer.

À la Grande Maison aussi, bien sûr, on parlait beaucoup du blocage du port et des shiloumim.

TANTE MAGDA : Est-ce que l'argent des réparations n'est pas un atout indispensable à la construction d'Israël ?

GEORGIE : Ben, qu'ils payent quoi, la moindre des choses ! Ça se discute pas !

LOLA : Ça t'embêterait pas, toi, sur le plan moral, de négocier le sang des victimes ?

GEORGIE : Pourquoi pas ? Tu préfères que les nazis s'engraissent avec ? Et tout ce qu'ils nous ont volé, notre argent, nos maisons, notre vie, ça ne compte pas ?

RUTHIE : L'argent n'a pas d'odeur mais sent les profiteurs.

SOLLY : L'argent s'en fout qu'on soit bon ou mauvais.

TANTE MAGDA : Et pourquoi ce serait toujours

les mêmes qui profiteraient ? Vous savez le pognon que ça représente ? Cinq marks par jour d'internement. Tiens, toi Ruthie par exemple, tu pourrais obtenir... attends... Cinq plus... Dix-sept mois multipliés par trente jours par mois. Ça ferait... DEUX MILLE CINQ CENT CINQUANTE marks allemands !

GEORGIE : Ouah, le gros lot ! Et toi, tante Magda, tu toucherais le double, non ?

TANTE MAGDA : Pour moi, tenez-vous bien les enfants, pour moi ça irait chercher dans les trois mille cent cinquante, hein ! Vingt et un mois de camp, c'est pas trop cher payé non ? Merde alors !

RUTHIE : Tu n'as pas honte, Magda, comment oses-tu ?

TANTE MAGDA : Mais j'ose pas, j'oserai jamais, tu le sais bien ! Est-ce que j'ai réclamé quoi que ce soit ? Jamais. Jamais je ne ferai entrer à la maison un seul sou taché de notre sang.

10

Lola mettait à profit chaque moment de solitude pour s'introduire dans la chambre de Ruthie. Elle tirait les rideaux à la vue et aux odeurs de cuisine des voisins Sandok. La pénombre dotait la pièce presque nue d'un climat lisse et froid comme le marbre du cimetière. Elle allumait la lampe de chevet. Au fond du tiroir se trouvait le carnet intime dont elle connaissait à présent chaque éraflure du dos, chaque page, chaque mot tracé d'une petite écriture économe. Elle déchiffrait les prénoms minuscules et les dates consignées sur la liste qui entre temps, espérait-elle, se serait enrichie d'un nouvel amant. Hélas, l'inventaire des Maurice le 14.12, Ariel le 6.2, David le 12.3, Edgar le 28.5, Itamar, Aron, Amos et autres ne variait guère d'un jour à l'autre. Elle s'en consolait en jouant au jeu des portraits en imagination. Ce Maurice 14.12 par exemple lui apparaissait plutôt brun avec une moustache de matamore. Ariel 6.2 avait les traits fins et le cœur sensible à la beauté des femmes. Et cet Edgar 28.5, quel genre de séducteur était-ce ?

Elle se représentait un homme de haute stature, avec un visage en lame de couteau, et des sourcils noirs qui se rejoignaient au-dessus d'un grand nez busqué. En réalité, et elle mit du temps à s'en rendre compte, elle voyait l'Edgar du carnet intime à l'image du voisin, Edgar Sandok. Edgar, Edgar, un prénom plutôt rare… Combien pouvait-il y avoir d'Edgar à Haïfa ? Elle se souvint des accusations que Mme Renée, debout devant sa lessiveuse, avait lancées à Ruthie : « Dis-moi, sale putain, il n'y a pas assez d'hommes à Haïfa pour que tu coures aussi après le mien ? » La hautaine Ruthie frayant avec le poivrot, le voleur d'agneau pascal, le débraillé Edgar Sandok… Cela ne se pouvait pas. Pourtant la jalousie de sa femme était manifeste. La trompait-il ? En tout cas, il passait plus de temps au bistrot qu'en son foyer bruissant des cris et des reproches de Mme Renée. Elle n'embellissait pas. Ses couches successives, une tous les dix-huit mois, l'avaient fanée. Elle restait à la maison tandis qu'il se donnait du bon temps avec les ivrognes de son espèce, au lieu de subvenir aux besoins de sa famille. Il boudait le bureau de placement de Wadi Salib. Sa fierté, à Meknès il avait été placier en linge de maison, le portait à refuser les travaux de force, docker, ou portefaix ou ouvrier agricole dans les kibboutzim environnants. Aussi le voyait-on assis quasiment en permanence au café Rosilio, à boire et à disputer des parties de dés avec ses compatriotes, chômeurs tous autant qu'ils étaient, lambins et aigris par la destinée. Le voyant attablé en terrasse, on ne remarquait que sa haute stature et on n'entendait que sa voix explosive de gaieté. À cause de la gaieté que procure le vin, se disait Lola. Il plaisantait, il sifflait des airs judéo-arabes, il vitupérait les « *vouz vouz* », les maîtres ashkénazes du pays, et il jurait par Dieu et Rabbi Khamsa (le rabbin de Meknès) qu'une Troisième Guerre mondiale éclaterait bientôt entre les mangeurs de carpe farcie et ceux du savoureux couscous merguez-poulet. L'assistance se tordait de rire. Les hommes semblaient non seulement séduits mais envoûtés par sa joyeuse présence. Et les femmes, l'aimaient-elles ? Une hypothèse commençait à se former dans la tête de Lola. Sachant Ruthie incapable de refréner son appétit sexuel ; sachant que tout comme l'aimant attire le fer, la nymphomane attire l'homme ; sachant qu'entre voisins le pas érotique est facile à franchir… Conclusion : Ruthie avait couché avec le père de famille de cinq enfants, six bientôt. La mère en avait été avertie, Dieu sait comment, par dénonciation peut-être ou en surprenant les amants la nuit, sous le feuillage sombre du figuier. Ainsi tout devenait clair, l'animosité entre les deux rivales. Tout s'expliquait ; la morgue de l'amante adultère, la rage et le désespoir de la femme trompée.

Lola résolut de mener son enquête.

Elle s'attardait dans la cour où, hélas, Mme Renée ne se montrait que rarement du fait que sa grossesse presque à terme l'épuisait. Un jour, Lola frappa à la porte des voisins, munie de friandises pour les enfants, lesquels étaient en classe à cette heure, elle le savait pertinemment. Elle savait que, le mari toujours en vadrouille, Mme Renée se trouverait seule à la maison avec son Momo, le trop petit encore pour être admis à la maternelle.

Mme Renée apparut en savates éculées et robe de coton défraîchie, déboutonnée, pour donner de l'aisance au bébé dans son ventre. À la vue de Lola chargée de friandises, sa figure aux traits tirés s'anima. Elle la fit entrer dans la cuisine : une petite pièce encombrée de cuvettes, boîtes de lait en poudre, un gros sac de semoule, des jouets épars sous la table et les chaises. Des matelas étaient roulés contre les murs sur lesquels s'affichaient des photographies de Brigitte Bardot découpées dans les magazines. Lourde et lente, elle s'attendait à accoucher d'un moment à l'autre, Mme Renée débarrassa un coin de table. Elles burent du thé à la menthe. Elles bavardèrent à voix basse cependant que Momo dormait gentiment, sa petite tête brune pendant sur l'épaule de sa mère. Lola s'émerveilla devant la minuscule perfection des orteils de bébé et de tout l'ensemble, afin de gagner un peu de temps. Comment amener une femme sur le point d'accoucher à confesser les infidélités de son mari ? D'ailleurs, Mme Renée, si prompte d'ordinaire à médire de la putain d'à côté, s'angoissait tellement du lendemain, avec une petite bouche de plus à nourrir, qu'à peu près rien d'autre ne la souciait. « Qu'allons-nous devenir, Lola ? Avec un feignant pareil ! Malheur à

moi, malheur à mes enfants, malheur à notre malheur ! » Elle maudissait le jour où son mari avait cédé aux mensonges des sionistes. « Si seulement j'étais restée à Meknès, j'y serais morte heureuse.
— Ne dites pas ça, s'écria Lola. La malchance finira par passer, madame Renée, je vous assure. Vous connaissez le proverbe arabe ? Là où il y a eu de l'eau, il y aura de l'eau. » Peine perdue. Mme Renée errait dans les régions de la fatalité. Lola se fit le serment que ni maintenant ni jamais elle n'ouvrirait question du possible adultère de son bonhomme. Vu les circonstances, ce serait un crime d'ajouter aux peines qui l'accablaient dans la triste réalité. Alors, avec un grand sourire qui se voulait convaincu, elle l'assura que tout irait bien à la naissance du nouveau bébé. Mais à voir son visage de souffrance, ses yeux creux, les veines bleues qui lui sortaient du front, elle ne pouvait s'empêcher de penser, terrifiée, au danger de fausse couche où se mettent les mères au cœur déchiré.

*

Mme Renée éprouva les premières douleurs de l'enfantement au petit jour. Il était 6 heures du matin lorsque Lola, alertée par des cris chez les voisins, se mit à sa fenêtre. Elle vit Sandok jaillir comme un animal sauvage de sa tanière et partir en courant. Il revint dans une ambulance. Le conducteur descendit de la voiture et resta à côté, à demi assoupi, à regarder Mme Renée se traîner sans force à travers la cour. Sandok la soutenait d'un bras, l'autre portait une valise en carton. Les enfants suivaient dans la poussière en suspension sous leurs pas. Au pied du figuier, Mme Renée marqua une pause, le dos arqué par la souffrance, les jambes et les pieds comme gainés de plomb.

Avant de monter dans la voiture elle dit quelque chose à son fils aîné, quelque chose de rassurant, supposa Lola : « Sois sage, occupe-toi de tes frères et sœurs, etc. »

Elle monta à l'avant de l'ambulance et Sandok à l'arrière, la valise calée sur ses genoux. L'ambulance commençait à avancer le long de la rue El Kébir lorsque, bondissant et vociférant, les gamins se mirent à courir derrière. Le temps d'une seconde, Lola crut voir une voiture arriver en sens inverse, prête à écraser les enfants. Le temps d'une seconde, elle vécut le cauchemar où le camion défonçait mortellement la voiture des parents. Puis, voyant les enfants revenir, elle fut rassérénée. La journée était radieuse. Mme Renée arriverait à l'hôpital à temps pour mettre au monde un bébé réussi de la tête aux pieds.

Le lendemain, Mme Renée donna naissance à des jumeaux, une fille et un garçon. Effet du hasard ou de la fatalité ? Pour Lola en tout cas, vu ce qu'elle savait de la situation de la famille Sandok, la double naissance représentait une catastrophe.

Elle apprit la nouvelle à la nuit tombée, lorsque, n'y tenant plus, elle traversa la cour où se tenait

Edgar Sandok. Immobile sur le pas de sa porte, le dos tourné à la lumière faite dans la maison, il semblait plongé dans de sombres réflexions. Ce qui ne l'empêchait pas de mâchonner longuement des pépins de pastèque, à en juger par les écorces crachées à ses pieds. Lola l'aborda avec timidité. Il l'impressionnait avec sa carrure imposante, sa barbe noire et la joyeuse tristesse de son profil plein de tranchants.

— Tu es gentille, ma fille, répondit-il à sa question, mais elle a dégusté comme c'est pas Dieu permis. Dix heures sur son lit de douleur, à se tordre et à perdre du sang à n'en plus finir. Elle m'a fichu la trouille. Une femme comme ma Renée, je la souhaite à tout le monde. C'est la lumière de ma vie, ma femme, elle est toute ma joie. Et moi, moi à quoi je lui sers, dis-moi, à part fabriquer des enfants ? Enfin, c'est la volonté de Dieu, c'est lui qui fait couler le sang chaud dans les veines... Bref, tu me comprends, ce n'est pas ma faute. Deux bébés d'un coup, c'est la volonté de Dieu, ma fille.

— Deux bébés...

— Deux au lieu d'un ! Tu te figures, ma fille ? Deux au lieu d'un ! Mais, *baroukh hachem*, il n'y a pas à se plaindre. Ils ne sont pas plus gros chacun que mon poing fermé, mais tout à fait au complet, *baroukh hachem*, il n'y pas à se plaindre de ce côté-là.

Sandok posa le baiser rituel avec deux doigts sur la mezouzah appliquée au chambranle de sa porte.

— Le fils est sorti le premier, un vrai petit mâle avec sa robinetterie au complet, mais sa sœur a fait des caprices, une princesse, voyez-vous ça ! Elle a attendu six heures avant de se décider... J'y vais, j'y vais pas ? Je sors de la nuit ou j'y retourne ? Ça vaut-il la peine de naître dans ce monde-ci ou ça vaut-il pas mieux de se retirer tout de suite sur la pointe des pieds ? Ça réfléchit, les filles, c'est pas comme les garçons, ça réfléchit non seulement à ce qui existe mais même à ce qui n'existe pas. Tu le sais, toi, ma fille, tu es intelligente, instruite, toujours un livre à la main, et gentille avec les autres, attentionnée, tu aimes les gens de ta connaissance. Même ceux qui ne le méritent pas.

— Ah bon ? Quels sont les gens qui ne mériteraient pas qu'on les aime ?

— L'homme. L'homme n'est pas bon. L'homme est homme avant tout ! Tu comprends ? J'ai rien dit ou j'ai bien parlé ?

Un silence. Egdar Sandok se pencha vers Lola qui recula, prudemment. Il sentait l'alcool à plein nez.

— J'ai rien dit ou j'ai bien parlé ? Je suis né pour être quoi, à ton avis, je te le demande, pourquoi est-ce que je suis né ? Je suis né pour être un sauvage, ma fille, un barbare, un grand singe descendu des montagnes de l'Atlas, c'est ce qu'ils disent, pas vrai ? Je suis un Maroco Sakin né avec un couteau entre les dents, pas vrai ? Oui. Ils ont raison. Je leur donne raison... Un jour viendra, ma fille, je leur trancherai le cou à tous, avec mon couteau, je les tuerai tous autant qu'ils sont et je mettrai le feu à leur saleté de monde. Malheur à eux. Ils paieront le mal qu'ils nous font. Voilà. C'est tout. J'ai rien dit ou j'ai bien parlé ?

Sur quoi, il partit d'un grand rire amer. Sa bouche se tordait en débitant des sanglots et des mots sans suite comme une machine détraquée.

11

Ces derniers temps, une fatigue continuelle pesait sur Solly. Sans qu'il sache pourquoi, car les affaires étaient fructueuses, il éprouvait quelque chose d'oppressant, de lourd comme la chaleur qui dévalait du toit de la Grande Maison. La nuit, même tombant de sommeil, il ne parvenait pas à s'endormir avant 5 ou 6 heures du matin. La respiration de Lola, le souffle d'un oiseau, lui ronflait pourtant aux oreilles. Il lui en voulait presque de le laisser seul dans sa nuit. L'insomnie lui brûlait les yeux. Il faisait des cauchemars éveillés. Une colonie de cafards montait à l'assaut de son lit. Des rats couraient sur le plancher. Sayeda, la petite bonne, tordait le cou d'un poulet et le lançait sur lui brutalement pour l'obliger à se lever à temps pour le lycée. Une danseuse du ventre lui donnait un baiser de feu et elle disparaissait comme un fantôme. Il allait pour la énième fois se mettre sous le jet froid de la douche. Revenu au lit, il s'étendait à plat ventre sur une serviette-éponge mouillée. La sensation de fraîcheur disparue, il tournait et retournait dans sa tête des pensées furieuses contre la canicule, contre le drap qui, en glissant, révélait l'éclatante nudité de sa sœur.

Les femmes n'ont-elles donc aucune pudeur ?

Tante Magda ne se gênait plus pour faire voir ce qui ne devrait pas être vu par un homme. Elle se promenait en combinaison noire ou rose, très courte sur ses grosses cuisses en gémissant, la chaleur la tuait, elle en avait les jambes toutes gonflées, elle se les éventait avec le bord de sa combinaison, qu'on le voulût ou non, on lui voyait le sexe se dessiner sous la culotte moulante.

L'aspect positif de tout ça ? Solly avait décidé d'en finir avec la virginité et toutes les ignorances qui vont avec. Il s'en était ouvert à Georgie, qui n'attendait que ça, draguer des nanas un peu délurées.

Et un soir enfin, ils passèrent à l'action.

Georgie baratina deux filles habillées en soldates qui acceptèrent de les suivre à la terrasse d'un café. Ils burent bière sur bière en faisant claquer leurs lèvres comme des fouets. Des vagues de chaleur se répandaient dans l'air et on avait l'impression de se connaître depuis l'enfance. Georgie insistait pour renouveler les commandes et Solly, enhardi, entrait dans le rôle du type sur le point de tomber amoureux.

L'une des filles, une Daphna dans les vingt-cinq ans assez dévergondée, fumait et buvait comme un trou. Quand il fut question d'aller au restaurant, elle était ivre à tomber par terre. Georgie se dévoua alors pour la ramener chez elle, exprès, pour laisser Solly tenter sa chance avec l'autre fille.

Elle s'appelait Rina. Une brune un peu boulotte avec de belles pommettes rouges et âgée de plus de dix-huit ans, vu qu'elle faisait l'armée. Seulement trois années de plus que Solly, ça pouvait coller. Elle l'intimidait malgré tout. Belle pas belle, c'était difficile à dire. De longs cheveux noirs avec des mèches qui pendaient et se tortillaient comme des serpents autour de son visage. Séduite déjà, ça se voyait. Elle riait en le regardant au fond des yeux et la pointe de ses ongles s'enfonçait parfois dans la main de Solly. Il ne savait quoi lui dire. Elle le troublait avec ses rires. L'odeur de ses poils d'aisselle pas rasés. Et ceux d'en bas aussi ? Il rapprocha d'elle sa chaise. Et, avec un immense intérêt totalement feint, il l'écouta raconter ses préférences dans la vie : le salé au sucré grâce à Dieu avec tous ses kilos en trop, les chats aux chiens, les garçons gentils aux branleurs, les blonds aux bruns, mais pour lui, comprit-il, elle était prête à faire une exception. Elle lui donna un baiser mouillé dans le cou. « Et qu'est-ce qu'on fait maintenant ? » dit-il, histoire de dire quelque chose. Elle proposa d'aller marcher le long de la plage. Elle adorait les bains de minuit, surtout par une chaleur pareille ! La proposition plongea Solly dans le rougissement jusqu'à la racine des cheveux. Les choses allaient trop vite à son gré. Il essaya de tergiverser : et si au lieu de la plage on allait au restaurant pour… ? Mais elle l'interrompit :

— Écoute, ne te fais pas d'idée, quand je prends un bain de minuit, je ne prends pas autre chose.

— Moi aussi, j'adore nager, tu sais. On va où ?

— À la Plage Calme, tu connais ?

Il connaissait, et comment, pour y avoir vendu des fournées de transistors à piles.

Un taxi les déposa à Bat Galim.

Ils descendirent le talus en pente douce qui aboutissait à la Plage Calme. De la mer toute noire le long du rivage, montait le bruit affolant des vagues remuées par le vent. Rina sautillait sur ses hauts talons, dodue, en proférant des conneries archinulles. De temps à autre, il lui effleurait la poitrine avec le coude, pour vérifier au moins qu'il éprouvait du désir. Oui, enfin oui. Un visage acceptable après tout, de belles pommettes rouges et de longs cheveux frisés que le vent faisait voler devant ses yeux.

— On y va ?

Rina enleva ses talons hauts et, poussant des cris de joie, elle dévala la pente. Ils se trouvaient seuls, apparemment, à marcher sur la Plage Calme. Solly commençait à se sentir mieux à son affaire. Une fille telle que cette Rina devait savoir s'y prendre avec les garçons sans beaucoup d'expérience.

Ils s'allongèrent sur le sable. Il saisit la main de Rina, lui caressa le bras et elle l'embrassa à pleine bouche. Il essaya d'aller plus loin que le bras mais elle l'arrêta. « Une minute. » Elle se mit debout. Elle enleva sa jupe militaire, sa chemise militaire, sa culotte blanche. Elle garda son soutien-gorge.

Il fit de même à l'exception de son slip. Elle plaça avec soin ses vêtements près de son sac. « On ira se baigner après ? » dit-elle. Elle se coucha près de lui. Elle l'embrassa et il l'embrassa. Elle l'attira sur son corps. Il bandait et puis ça s'arrêtait malgré lui. « Mais que fais-tu, dit-elle, t'as jamais fait l'amour ? » Il la souleva par les fesses, salope, va te faire foutre, tu vas voir, il avait envie de la tuer, et d'un seul coup elle s'ouvrit chaude et délicate à l'intérieur comme une fleur de jardin parfumé. Il s'enfonçait avec la sensation de ne plus être lui-même, mais un autre en train de faire l'amour à une femme. Mais au moment où, ébloui, impatient, il se sentait sur le point d'exploser de bonheur, elle le repoussa violemment, de toutes ses forces. Il tomba en arrière. Elle se redressa d'un bond, se secoua : « T'as fait attention au moins ? » Elle attrapa son sac. Avec son mouchoir, elle se nettoya les poils du sexe. Il détesta voir ça, comment elle s'astiquait entre les cuisses. Comment elle faisait comme si lui, son amant, n'avait pas fait ce qu'il fallait, pour ne pas la salir.

— Qu'est-ce qui va pas, Rina ? C'était pas bien ?

— Mais si, c'était pas mal du tout. Je vais me baigner.

Elle ôta son soutien-gorge.

— Ne regarde pas mes seins, ils sont horribles, non ? Je vais faire un petit plongeon. Tu viens ?

— J'arrive.

Elle s'éloigna en lui criant de la rejoindre au plus vite. Il resta encore quelques instants à la regarder courir vers la mer. Elle y entra d'un saut avec des bruits de baleine heureuse de retrouver son élément. Dès qu'elle eut disparu de sa vue, il rassembla ses vêtements épars sur le sable. Il se rhabilla et, ses mocassins à la main, remonta en quatrième vitesse la pente de la Plage Calme.

*

C'est toujours quand on n'y croit plus, « Tu t'es monté la tête, allez, laisse tomber ! », que les choses tant espérées arrivent.

Lola avait renoncé à pénétrer les secrets de Ruthie. Avec le temps, les quelques indices découverts dans la chambre interdite pâlissaient et rétrécissaient comme peau de chagrin. Rien ne venait confirmer ou infirmer que Ruthie menait une double vie débauchée. Jusqu'au jour où une drôle de scène, vue d'assez près, lui remit la puce à l'oreille.

Ce jour-là, un samedi après-midi, Lola accompagnait Ruthie à la plage, pour le plaisir d'être avec elle. Les bains de mer, Lola n'appréciait pas vraiment. Petite elle avait failli se noyer à Ras el Bar. Depuis, il suffisait qu'une vague lui éclate à la poitrine pour qu'elle cède à la panique. Ruthie en revanche se trouvait comme un poisson dans l'eau. Elle nageait loin, longtemps et de façon admirable. La mer, c'était son domaine et sa joie.

Lola s'était mise sous le parasol de location avec un livre lorsque, levant les yeux, elle distingua la silhouette de Ruthie, toute ruisselante au sortir de l'eau. Elle était longue et mince comme un garçon à la poitrine plate et aux hanches à peine dessinées. Elle avançait sur la pointe des pieds, le sable était brûlant, quand un type en maillot noir se planta devant elle. Elle fit mine de ne pas le voir mais il bomba le torse d'un air avantageux. Un type brun, assez costaud, la poitrine couverte de poils noirs frisés. Il lui dit des choses qu'elle ne voulait pas entendre, apparemment. Elle hocha la tête, l'air de dire, vous m'embêtez, fichez-moi la paix, et le type en resta comme deux ronds de flan. Sa paume levée vers le ciel signifiait : « C'est moi, voyons, tu ne me reconnais pas ? » Il la prit par la nuque avec une douceur câline, comme pour lui remémorer des caresses partagées naguère. Elle recula, offusquée, en voilà des manières ! Même à distance, Lola sentait des ondes bizarres passer entre ces deux-là. Comme un courant d'intimité physique qui aurait mal tourné. Le type éleva la voix, il l'insultait ? Elle lui répondit avec violence et du dégoût, semblait-il, un dégoût insurmontable. Le type renvoya l'ascenseur : « Quoi, tu me snobes ? Pour qui te prends-tu ? » Il se fâcha. Encore un peu et il allait la gifler. Ruthie l'envoya balader en disant probablement : « Pauvre type, va ! Tu te crois inoubliable ? » Elle lui tourna le dos, courut vers la mer. Elle sauta dans l'eau, nagea vers le large qui la dissimulerait aux regards du monde. Le pauvre type regarda le courant qui avait emporté Ruthie et de stupeur ou de rage il s'aveugla les yeux avec le dos de sa main. À sa réaction, tout s'éclairait. Ce type dont Lola plaignait l'humiliation, ce type était répertorié par le prénom et la date dans la liste des amants éphémères de Ruthie Schreiber.

12

Le jeudi 28 mai fut un jour férié à la Grande Maison.

Pour l'anniversaire de Lola, elle entrait dans sa seizième année, tante Magda prépara encore un repas mémorable. Mais avec un plaisir si manifeste de faire plaisir à son petit monde !

Pour les cadeaux, après le dessert, on passa au salon. Alors là, tous les regards étaient braqués sur une Lola au comble de l'émotion. Tante Magda lui offrit une lampe à bras modulable qui lui servirait à lire la nuit, dans son lit. Solly lui donna trois cents lirot, une petite fortune, pour se payer à sa guise ses bouquins adorés. Georgie lui avait acheté une grosse boîte de chocolats que tante Magda entama sur-le-champ. Mais ce fut le cadeau de Ruthie, parce qu'elle n'en attendait pas, qui enchanta le plus Lola : une invitation à l'accompagner à l'opéra de Tel-Aviv où, par quel heureux hasard, on jouerait du Massenet notamment. Et rieuse pour une fois, Ruthie tendit à Lola une enveloppe contenant trois tickets pour le

« Concert du mercredi 3 juin 1959 à 19 h 30 dirigé par le chef d'orchestre Hirsch Barenblatt ». À l'idée de découvrir la grande musique raffinée avec une connaisseuse qui plus est, Lola dansait et sautait intérieurement de joie.

Le 3 juin tant attendu.

Tante Magda voulut partir vers les 16 heures afin de « faire voir à la petite à quoi ressemble Tel-Aviv ».

Mais ce jour-là, rien ne marcha comme prévu. Leur autobus fut coincé dans un bouchon à la sortie de Haïfa. Le chauffeur, pressé de rattraper son retard, tapa une glissière de sécurité et frôla la sortie de route. Il s'arrêta longuement pour constater les dégâts. À la gare routière de Tel-Aviv, il ne restait plus assez de temps pour la flânerie en ville. Le soleil se couchait lorsqu'un second autobus les déposa à la station Opéra, non loin du théâtre.

C'était à côté d'un îlot d'immeubles bas, un grand édifice vitré sans les colonnes, les angelots et le dôme doré dont l'imagination de Lola l'avait doté. Les « sans-billets », une foule énorme, assaillaient les guichets de tous côtés. Tante Magda dut déployer son énergie, qui était sans limites, afin de parvenir à s'introduire dans la salle.

À l'intérieur une autre déception : la décoration faisait dans le dénuement austère. Ni dorures, ni statues, ni rideaux chamarrés pour arrêter le regard si, par extraordinaire, on s'ennuyait durant le concert. La scène vide, à peine éclairée, bruissait des instruments que des musiciens accordaient dans la coulisse.

La lumière jaillit. Des applaudissements accueillirent les musiciens qui arrivaient, saluaient, s'alignaient en fond de scène. Un silence à l'apparition du chef d'orchestre. Il descendit vers les feux de la rampe. Les applaudissements repartirent en salves frénétiques. Vu de loin, c'était une silhouette élégante en smoking noir avec une ample chevelure. Il s'inclina, rabattit en arrière ses cheveux d'un noble geste et monta au pupitre. Il leva sa baguette et la salle commença à résonner de la musique un peu déchirante des violons. Puis ce fut le tour du pianiste d'entrer dans la symphonie de Jules Massenet, *Fantaisie pour violoncelle et piano*, d'après Ruthie. Il joua une mélodie sautillante et légère comme le pas d'une ballerine. La baguette du chef d'orchestre battait la mesure, à gauche, à droite, à gauche. En haut… ! et l'orchestre tout entier démarra sa musique mais si doucement… À peine un souffle sur les ailes des anges, se dit Lola. Elle n'avait jamais rien entendu de si beau. Elle se penchait vers Ruthie pour lui dire son immense ravissement quand, brusquement, des hurlements s'élevèrent de la salle. Un spectateur faisait du scandale depuis les rangs du milieu, semblait-il. Des voix tentaient de le réduire au silence. Les hurlements se muèrent en rugissements, imprécations, menaces ! Courageux, les musiciens essayaient de couvrir avec leurs instruments le tapage de l'énergumène. Peine perdue. Il remonta l'allée centrale et, écumant de rage, se planta sous les projecteurs de la rampe. Le concert s'interrompit. Le public retenait son souffle, un fou sans doute. Lequel pointait du doigt le chef d'orchestre, effaré, et son échine projetée en avant se tendait avec une telle mobilité qu'il semblait prêt à s'envoler : « C'est lui, criait-il, je le savais, c'est bien lui ! » Il criait qu'il le connaissait, qu'il reconnaissait Barenblatt. « C'est un criminel, un kapo, l'assassin de mon père et de mon frère ! » Les musiciens, au bord de la panique, se débandaient. Le chef d'orchestre en appelait au service de sécurité. Le fou essayait de grimper sur la scène. Il réussit d'un bond au moment où des agents jaillissaient de la coulisse. Le chef d'orchestre s'enfuit, suivi par les musiciens. Toute la salle s'était mise debout et tapait du pied, furibond, qu'on le sorte, qu'on en finisse. Les agents attrapèrent le fou, rugissant toujours qu'il allait tuer Barenblatt. Ils le maîtrisèrent et avec force horions le poussèrent vers la coulisse.

Du coup, tante Magda se sentit mal.

Elle haletait sur son siège, suffoquait, se tenait la poitrine comme avertie d'une crise cardiaque. Lola s'affola, prête à crier au secours. Ruthie, pas inquiète pour un sou, houspillait tante Magda méchamment, arrête ça, ça suffit, tout le monde te regarde, comme si c'était une faute d'avoir trop bon cœur. Tante Magda se reprit. Elle recomposa son visage avec ce sourire qui lui faisait des plis au coin des yeux.

Tout se calma. Les musiciens se remirent en place sur scène, leurs instruments calés entre les bras, les genoux.

La salle scanda : « Barenblatt, Barenblatt, vive Barenblatt ! » Il se présenta lentement, comme d'humeur à ne pas jouer ou afin de prolonger les applaudissements. Il leva les bras, paumes tournées vers les cintres, voyez comme on me traite moi, un si grand artiste. Sa baguette fendit l'air et s'abattit comme une hache sur le pupitre. Un rancunier, se dit Lola. Un comte de Monte-Cristo qui ne pardonne pas facilement à ses ennemis !

Le concert s'acheva de la manière dont il avait commencé : magnifiquement. Tante Magda était si bien remise de son malaise que, dehors, elle proposa d'aller casser la croûte. Mais Ruthie refusa d'avaler quoi que ce soit, pour ne pas changer. Elle voulait dare-dare rentrer à la maison. Elles se chamaillèrent sans songer à prendre l'avis de Lola rouge de honte et muette de colère. D'après la façon dont elles s'apostrophaient, on pouvait penser qu'elles allaient en venir aux mains. Quelle soirée gâchée décidément ! Lola n'était pas près d'oublier l'anniversaire de ses seize ans.

D'autant moins que, deux jours plus tard, il y eut un coup de théâtre à la radio Kol Israël. Le fou de l'opéra de Tel-Aviv ne l'était pas du tout. Suite à sa plainte, le chef d'orchestre Hirsch Barenblatt avait été arrêté dans sa loge d'où il s'apprêtait à entrer sur scène. Placé en garde à vue, il s'était défendu des graves accusations portées contre lui par Reuben Waxman, son dénonciateur. Ancien chef de la police juive dans le ghetto de Benjin, en

Pologne, Barenblatt y aurait exercé la terreur, les privations, les rafles et les sélections pour les trains de la mort. Placé en détention, il attendait d'être inculpé, conformément à la loi spéciale pour les criminels nazis et les kapos juifs, de participation à l'extermination des Juifs d'Europe.

Les journaux publièrent la photo du chef d'orchestre à la noble chevelure flottant autour de son front habité de réflexions d'un niveau très élevé. Lola se demanda comment, sous le masque de l'artiste sensible et délicat, le monstre avait pu continuer de vivre tranquillement parmi les hommes, dans l'impunité des crimes qui l'excluaient de l'espèce humaine. Toute la question était de savoir comment un démon, un être dénaturé, avait pu cacher son passé au monde entier !

13

Une nouvelle calamité vint frapper le quartier. Pendant plusieurs jours, les habitants furent privés d'eau potable. Il y avait eu un orage de chaleur, avec foudre et pluies violentes. Des canalisations rongées par la rouille avaient pété. Des rigoles d'eaux sales se déversaient le long des rues effondrées par endroits et creusées d'ornières. Les odeurs de cabinets bouchés et de corps en sueur se combattaient dans l'air. La moiteur, la puanteur, la privation d'eau tournaient à l'insupportable. L'amertume s'accumulait. La colère aurait explosé si les autorités ne l'avaient désarmée en apportant moult bidons d'eau minérale et autres produits alimentaires de première nécessité.

Les Sandok, mari et femme, se faisaient la guerre depuis la naissance des jumeaux. À force de tirer le diable par la queue, ils se retournaient l'un contre l'autre. Mme Renée n'ouvrait plus sa porte lorsque tard dans la nuit ou au petit matin Edgar revenait à la maison sérieusement éméché. Il titubait sur les obstacles imaginaires de la cour, braillant et vociférant : « Renée, Renée, t'es là ? Ouvre pour l'amour de Dieu ! » Pas de réponse. Il donnait du poing contre la porte. Les gamins suppliaient leur mère de céder. Autant pisser dans un violon, selon l'expression de tante Magda. En réaction, Sandok ôtait ses vêtements afin que tous fussent témoins de sa honte et de son malheur. Une fois qu'il avait grimpé sur le rebord de la fenêtre de la cuisine, il perdit l'équilibre et tomba sous la masse de plomb qu'il portait au fond du cœur. Allongé face contre terre, sans chemise et sans pantalon, il ne bougeait pas plus que s'il avait cessé de respirer. Lola sortit de chez elle, dans l'intention de l'aider à se relever. Puis elle se ravisa. Il dormait si bien ! C'était la meilleure chose qui pût arriver, ces derniers temps, à Edgar Sandok.

Lola, pour sa part, voyait approcher avec appréhension la fin des six mois de cours intensifs d'hébreu. Qu'allait-elle faire d'elle-même, après l'ulpan ? Aussi, lorsque Mar Yohannan la pria de rester après la classe, elle pensa qu'il se souciait de son avenir.

Il lui dit : « J'ai quelque chose pour toi, Lola ! »

Il prit sur son bureau un petit livre, le *Journal* d'Anne Frank, en traduction hébraïque. Il le lui offrit sachant son amour de la lecture et afin de perfectionner son vocabulaire.

— C'est une jeune fille de ton âge à peu près qui rêvait de devenir un grand écrivain célèbre. Tu l'as déjà lu peut-être ?

— Non mais justement, c'est drôle, je voulais aller voir le film *Anne Frank*. Il passe la semaine prochaine au cinéma Adar.

— Lis le livre d'abord, tu verras la différence. Écoute, Lola, tu travailles bien, tu es douée pour les études. Tu pourrais entrer à l'université, mais pour ça il faut des moyens que tous les parents n'ont pas forcément.

— Mes parents sont m…

— Oui, oui, je sais, ils font de leur mieux, j'en suis sûr, mais vouloir est une chose et pouvoir… Il y a une solution, Tsahal. L'armée. L'armée représente aussi en Israël la mise à niveau des olim et la possibilité d'acquérir des titres d'instruction supérieure. Dans deux ans, tu feras ton service militaire. Mais si tu devances l'appel, je peux t'obtenir une bourse de formation professionnelle. Qu'est-ce que tu envisages de faire plus tard dans la vie ? Infirmière, institutrice, secrétaire ?

— Non, je ne sais pas encore. Écrivain, c'est envisageable ?

— Écrivain ? Journaliste tu veux dire ?

— Non. Écrivain dans la littérature, si possible.

— Oui, oui, bien sûr, mais tout de suite, tu veux faire quoi ?

Lola observa un silence consterné par la naïveté de sa profession de foi. C'était sans trop y croire, à vrai dire, qu'elle l'avait proférée. Lire énormément est une chose, mais écrire des romans ! La littérature est trop haute, trop inaccessible et trop inutile dans un pays qui a plutôt besoin de soldates et d'infirmières.

— Réfléchis, Lola. Tu es à un moment charnière de ta vie. Réfléchis bien. L'armée garantira ton épanouissement professionnel et personnel. Et je te l'ai promis : tu auras une bourse si tu devances l'appel. Je m'arrangerai pour que tu restes à Haïfa, avec tes parents.

— Je n'ai pas de parents, ils sont morts. Nous ne sommes que deux, mon frère et moi, à décider de ce qu'il faut faire ou pas.

— Ah oui ? Personne pour vous embêter, hein ? Mar Yohannan prit sur son bureau une brochure à couverture vert kaki, titrée *Tsahal !* en caractères hébreux. Il la lui mit entre les mains, lui pinça la joue entre deux doigts : « À demain ! » Quand il s'en alla chenu et bedonnant, Lola le haïssait de toute son âme.

Dehors, à l'air libre, sous le soleil posé comme un œuf d'autruche au sommet du mont Carmel, elle balança la brochure vert kaki dans la première poubelle venue. Puis, mue par une stupide impulsion regrettable, elle y jeta aussi le *Journal* d'Anne Frank.

*

Solly affirma que Ben Gourion pouvait monter au ciel et redescendre, il ne ferait pas l'armée, et sa sœur non plus.

— Mais c'est inévitable, Solly, c'est obligatoire pour tous les Israéliens, garçons et filles.

— Obligatoire mon œil ! Pour les crétins oui, ceux qui ne peuvent pas faire autrement. Regarde

Georgie par exemple, il y a été au service militaire, lui ? Non. Il n'y a pas été un seul jour, une seule minute de toute sa vie de vingt-deux ans déjà. Alors ?

— Il a déserté ?

— Pas du tout du tout. Il s'est déclaré religieux tout simplement. Les religieux sont dispensés de se battre à cause de leurs convictions, tu vois ? La religion juive interdit de faire du mal à toute créature vivante, que ce soit un homme, un cheval, une fourmi, créée par Dieu sur notre Terre. Et voilà, ça marche pour les filles aussi, tu vois ?

— Non, ça ne marchera pas. Pas pour moi. Je ne veux pas me déguiser en religieuse, je ne saurais pas faire semblant, de toute façon.

— Fais ce que tu veux, m'en fous, mais après ne viens pas chialer sur mon épaule.

*

Solly en avait assez de tenir la main de sa sœur à longueur de journée. Des problèmes autrement sérieux l'occupaient ces jours-ci.

Le Marin turc leur jouait des tours. Au début de leur commerce, il demandait un acompte de dix pour cent payable à la commande et le reste à la livraison. À présent il exigeait le double et cash sinon il menaçait de remballer sa camelote. Un chantage exorbitant. Vingt pour cent d'une transaction portant sur cinq cents dollars, au minimum, quand même fallait les sortir. Georgie s'y était engagé, rubis sur l'ongle. Mais le Marin turc n'avait pas tenu parole. À sa dernière livraison, sur les vingt postes à transistor promis, ils n'avaient touché que les deux tiers. Sur quoi, le marin leur avait débité des bobards à propos d'une prétendue grève dans les ateliers de Hongkong. Georgie pensait être doublé par la concurrence. Et ça l'écœurait à mort ! « Se laisser baiser par un Turc ? Ah mais ça ne va pas se passer comme ça, tu verras ! La prochaine fois qu'il est pas réglo, je lui pète la gueule, parole de Torah ! Et ne rigole pas, tu verras ce que tu verras ! » Solly rigolait mais gentiment : quelqu'un avait déjà vu se battre le gros Georgie ? « Écoute, mon vieux, faut pas se biler à l'avance. Si le Turc nous plante, on pourra toujours se trouver un autre fournisseur, hein ? Avec tes relations, on ne restera pas longtemps les bras croisés. » Solly voulait se montrer confiant et calme, mais confiant, il ne l'était pas. Si le bandit turc se cherchait de nouveaux associés, comment l'en empêcher ? S'il empochait l'argent avancé sans fournir la totalité de la commande, comment porter plainte ? Avec de la marchandise honnête oui, mais là, ils étaient bons pour se faire coffrer. Fallait attendre, voilà tout, et espérer. Dans une dizaine de jours, le mardi 7 juillet exactement, lorsque le Marin turc se pointerait au café Shemesh, on saurait à quoi s'en tenir sur ses intentions.

*

Le cinéma Adar projetait *The Diary of Anne Frank* en version américaine sous-titrée en hébreu.

Et c'était bien là l'ennui pour Lola. Les sous-titres très bavards défilaient à toute allure sous ses yeux. Et malgré sa maîtrise de l'anglais du Caire, elle avait du mal à s'accoutumer à l'accent américain de la petite Anne, qui ressemblait à Audrey Hepburn comme deux gouttes d'eau. C'était une histoire trop terrible à supporter parce que, dès le début, on en connaissait la fin tragique. La jolie petite Anne, obligée de se cacher avec sa famille dans un grenier, recevait un journal pour l'anniversaire de ses treize ans. Elle lui confiait sa vie de recluse traquée avec humour et légèreté malgré les circonstances. Elle s'inventait une amie imaginaire, Kitty, à qui elle racontait ses rêves et ses peurs de l'avenir condamné. Pour son malheur, Anne possédait le don de comprendre avant l'âge le désespoir des adultes impuissants à protéger leurs enfants. L'arrestation de la famille, dénoncée par un voisin hollandais, amena les larmes aux yeux de Lola. La salle autour d'elle s'estompait. Aucun film de cinéma ne l'avait fait autant souffrir. À la dernière phrase répétée maintes fois sur une musique tonitruante – « Je pense malgré tout que les hommes sont foncièrement bons » –, elle demeura assise un long moment dans la salle jonchée de mégots et d'écorces de pépins de pastèque. Elle alla aux cabinets afin de se passer de l'eau sur le visage. En se regardant dans la glace, elle eut l'étrange sentiment que c'était le visage d'Anne Frank qui la regardait dans la glace des toilettes du cinéma Adar.

14

Déjà à la veille du rendez-vous avec le Marin turc, la tension était à son comble dans la tête de Solly. Il sentait l'embrouille fumante pointer à l'horizon. Parce que un : on ne peut pas gagner à tous les coups. Et deux : c'est toujours quand la vie est trop belle que le destin vous flanque une grande baffe dans la gueule.

Ce jour-là donc, le mardi 7 juillet, voilà comment les choses se passèrent de mal en pis.

Au café Shemesh, à 11 heures 30 du matin.

Solly et Georgie se sont trouvé une table près de l'entrée d'où ils pourraient voir venir le Marin turc. Georgie porte sur lui l'avance sur la commande (soit quatre cents dollars) et, forcément, il lance partout des regards inquiets. Au plafond, un ventilateur tourne si lentement qu'on dirait un vautour planant au-dessus de sa proie. Du dehors parviennent les mugissements des remorqueurs, étouffés dans la brume comme s'ils traversaient un rideau de coton… Mais aucun Marin turc de mes deux ! Le patron s'approche pour renouveler les boissons ou des fois qu'on voudrait déjeuner. Au menu, salades, fritures et comme dessert des oranges de Jaffa. Georgie lui demande comme ça, l'air de rien, si par hasard il n'aurait pas vu le marin turc du cargo *Kalamata* ? Un petit bonhomme tout sec, tout maigre avec une moustache et des yeux bridés ? Le patron n'en sait trop rien, tant de monde défile chez lui. Il cligne de l'œil, comme quoi il n'est pas dupe des trafics qui s'opèrent en douce dans son bistrot. Résultat, ils sont obligés de commander le menu complet. Ils se mettent à table dans l'espoir de voir l'autre arriver, comme on dit. Une heure plus tard. Georgie finit par craquer. Le Marin turc se prend pour un ministre ou quoi ?

— Il cherche à nous entuber, c'est tout. Mais tu vas voir, tu vas voir comment je vais te l'arranger, moi, ce putain de Turc.

— Ça sert à rien de se taper sur la gueule, crois-moi, si t'étais pas le plus fort. L'Arabe à qui t'avais fourgué une Omega Seamaster, tu te rappelles ?

— Non.

— Mais si. Il t'a bien arrangé. Qui sait ce qui serait arrivé si le flic était pas venu te défendre ? T'avais dit que l'Arabe avait un couteau, c'était pas vrai, mais puisque c'était un Arabe, tout le monde a cru que…

— Et alors ? C'était pas un Arabe peut-être ? M'en fous pas mal que ce soit un putain d'Arabe ou une ordure de Turc. Si y a une chose que je peux pas blairer, c'est bien ces mecs-là. Et toi, t'es trop jeune dans le métier pour avoir un avis.

Solly et Georgie se rendent au bassin industriel. Le *Kalamata* est bel et bien amarré au débarcadère des marchandises. Surprise : Solly s'attendait à découvrir un rafiot turc tout mangé par la rouille. Mais non. Le *Kalamata* est un gros porte-conteneurs, pourvu d'une grue, et selon Georgie, expert en toutes choses, il bat pavillon panaméen. Deux douzaines de marins, au moins, s'activent sur le pont. D'énormes conteneurs, manipulés comme de petits jouets, sont soulevés par la grue et déposés, avec de grands chocs de métal, sur la plate-forme du camion. On a beau se dévisser la tête, les marins sont tous habillés pareil du tricot bleu et de la casquette à visière brillante sous le feu du soleil.

Solly et Georgie font les cent pas le long du débarcadère. À droite, les fumées de la gare maritime. À gauche, la mer qui clapote avec des renvois de mazout et d'algues pourrissantes. Collé au quai, le *Kalamata* où le travail se poursuit. Et rien, rien qui indique que la grue s'arrêtera un jour de monter et de descendre.

Une heure passe. Le *Kalamata* coupe ses moteurs. Quelques marins descendent par la passerelle. Leur Turc se trouve dans les derniers. « Reste ici, dit Georgie, je vais lui causer. » Il s'élance à sa rencontre. Le Turc s'arrête, laisse partir ses copains et, retirant sa casquette, il s'éponge le front. Les deux hommes se serrent la main. Ils commencent à discuter de leurs affaires. Une minute ou deux ça a l'air d'une discussion normale, entre deux partenaires sur le point de s'entendre. Soudain, Georgie hausse le ton et l'autre riposte en agitant le poing. Ils s'agrippent dans les coups et les hurlements. Mince alors ! On dirait bien que c'est le tout maigre et sec qui met la pâtée au plus gros. Georgie déguste, c'est sûr. Le Turc le dérouille tellement que Solly est pris d'une peur pas possible. Il y a une note à payer quand on pratique ce bizness-là, il s'en doutait. Mais aussi salée, franchement, il ne s'y attendait pas. Il accourt, tente de les séparer et reçoit beaucoup de coups perdus. Le dernier, en plein ventre, le fiche par terre, carrément. Il entend qu'on crie au-dessus de lui : « *Aval zé yeled, yeled katan*, mais c'est qu'un gosse, rien qu'un gosse ! » et tout se met à tourner autour de lui. Il sent qu'on le retourne sur le dos. C'est Georgie, et son visage tout explosé. Mais c'est lui qui se sent tourner de l'œil. C'est lui qui tombe dans les pommes. Puis tout est noir et silencieux. Noir et silencieux.

*

De retour à Wadi Salib, ils remâchaient leur défaite comme une douleur à la dent qu'on ne peut s'empêcher de titiller. Solly avait mal surtout à son moral très humilié. S'évanouir comme ça, comme une fifille à sa maman. La honte lui brûlait la gorge. Se prendre une raclée passe encore quand on n'a rien de cassé ni l'un ni l'autre. Le plus terrible c'est de se retrouver dans l'avenir bouché. Qu'arriverait-il si Georgie ne dégotait pas un nouveau fournisseur ? D'un autre côté, quand on a su gagner de l'argent une fois, on saura toujours non ? Georgie répondit qu'il n'y avait pas de soucis à se faire de ce côté-là. Ils décidèrent d'aller boire un coup pour discuter de tout ça tranquillement.

Ils s'installèrent à la terrasse ombragée du café Rosilio. Dans l'entourage gênant des habitués qui parlaient fort, buvaient et jouaient aux dominos leurs indemnités de chômage. Le plus assidu de tous, Sandok, quitta sa table pour venir leur taper dans le dos. Il leur offrit un verre, c'était sa tournée. Solly l'en remercia beaucoup. Il aimait bien le voisin à cause de ses dingueries de pochtron. Monter fin saoul sur les tables pour y faire la danse du ventre. Arroser les autres soiffards avec l'argent qu'il n'avait pas. Ou la dernière : tripoter le ventre de toute femme rencontrée dans la rue pour voir si elle n'est pas enceinte de jumeaux ! Selon Lola, la naissance des jumeaux l'avait rendu complètement siphonné. À force d'être frappé par le sort, il finirait par commettre un acte épouvantable. Comme quoi ? Étouffer les jumeaux sous un oreiller ? Mettre le feu à sa maison ? Se pendre après avoir égorgé sa femme et ses enfants ? Rien que ça ! Lola passait son temps à inventer des histoires à donner la chair de poule, c'était son tempérament romanesque. Ici en tout cas, Sandok avait l'air de tout ce qu'on voudra, sauf d'un type au bord du suicide. Ses yeux noirs pétillaient de gaieté, en racontant un coup juteux perpétré au quartier, que n'y avait-il pensé lui-même, Ah ah ah !

La nuit précédente, la synagogue avait été pillée. Celle de la rue Aman, la plus ancienne des trois synagogues de Wadi Salib. Les voleurs avaient emporté tout, absolument tout ce qui pouvait l'être : les chandeliers et la grosse menorah en argent massif, les doigts de lecture en or ciselé, les lampes en cuivre et jusqu'aux *parokhet*, les rideaux et les nappes tissés de fils d'or. « Tout, tout y est passé, se marrait Sandok, même le coussin de velours où le rabbin pose son gros cul. J'ai rien dit ou j'ai bien parlé ? » Et d'entendre ça, ses copains éclataient de rire.

Solly sirotait sa bière et fermait les yeux pour mieux réfléchir à la situation. Georgie dégustait une pleine assiette d'amuse-gueules. Il mâchonnait chaque bouchée pour bien en apprécier le goût avant de l'avaler.

— T'as fini ? dit Solly. Encore un peu et tes joues vont éclater. Bon, alors, qu'est-ce qu'on va faire ? T'as une idée ?

— Ça viendra. En attendant, écoute, j'ai un tuyau sur une bijouterie dont la porte arrière donne sur…

— Rien du tout. Sans moi. Je suis pas un voleur, moi !

— T'es quoi alors ?

— Ce que j'suis. Et le truc-là que tu m'as parlé une fois. Tu sais, le coup du billet déchiré. C'était quoi déjà ?

— Tu vas dans un café boire quelque chose. Tu payes avec un gros billet, cinquante lirot disons, qui a un coin déchiré. Bon, tu ramasses la monnaie des cinquante lirot et tu te barres. Juste après, je me pointe et je commande un...

Georgie ne put achever sa phrase.

Un boucan d'enfer sortait du café. Rosilio le patron et Sandok s'engueulaient à se pourrir la religion, la race et la famille. Sandok réclamait une bouteille d'arak que l'autre lui refusait, vu son ardoise. « Fous le camp et pas de pétard sinon j'appelle la police ! » Et là, l'accablement de Sandok s'entendait, énorme et pitoyable. Il pleurait en traversant la terrasse, s'arrachait aux amis voulant le retenir et gagnait la rue en titubant.

On le croyait parti cuver sa tristesse quand soudain il réapparut. Il attrapa une bouteille sur une table et fonça à l'intérieur du café. Tout le monde s'y précipita, craignant le pire. Sandok brandit la bouteille et l'abattit sur le zinc derrière lequel Rosilio s'était planqué. Celui-ci criait : « Appelez la police, il veut me tuer. » Sandok passa derrière le comptoir le dos agité de fureur assassine. Rosilio lui lança quelque chose à la gueule, une carafe qu'il évita de justesse. Il écrasa les débris de verre, les piétinant et, faute du patron qui avait réussi à s'enfuir, il s'en prit au comptoir. Le secoua, s'escrima à le dévisser, en jurant de tout bousiller dans le café, dans Wadi Salib, Haïfa et Israël tout entier. Il défonça à coups de pied le comptoir. Les bouteilles, les verres, les ramequins d'olives valsaient et retombaient en mille morceaux. Des cris fusaient « Police, appelez la police. » Personne ne bougeait. À Wadi Salib on n'appelle pas facilement la police. Et puis, qui sait ? Ses amis chômeurs trouvaient peut-être leur compte dans la fureur d'un des leurs. Et lui, il sentait que ça les épatait de le voir se battre comme un lion invincible. Mais il se trompait. Un car de police était arrivé sans qu'on l'entendît devant le café en ébullition. À la vue des policiers sur la terrasse, Sandok s'empara d'un couteau, il déchira sa chemise, et poussa la pointe sur son cœur. Solly s'abandonna à la panique. Ce n'était pas de l'esbroufe : Sandok enfonçait la pointe dans sa poitrine et hurlait comme une bête qu'on égorge. Les flics se ruèrent sur lui, matraque au poing. Un coup dans les jambes l'étala à terre. Un flic le plaquait au sol, les deux autres le bastonnaient. Le corps à terre s'agitait furieusement. Le chef des flics s'inquiéta de savoir si le poivrot ne serait pas épileptique par-dessus le marché. Il le gifla sur les deux joues. Sandok cessa de se tordre comme un ver. Il s'essuya la bouche du revers de la main. Il se redressa et, pris de faiblesse, retomba en arrière. Vaincu. Les yeux dilatés par le chagrin, il se laissa entraîner dehors par les policiers.

Il traversa la rue, droit et calme, semblait-il, entre les policiers qui sifflaient pour se frayer un chemin dans la foule des curieux. Sandok baissait la tête, maté. Il n'y aurait plus de problème. Sauf dans la foule mécontente de le voir ainsi emmené. Mais au moment où s'ouvrait la porte arrière du fourgon, Sandok fit un truc incompréhensible pour se libérer. Et le voici qui fonça au milieu de la foule, plein de vigueur et de fougue, et, soudain, il se mit à courir, courir sur le trottoir d'en face. Cours, cours, priait Solly, cours vers ta liberté ! Au lieu de quoi, il s'arrêta net. Il se retourna et du poing défia les flics lancés à sa poursuite : « Venez, fils de putain, enfants sans père, venez, je vous fais peur ? Quand on a un travail à faire, on le fait ! » Un flic avait dû s'approcher car Sandok se baissa pour ramasser quelque chose : une pierre ? sa propre chaussure ? Il la lança en l'air et… un coup de feu retentit. Suivi, une seconde plus tard, d'une deuxième détonation. Et puis le silence suspendu. Et puis des cris comme quoi Sandok avait été touché ! Qu'il baignait dans son sang ! Qu'on l'avait tué comme un chien galeux. Des policiers emportèrent Sandok jusqu'au fourgon. Où il disparut corps et âme. Mais le fourgon ne partait pas à cause d'un tas de gens qui s'y collaient pour l'empêcher d'avancer. Les flics surgirent du fourgon en jouant de la matraque contre les voyous qui allaient se retrouver au trou, eux aussi ! La colère de la foule baissa d'un seul coup, noyée sous les menaces. Le fourgon opéra un demi-tour et descendit à pleins gaz la rue Wadi es Salib.

C'était fini sauf que tout le monde restait planté devant le café Rosilio. À s'interroger et à se chagriner pour le malheureux qui n'avait jamais eu sa chance dans la vie. Parce qu'il venait du Maroc. Parce que la police de ce pays était formée dans le mépris et la haine du Juif oriental. Parce que dans ce pays un Juif qui ne parle pas yiddish est un demi-Juif. Les gens restaient groupés, ils ne voulaient pas rentrer chez eux, sans nouvelles du pauvre Sandok. Était-il encore vivant ? Ne fallait-il pas le sortir du poste avant que ses assassins ne l'achèvent ? Mais il avait peut-être déjà été conduit à l'hôpital et on ne savait pas lequel. Alors, pendant un certain temps, il y eut des hésitations, des avis qui se heurtaient les uns aux autres. Finalement, une proposition obtint l'unanimité. Une moitié irait manifester devant le poste de police. Une autre moitié ferait la tournée des hôpitaux de la ville. La troisième resterait mobilisée sur place tant que le voisin, le frère, le camarade Sandok n'aurait pas été rendu sain et sauf à sa famille.

*

Georgie et Lola étaient assis sur le pas de la porte. Lola s'éventait avec le bas de sa robe car il faisait chaud même au coucher du soleil.

En apprenant ce qui était arrivé à Sandok, elle commença par palper Solly un peu partout, inquiète à l'idée qu'il ait lui-même pris un mauvais coup. Elle le tripotait, le caressait, le couvrait de baisers larmoyants. Le babouin, et là on ne pouvait mieux dire, en rigolait à s'éclater les veines sur son front bas. Peut-être avait-il raison de se payer leur tête ! Mais le moyen d'empêcher un frère et sa sœur de trembler l'un pour l'autre !

Avant de rentrer à la maison, Solly songea à aller prévenir Mme Renée du malheur où était tombé son mari. Mais les mots avec mille précautions nécessaires dans ces cas-là, il ne les avait pas. Et le courage du messager de la mort, il ne l'avait pas non plus.

*

À table ce soir-là, on avait de quoi nourrir la conversation.

TANTE MAGDA : Est-ce que Sandok est mort ? J'en ai le cœur tout retourné, pour sa femme surtout et ses enfants.

SOLLY : On ne sait pas encore, personne ne sait s'il est mort ou seulement blessé.

TANTE MAGDA : Le pauvre, il n'était pas vieux. Enfin, il l'a bien cherché faut dire ! À force de foutre la merde, ça lui pendait au nez comme la crotte au cul du chien.

SOLLY : Comment pouvez-vous dire ça ? Vous n'avez pas de cœur, excusez-moi. Vous vous fichez pas mal de Sandok, c'est clair !

LOLA : Mais non, ce n'est pas ce qu'elle a voulu dire, au contraire.

SOLLY : Vous vous en fichez, tante Magda, c'est pas la peine de faire semblant.

TANTE MAGDA : Semblant de quoi ? C'est moi qui ai foutu le bordel chez Rosilio ? C'est moi qui ai tout bousillé dans le café ? C'est moi qui me saoule la gueule à longueur de temps ?

SOLLY : Et après ? Il méritait de crever pour ça ? Parce qu'il voulait boire un petit verre d'arak ? Y a que vous pour dire des conneries pareilles.

GEORGIE : Dis donc, toi, comment tu parles à

ma tante ? Ça va pas ? Mais on s'en fout, de ce connard de Sandok, qu'il crève la gueule ouverte, on en a rien à foutre.

SOLLY : Moi je m'en fous pas.

LOLA : Moi non plus, je m'en fous pas. Mais il n'est peut-être que blessé.

SOLLY : Deux balles il a reçu, deux et sans avertissement, les salauds ! Comme un chien galeux quoi ! Y a pas de différence.

TANTE MAGDA : Écoute, mon p'tit gars, je vais pas te faire de sermon, c'est pas le genre de la maison. Tout ce que je te dirai, c'est comme on fait son lit on se couche ! Pourquoi il bosse pas ? Il y a du travail dans le bâtiment, au port, à l'usine, au kibboutz. Pourquoi il y va pas ? Parce qu'il veut pas se sortir les doigts du cul, voilà tout. Se tourner les pouces, c'est tout ce qu'il veut faire… C'est pas sa faute, tu m'diras. Sandok a pas reçu d'éducation. Il a jamais appris à rien faire. Mais voler des moutons, ça il sait, ils savent tous ça, les Marocains. Ils naissent comme ça, c'est leur nature. Ils comprennent pas la valeur de l'instruction pour leurs enfants. Ils comprennent pas la valeur du travail. Si on veut aller de l'avant, il faut travailler. Le travail, Solly, le travail c'est…

RUTHIE : La liberté ? *Arbeit macht frei*, c'est ce que tu veux dire, Magda ? Bravo. C'est toi qui as reçu la leçon et c'est toi qui la donnes !

GEORGIE : Vous n'allez pas encore vous crêper le chignon. Il va s'en sortir, vous verrez, et revenir emmerder la Terre entière.

SOLLY : Les vauriens s'en sortent toujours, Georgie en sait quelque chose.

*

Solly quitta la table et se mit à la fenêtre pour s'arracher aux conneries de tante Magda. Quelle sale journée ! Il y a des jours comme ça où on se demande si c'est pas la violence qui fait la loi dans ce pays. D'abord le tabassage avec le Marin turc. Ensuite, l'assassinat de Sandok. La balle qui l'a frappé en plein cœur. Son visage qui s'est couvert de sang. Sa poitrine qui s'est arrêtée de respirer. Et pas une main pour l'aider. Pas une voix pour le consoler de l'entrée dans la mort. Mais bon, il est tranquille maintenant, Dieu ait son âme. S'il y avait du souci à se faire, c'était pour Mme Renée et sa marmaille. Il se rappela, Dieu sait pourquoi, un mariage auquel il avait assisté par hasard au Khan Khalili. Le marié se tournait surtout vers une vieille femme dans le cortège, sa mère sans doute car elle poussait des cris pareils à des sanglots. La mariée était voilée de la tête aux pieds, on ne lui voyait même pas les yeux. Elle donnait l'impression de marcher dans un linceul ambulant. Il s'était demandé si le mariage ne ressemblait pas de manière frappante à un enterrement.

Solly s'apprêtait à rentrer quand il entendit un bruit de moteur. Une auto aux phares allumés s'arrêta dans la cour. Deux hommes en descendirent. Ils semblaient hésiter, comme s'ils ne savaient pas vers laquelle des deux maisons se diriger. Solly appela tante Magda, qui sortit leur parler. Les deux hommes frappèrent à la porte de Mme Renée. Elle les fit entrer. Solly se posta dans la cour, non loin de la maison des Sandok. Aucun bruit ne s'en échappait. La pauvre veuve devait être en état de choc. Il s'attendait à tout moment à l'entendre pousser des cris déchirants. Plusieurs minutes s'écoulèrent et il vit apparaître une Mme Renée, qui ne pleurait ni ne hurlait à la mort. Elle se tenait sur son seuil avec sa figure normale et la chevelure bien peignée. Avant de suivre les deux hommes, elle prit le temps d'élever la voix : « Maman va à l'hôpital voir papa. Soyez sages, les enfants, dans pas longtemps papa reviendra à la maison. »

Un nœud comme un gros muscle se desserra dans la poitrine de Solly. En même temps que le soulagement, la joie l'étourdissait. Sandok n'était pas mort. Sandok avait eu la vie sauve. Même si c'est une vie de merde, personne n'a le droit de l'arracher à un père de sept enfants.

*

Le lendemain, des émeutes éclatèrent dans tout le quartier. Le bruit que Sandok n'avait pas survécu à ses blessures avait jeté dans la rue des centaines de manifestants unis par la soif de vengeance et rongés par le désespoir.

Lola apprit la nouvelle à midi en écoutant le bulletin d'informations de Kol Israël.

Le journaliste racontait comment les habitants

de Wadi Salib, persuadés de la mort d'un des leurs, mettaient à feu et à sang leur propre quartier. La vérité ne leur important pas d'ailleurs (de source sûre, l'individu atteint à la jambe lors d'un incident regrettable se remettait de sa blessure à l'hôpital Hadassah), les manifestants entendaient attirer l'attention sur leurs conditions de vie déplorables. Le journaliste en convenait. La pauvreté, le chômage, les logements insalubres de cette population à composante marocaine signaient en fait la faillite du plan d'intégration des communautés orientales. Pour autant, comprendre ne veut pas dire tolérer les actes de violence criminels (et le journaliste pesait ses mots) qui, à l'heure où il parlait, allaient en s'amplifiant dans le quartier livré au pillage et au vandalisme. Du fait de la racaille ? Le journaliste s'interrogeait (sans vouloir formuler de jugement) sur la quantité de petits voyous, de jeunes délinquants, de hooligans que comptent malheureusement ces populations, guère plus évoluées que les Arabes, les Nègres, et les Berbères de leur pays d'origine. La voix du journaliste laissait transparaître une condescendance tellement naturelle qu'il ne la remarquait même pas. Le pays n'avait jamais connu pareille sauvagerie. Les émeutiers portaient des bâtons, des couteaux, des barres de fer. Ils arrachaient les grilles des égouts, les poteaux télégraphiques, les épieux des palissades entourant les terrains vagues. Ils défonçaient et pillaient les vitrines des magasins. Ils affrontaient à coups de pierre les forces de l'ordre. Ils renversaient les voitures et y mettaient le feu. Une policière avait réussi par miracle à sortir de sa voiture enflammée par un cocktail Molotov… Singer, le chef de la police nationale, venait d'arriver sur les lieux. Voilà tout ce que le journaliste pouvait dire, pour l'instant, sur cette affaire… À suivre !

En éteignant la radio, Lola fut étreinte par le sentiment d'avoir déjà vécu pareille horreur. Lors de l'incendie du Caire, elle revenait du lycée, quand elle avait vu des pillards s'engouffrer dans le café Groppi où le feu avait pris. Les arbres autour de la place s'embrasaient et, dans la fournaise, les troncs prenaient des formes humaines de suppliciés. Un type l'avait bousculée en criant : « Mort aux étrangers, mort aux Juifs. » Elle ne trouvait plus l'entrée de son immeuble à cause des flammes quand Ali, le gardien, l'avait soulevée dans ses bras. Et dans un élan d'ange gardien, il l'avait ramenée comme un petit chat perdu à ses parents.

*

D'heure en heure, la radio rapportait les violences commises par « les insurgés de Wadi Salib » et s'étonnait que des choses pareilles puissent arriver. De nouveaux manifestants affluaient avec femmes et enfants en renfort, obligeant les forces de l'ordre à reculer. Des policiers s'étaient mis en position sur les maisons de la rue principale où, l'un après l'autre, les magasins avaient été pillés. Le Premier ministre Ben Gourion, tenu informé à chaque instant de la situation sans précédent depuis la naissance de l'État hébreu, accusait les fauteurs de troubles d'atteinte à la sûreté publique et se tenait prêt, si nécessaire, à faire intervenir l'armée.

Au début, Solly ne savait trop quoi penser de ceux qui cassent, pillent et raflent tout ce qui leur plaît en poussant des cris de joie déments. D'abord parce qu'il estimait normal d'avoir envie de posséder les belles choses que les riches se réservent. Ensuite, Georgie et lui n'étaient pas irréprochables sur le plan de l'honnêteté. En tout cas, les émeutes de Wadi Salib ne lui faisaient pas peur. Il en avait vu d'autres le jour de l'incendie du Caire. Il était monté sur la terrasse de l'immeuble malgré l'interdiction des parents. L'air puait le caoutchouc brûlé. Des flammes jaillissaient du café Groppi avec des étincelles roses, jaunes, rouges, on aurait dit un beau feu d'artifice. Ensuite, le ciel s'était couvert de cendres brunes comme un morceau de charbon. Cramponné au muret pour observer ce qui se passait en bas, place Soliman Pacha, il avait vu une femme danser sur la terrasse d'en face. Une grande femme brune avec des mouvements si vifs, si gracieux. Il avait pensé à quelque chose de merveilleux. À une fée qui allait s'envoler au-dessus des immeubles cramés de la place Soliman Pacha.

Solly n'avait pas peur mais au début il se tint à carreau à cause de la promesse faite à Lola de ne pas quitter la maison. Il y avait aussi le gros Georgie qui ne voyait pas l'intérêt de se mêler à tout ça. Mais plus Solly écoutait les blâmes à la radio et les menaces d'envoyer l'armée, plus l'esprit de rébellion s'emparait de lui.

Autour de 4 heures de l'après-midi.

Rien ne bougeait dans la rue El Kébir, à part les abeilles qui bourdonnaient dans la chaleur blanche. Des gosses s'éclaboussaient avec le jet d'une bouche d'incendie. Passa un petit vieux qui mâchouillait un sandwich au concombre tout ramolli. On aurait dit un jour ordinaire, en haut en tout cas, un jour pareil à tous les autres.

En bas, la longue rue commerçante était noire de monde. Des jeunes, des vieux, des femmes, des parents avec leurs enfants, des religieux en kippa et châle de prière. Un attroupement monstre. Certains brandissaient des pancartes où étaient écrites des choses justes : « Du pain, du travail, un avenir pour nos enfants » ou : « Liberté, Égalité, Respect ». D'autres baladaient le portrait grandeur nature du roi du Maroc en criant leur regret du pays d'origine… Des jeunes s'étaient peint le visage en nègre du temps de l'esclavage. Une fille de l'âge de Solly proclamait sur sa pancarte un truc biblique « Je suis noire mais je suis belle ! » Tous restaient sur place sans rien faire sauf crier de temps en temps : « Réveille-toi Wadi Salib, réveille-toi ! » Qu'attendaient-ils ? Quelqu'un, au milieu de la chaussée, l'appela par son prénom. C'était Mme Renée avec les jumeaux serrés sur sa poitrine et deux autres enfants qui lui emboîtaient le pas. Elle marchait avec la majesté de son importance. N'était-ce pas son mari qui avait déclenché la révolte ! Maintenant tout le monde connaissait le nom de Sandok et l'aimait. Solly lui demanda des nouvelles du blessé. Couci-couça. La jambe était sauvée. À l'hôpital, Sandok avait dû attendre cinq heures avant qu'on veuille bien lui extraire la balle du mollet. La couture faite tout de travers lui laisserait une vilaine cicatrice à vie. Mais *baroukh hachem*, la jambe était sauvée.

Il n'empêche. Solly sentait monter en lui la haine de la police. S'il fallait se battre, il se battrait. On pourrait compter sur lui.

Il marchait bras dessus bras dessous avec les autres, quand soudain la police chargea les manifestants. Des cris entouraient Solly de tous les côtés. De féroces bousculades. Solly, poussé dans le dos, tomba. Il se releva, un peu étourdi. Les policiers étaient tout près parce que brusquement un trou se creusa dans la foule affolée. Les gens se mirent à courir dans tous les sens. Ils fuyaient les coups de matraque assenés à l'aveuglette. Puis ils revenaient affronter les policiers. Des jets de pierres s'écrasaient sur les boucliers. Les policiers ripostaient avec une incroyable brutalité. Un escadron de matraqueurs s'acharnait sur les têtes, les épaules, les jambes coupées par la terreur. Des vieux, des femmes, des enfants, tous étaient frappés. Solly cherchait des yeux Mme Renée. S'il lui arrivait malheur, il ne se le pardonnerait jamais. Sa haine de la police monta d'un degré quand un homme acculé contre un mur leva les deux bras comme si on allait le fusiller. Solly avançait, amer, assoiffé de vengeance, dans l'espoir de retrouver Mme Renée. Le bout de la grande rue était barré. Hérissé de casques de policiers. Le rideau de fer pendait au-dessus de la vitrine fracassée de la boucherie. Solly tirait dessus pour s'en faire une arme quand il entendit un long bruit sifflant. Et puis des cris horrifiés. Les gaz… Les flics balançaient les gaz lacrymo. Solly vit une fumée noire s'élever dans le ciel. Puis il cessa de voir quoi que ce soit. Ses boyaux se tordaient à l'intérieur de lui. Il toussait et crachait tout ce qu'il pouvait. Et tout à coup, sans savoir comment, il se mit à ramper par terre au milieu des hurlements et des sifflements du gaz. Tout sifflait et craquait à l'intérieur de sa tête quand, ses jambes se levant toutes seules, il se retrouva à courir, courir aussi longtemps que possible.

Il s'arrêta, à bout de souffle, au pied des escaliers menant à la rue El Kébir. Il se laissa tomber sur les marches. Son corps était couvert de bleus. Mais plus que la douleur, c'était la honte qui l'accablait. La honte de s'être enfui pour sauver sa peau, tandis que les autres prenaient tous les risques.

Quelques heures plus tard, Solly s'était déclaré un peu malade, Lola vint dans la chambre lui annoncer la fin des émeutes. La police avait gagné. La radio parlait de treize blessés dans les affrontements dont deux policiers et d'un million de lirot au moins de dégâts matériels. Des dizaines d'émeutiers avaient été arrêtés pour atteinte et mise en danger de la sûreté de l'État. Mais à présent que le calme était revenu à Wadi Salib, les autorités promettaient la création d'une commission chargée d'étudier et résoudre les difficultés de sa population.

Solly, qui avait gardé le silence, explosa soudain : « S'ils espèrent éteindre le feu, comme ça, avec des commissions à la noix, ils se foutent le doigt dans l'œil ! C'est pas fini, crois-moi, ça ne fait que commencer. »

*

Le lendemain matin, les affrontements entre la police et les manifestants reprirent de plus belle. La veille au soir, en plein shabbat, les policiers avaient pénétré dans la synagogue où s'étaient réfugiés des manifestants. Ils en avaient sorti les fidèles en les maltraitant comme des criminels, et de ce fait le quartier s'était embrasé. Les manifestants voulaient marcher sur la prison centrale pour libérer les leurs, prisonniers par dizaines. Des voyous armés de couteaux à cran d'arrêt avaient forcé les barrages. Ils se dirigeaient actuellement vers le Hadar Carmel dans l'intention de casser et de piller les magasins des beaux quartiers.

— T'as entendu ça ? dit Georgie.

— Oui, je le savais, dit Solly, ça devait arriver.

— Si on y allait, qu'est-ce t'en penses ?

—Tu veux y aller maintenant, c'est nouveau ça que tu t'intéresses…

— J'te parle pas des manifs, j'te parle de la fauche au Carmel. Y a du blé à se faire et facile en plus.

— Comme quoi ?

— Du matos qu'on pourra revendre, j'sais pas moi. Des appareils photo, des transistors, des rasoirs électriques, du beau tissu, des cravates en soie, des bijoux, du parfum pour hommes, y a de tout là-haut, au centre commercial du Carmel. Si on allait faire un tour là-haut, qu'est-ce t'en penses ?

— Ça me dit rien. Je fais pas ce genre de truc moi, la fauche non, ça me dit rien.

— Ah non, ça te dit rien de te faire des ronds, c'est nouveau ça. Ce qui était bien hier est mal aujourd'hui. On a plus un radis, tu piges ? Une dernière fois, tu viens ou tu viens pas ?

Il était autour des 3 heures de l'après-midi. Le soleil écrasait encore la Terre entière quand Georgie s'en alla au haut Carmel voler des choses pour son propre compte. Décidé à jouer les indifférents, Solly ne le regarda même pas partir avec ses lunettes noires, de bonnes chaussures pour se sauver en cas de pépin et un sac à butin en travers du dos… Un équipement tout sauf innocent !

Ce jour-là, Georgie ne rentra pas à la maison. Ni dans l'après-midi, ni le soir, ni de toute la nuit. Le lendemain, et ce fut la seule bonne nouvelle de la journée, Mme Renée semblait se porter on ne peut mieux. Les bras nus, mouillés, elle vidait dans la cour une bassine d'eau savonneuse. Solly sortit fumer une cigarette et, sans pouvoir s'en empêcher, il lui raconta la disparition de Georgie. La vache, elle n'essaya même pas de lui remonter le moral. « Bien sûr qu'on l'a tabassé, ton ami, tabassé et coffré, qu'est-ce que tu crois ? Est-ce qu'y a la guerre ou pas ? Tu sais combien de gens ils ont arrêtés hier ? Tu ne sais pas, personne ne sait tellement il y en a ! Et toi, sois reconnaissant à Dieu d'avoir pas attrapé une balle venue de cette terre de malheur ! »

Le soir venu, ça faisait presque deux jours que Georgie avait disparu, Solly en ouvrit question à table. Sans parvenir à capter l'attention de quiconque. Lola détestait Georgie. Ruthie s'en foutait, comme de tout d'ailleurs. Pour sa tante, il avait rencontré une jolie petite, voilà, faut que jeunesse se passe et autres conneries du genre « Rentrez vos poules, j'ai sorti mon coq ». Solly sentit quelque chose se déchirer dans son cœur. Il se fit le serment que, si Georgie s'en tirait sain et sauf, jamais plus il ne marcherait dans ses combines.

Le matin suivant, deux inspecteurs se présentèrent, très tôt, pour apporter à tante Magda une convocation au commissariat.

Georgie avait été attrapé en flagrant délit de pillage au centre commercial de Hadar Carmel. En plus du braquage en bande organisée, il lui était reproché d'avoir déserté le service militaire. Et quelle que fût la peine encourue, entre deux et cinq ans, c'était dans un camp disciplinaire de l'armée qu'il l'effectuerait.

Tante Magda alla se préparer dans sa chambre. Les inspecteurs entreprirent de fouiller les coins et les recoins de la maison. Puis ils convoquèrent dans la cuisine les autres résidents pour leur tirer les vers du nez. Des fois qu'ils seraient au courant des agissements criminels du placé en garde à vue. L'un des deux inspecteurs, le plus jeune avec la casquette bas sur le front, cherchait la petite bête à Solly, comme s'il le soupçonnait de complicité. Tremblant à l'idée de devoir présenter ses papiers d'identité, Solly cherchait des mensonges crédibles. Lola le sauva avec ses larmoyances habituelles. L'autre inspecteur se fit doux et amical : on ne doit pas pleurer quand on a la conscience tranquille. Ruthie grimaça des yeux vers la porte de la cuisine et les inspecteurs pigèrent qu'elle les poussait dehors.

Ils partirent en emmenant une tante Magda dans tous ses états. Dans la cuisine en silence, comme si le monde s'était arrêté de tourner, les sourcils froncés de Ruthie disaient avec netteté : « Ça ne va pas s'arranger hein ? le crime ne paye jamais ! »

Solly courut s'enfermer dans sa chambre. Et il se mit à pleurer comme il ne l'aurait jamais voulu. Il pleurait sur le couillon qui s'était fait serrer comme un bleu. Il pleurait sur l'énormité de ses problèmes à lui. Plus rien ne serait comme avant… La vie à la coule, c'était fini… Fallait voir à se débrouiller seul pour assurer l'avenir. Comment ? En trouvant du boulot ? Pas facile pour un garçon de quinze ans, clandestin, sans métier avouable et responsable d'une sœur empotée de ses dix doigts. Non… Il n'y arriverait pas vu qu'il ne savait rien faire d'autre que le complice d'un arnaqueur.

Pauvre Georgie, mal barré comme c'est pas Dieu permis. L'a cherché, faut dire. Même un babouin aurait eu l'intelligence de ne pas se mélanger avec des pillards poursuivis par la police. Comble du drame, l'associé disparaît juste quand les caisses sont presque vides. La pénurie d'ici quelques jours. Deux semaines au plus et ils seront sans un rond Lola et lui. Elle ne supportera pas. S'il tombe, elle tombera avec lui. Et que fera tante Magda s'ils ne peuvent plus payer le loyer ? Les foutre à la porte ? Les jeter à la rue ? La bonté angélique est une chose mais c'est toujours l'amour de l'argent qui l'emporte. Où crécher si on les chasse ? Retour à la case Ma'abara. Non. Jamais. Tout sauf ça. Tout quoi ? On verra. Réfléchir. Ne pas s'affoler. Ne pas baisser les bras. Se battre. Sur la tête de Lola il trouvera un travail honnête. Il gagnera de quoi continuer comme avant. Un gagnant reste un gagnant dans tous les cas du sort. Oui. Ils garderont la chambre dans la Grande Maison. Oui. Ça ira. Vu que Dieu ne l'a fabriqué ni crétin ni manchot, il saura tracer son chemin dans la vie.

DEUXIÈME PARTIE

1960

« Tout ce qui est terrible a besoin de notre amour. »

RAINER MARIA RILKE

1

Plus de neuf mois ont passé depuis la cascade d'événements tragiques du mois de juillet.

Wadi Salib sentait les décombres et le printemps.

Ces neuf mois avaient constitué pour Lola une phase paisible (elle aime diviser le temps en phases, parenthèses et points de suspension) de sa destinée mouvementée. Le calme, la sérénité régnaient à présent dans la Grande Maison. Les pièces paraissaient plus spacieuses depuis le départ de Georgie. Il purgeait une peine de quinze mois à la prison de Tzrifin et ensuite il serait bon pour trois années de service militaire. Sa chambre, tante Magda l'avait attribuée d'autorité à Solly au motif qu'ils avaient passé l'âge, Lola et lui, de dormir ensemble. Des sottises ! Auparavant, chacun dormait dans son propre lit. Malheureusement, il était impossible de revenir sur une décision de tante Magda. Elle débordait de principes moraux qu'on ne lui connaissait pas avant l'amère découverte des malfaisances de son neveu. Si elle le tenait, ce moinsque-rien que c'est une honte de l'avoir dans la famille, elle lui foutrait une de ces tannées ! Elle tenait des discours pédagogiques sur ce qui est bien et ce qui ne l'est pas. L'ordre, par exemple, ou la propreté. « Je veux une maison propre, ordonnée, où personne ne puisse me reprocher quoi que ce soit ou venir fourrer son nez. » Elle exigeait des « petits merdeux » dont personne ne s'inquiéterait si elle ne le faisait pas, de filer droit. « Si je m'aperçois que c'est pas le cas, vous serez punis. »

Dans sa hantise d'être renvoyé à la Ma'abara, Solly s'était démené pour trouver un boulot. En vain. Un mineur, sans papiers qui plus est, posait aux employeurs des problèmes insurmontables. La solution vint, au moment où Solly ne s'y attendait plus, de chez son ami Sandok. Entré vivant dans la légende de Wadi Salib, Sandok s'était vu proposer un emploi durable chez un compatriote du Maroc : Benchetrit, le marchand de volailles. Sandok avait accepté à la condition d'embaucher également son jeune voisin : un garçon d'avenir ! Benchetrit avait d'abord refusé. Mais à force de revenir à la charge, avec son culot formidable, Sandok avait obtenu gain de cause. Quand il s'agissait de sortir un ami de la mouise, il ne lâchait pas le morceau !

Solly était toujours le premier levé à présent. Il partait avant l'aube et s'en revenait au milieu de l'après-midi.

Son travail consistait à réceptionner les trois à quatre cents kilos d'abats congelés livrés au petit matin par les abattoirs. Il sortait de la chambre froide les gésiers, les rognons, les cœurs, les foies soudés les uns aux autres, les séparait de ses doigts roidis par la glace et le dégoût, ôtait les filaments graisseux et les taches vertes de fiel et les jetait pêle-mêle dans de grandes bassines de fer-blanc.

Gagner un peu d'argent, pas beaucoup, se payait très cher, estimait Lola. Mais Solly ne se plaignait pas, malgré sa répulsion pour les poulets, au point de ne plus pouvoir les souffrir dans son assiette. Lola en avait le cœur serré. C'était à cause d'elle, l'empotée de ses dix doigts, que Solly se dévouait. Plus tard, disait-il, quand il aurait mis assez d'argent de côté, elle pourrait s'inscrire à l'université de Haïfa. Dans combien de semaines, de mois, d'années peut-être ? Voilà la question qui la minait, jour après jour. Au terme d'une discussion familiale plutôt houleuse, elle avait dû se rendre aux arguments de tante Magda : « Pour avoir un diplôme dans ce pays, faut être né de la cuisse de Rothschild et d'ailleurs les diplômés courent les rues qu'on ne sait plus quoi en faire ! » Ruthie lui avait conseillé de suivre les cours par correspondance de l'école Pigier. Lola apprenait à taper à la machine sur une petite Olivetti d'occasion : un cadeau de Solly. Elle s'exerçait des heures durant sur les vieilles touches au contact dur et monotone. Quelle corvée ! Elle s'y résignait ! Ça pourrait toujours servir un jour, quand elle aurait à taper sa thèse d'université et ensuite un roman, pourquoi pas. Le titre brillait déjà noir sur blanc dans sa tête, « Des soleils et des étoiles », avec les personnages de la Grande Maison. Mais l'histoire à raconter demeurait dans le flou artistique. Murée, empêchée de naître par tous les chefs-d'œuvre qu'elle avait lus. Sans compter qu'à seize ans, sauf à être Anne Frank ou Françoise Sagan, on n'est pas pris au sérieux. Quoi qu'il en soit et sans aucun doute, personne ne reste trop jeune éternellement.

*

À l'approche de la Pâque, Wadi Salib avait retrouvé l'effervescence d'autrefois. Les préparatifs du seder battaient leur plein. Les magasins regorgeaient de marchandises et de clients emplis d'excitation, comme toujours après une dépression.

Solly se sentait un peu cafardeux, parfois. Quelque chose, il ne savait pas quoi, tissait des fils de tristesse dans son cœur. À cause des fêtes, il ne cessait de penser à l'époque heureuse où ils étaient liés Georgie et lui comme les deux doigts d'une même main. Une nostalgie en béton armé, sauf quand il bossait. Au boulot, plongé qu'il était dans les abattis pleins de merde, il ne pensait à rien. Mais dès qu'il rentrait à la maison, il voyait dans sa chambre le fantôme de son copain, perdu, parti, disparu depuis neuf mois. Il lui écrivait une fois par semaine, pour lui souhaiter d'être heureux quand même en prison et d'en sortir très vite. Il grattait sur son maigre salaire pour lui envoyer de quoi se payer des cigarettes et des friandises à la cantine. On a la mémoire du cœur ou bien on ne l'a pas.

*

Le mardi, trois jours avant le seder, tante Magda reçut une lettre officielle de la prison militaire de Tzrifin. Une lettre sensationnelle ! À l'occasion de la Pâque, une date sacrée dans le calendrier juif, le prisonnier Gabriel Rosenthal était enfin autorisé à recevoir la visite de ses proches. « Et des amis aussi ? » demanda Solly, excité comme une puce. Tante Magda n'en savait trop rien. Elle ne savait même pas si elle irait voir ce dégénéré dont elle se demandait des fois s'il était vraiment du sang des Rosenthal. Finalement, elle décida : « J'irai voir Georgie samedi, le lendemain de la Pâque. Solly, tu vas venir avec moi, on verra si tu peux entrer. »

Au milieu de la nuit, Solly est visité par un rêve. Il se trouve, seul, sans Georgie devant la gare du port de Haïfa. Soudain la sonnerie du téléphone retentit. Il décroche. Une voix très lointaine comme si elle tombait du ciel l'appelle par son nom. Il confirme : « C'est moi, je suis Solly Sasson, qui parle ? » La voix lui dit de se méfier. Ici, il ne suffit pas d'avoir la clé du casier pour en sortir la marchandise. Il faut montrer le bulletin de consigne qui prouve qu'on n'est pas des voleurs. Solly sort de sa poche un papier qui lui explose dans les mains. Et la voix dans le téléphone lui dit : « Voyons, Solly, tu n'as pas encore compris qu'il ne faut pas faire de bruit ? »

Il réfléchit à la leçon de ce drôle de rêve. La gare maritime représentait en réalité la prison militaire de Tzrifin. Le bulletin de consigne qui lui explosait dans les mains signifiait les papiers d'identité qu'on lui réclamerait à l'entrée de la prison. Ça tombait sous le sens. Il le savait pourtant, il avait toujours su qu'un clandestin ne doit pas se faire remarquer. Au mieux, la police militaire refuserait de le laisser entrer. Au pire, elle l'empêcherait de ressortir. Peut-être ferait-il mieux de s'abstenir. Comme une poule mouillée, dirait Georgie, et il aurait raison. Quoi décider ? Il disposait encore de deux bons jours avant d'avoir à trancher entre la prudence et les obligations de l'amitié.

*

Le vendredi de Pessah se hâta de passer.

Le samedi, Solly et tante Magda se mirent en route de très bonne heure.

La prison militaire de Tzrifin était située aux alentours de Tel-Aviv, à une soixantaine de kilomètres de Haïfa. Le bus longeait la mer d'un bleu turquoise, magnifique. La route serpentait dans une plaine très verte, parsemée d'oliviers, de vignes, d'orangers en fleur. Sur le fond bleu de la baie, se détachait une forteresse solitaire et impressionnante. Mais les beautés du paysage, les parfums de la nature, la couleur de la mer, Solly s'en fichait pas mal. Dans quel pétrin allait-il se fourrer ? Au-dessus de sa tête, dans le porte-bagages, l'étui de la guitare de Georgie tremblait et frémissait au risque de lui tomber sur le crâne. Tante Magda ne paraissait pas non plus être dans son assiette. Elle tripotait nerveusement le sac à provisions (des gâteaux de Pessah, des confitures, du chocolat, des cigarettes) calé entre ses genoux et ses seins oppressés.

Il était à peine 9 heures du matin lorsque, peu après Tel-Aviv, le bus les déposa en rase campagne. Ils suivirent un chemin de terre ceinturé à droite et à gauche par des fils barbelés. Une tour surveillait le chemin, on aurait dit un mirador dressé dans un camp militaire. De-ci de-là s'étalaient des baraquements bas et bruns devant lesquels l'herbe poussait. La prison se trouvait plus loin, à cinq cents mètres environ du camp militaire. En approchant, on voyait un grand bâtiment de pierres jaunâtres qui faisait penser aux casernes construites au Caire, sur le quai Maspero, par l'armée britannique. À cette époque, Solly adorait voir l'armée anglaise défiler sur le pont Kasr-el-Nil.

Beaucoup de familles chargées de colis se pressaient à l'entrée de la prison où des soldats filtraient le passage. Ça allait au rythme de la torture. Tout le monde braillait qu'il y en avait marre de poireauter, les Israéliens sont des râleurs dans l'âme, tout le monde sauf Solly. Il posa la guitare au pied d'un arbre. Il alluma une cigarette.

Il s'adossa à la hanche de tante Magda comme à un gros coussin tiède.

Plus tard.

Solly et tante Magda pénétrèrent dans une vaste cour carrée. Première étape, le guichet où un gardien vérifiait les colis destinés aux prisonniers. Deuxième étape, le passage devant l'officier chargé de contrôler les permis de visite. Un type avec une liste de plusieurs pages et de petits yeux gris qui voyaient tout et ne laissaient rien passer. Tante Magda refusa de croire que le nom du garçon ne figurait pas sur la liste de l'officier. Elle fit un tel cinéma, mais c'est qu'un gamin, je vous dis, il va pas rester dehors tout seul, que Solly passa comme une lettre à la poste…

On les fit entrer au parloir.

Une grande salle meublée de tables et de bancs en bois blanc comme dans un réfectoire dont les fenêtres porteraient des barreaux. Les familles habituées se dirigeaient d'emblée vers les bancs placés sous les fenêtres ouvertes sur l'air frais. L'attente recommença. Des bruits métalliques résonnaient à travers les murs du parloir, comme si les portes des cellules s'ouvraient et se refermaient dans le couloir. Tante Magda s'absorba dans l'examen des inscriptions d'initiales et de prénoms gravés dans le bois de la table, mais on sentait qu'elle bouillonnait intérieurement.

Un coup de sifflet.

Les prisonniers firent leur entrée. Une trentaine d'hommes, d'abord difficiles à distinguer entre eux, tant ils se ressemblaient dans leur uniforme de l'armée.

Georgie apparut hésitant sur le seuil, timide comme s'il attendait la permission d'entrer. Il semblait avoir diminué de moitié, le visage amaigri, la boule tondue à zéro toute bosselée. À sa vue, Solly éprouva un tel choc que pour se lever il dut prendre appui sur le rebord de la table. Tante Magda était déjà debout, criant le nom de Georgie. Elle le prit dans ses bras, l'éloigna d'elle pour mieux le regarder et vlan, lui flanqua une paire de gifles aller-retour. Ensuite ils s'embrassèrent tendrement.

— Oh là là, t'es pas bien gros, dit tante Magda. Ce que j'voudrais maigrir un peu tiens ! Je t'ai apporté des bonnes choses à bouffer, tu verras. J'ai fait des gâteaux au fromage, à la confiture de fraises et la tourte aux pommes de terre que tu adores.

— Moi, je t'ai apporté des Chesterfield, dit Solly, une pleine cartouche. Il y a aussi du chewing-gum Chiclets, du dentifrice Colgate et de la crème à raser Palmolive. J'ai pris ta guitare aussi, regarde. J'y ai pensé, t'es content ? C'est la première chose à laquelle j'ai pensé. Il va pouvoir jouer au moins, pour passer le temps. Alors ça va, tu t'emmerdes pas trop à la fin.

Et ainsi de suite.

Les mots qu'on dit dans l'émotion des retrouvailles ne sont jamais ceux qu'on voudrait dire vraiment. Solly se pencha vers Georgie assis en face de lui et il allait pour lui prendre la main mais, eh non, ça le bouleversait au point de n'en pouvoir mais… Le pauvre Georgie. Il souriait trop d'un air d'idiot du village. Ses oreilles se détachaient, rosées, de chaque côté de son crâne nu et cuivré. Son nez semblait avoir doublé de volume et ses yeux, embués de tristesse, faisaient penser à un babouin mis en cage.

— T'as encore combien de temps à tirer, mon vieux ? dit Solly. Neuf mois hein ? T'as fait le plus long, va, ça ira tout seul après.

— Tu parles ! Après je vais m'en prendre pour trois ans.

— C'est vrai, c'est pas marrant mais l'armée quand même c'est mieux que la prison, non ?

Georgie lui lança un regard ulcéré et Solly se le tint pour dit : dans le genre consolation, merci bien, il aurait pu trouver mieux.

— Et ne va pas croire que tu vas y couper, dit tante Magda. Ils te tiennent, ils te lâcheront plus. Essaye pour voir et c'est moi, tu entends, c'est moi qui te ramène en prison.

— Si c'est pour m'engueuler que t'es venue, c'était pas la peine. Ça va, j'ai compris. J'ai gâché ma vie et surtout la tienne. Elle est bonne qu'à engueuler les gens, ça change pas. Solly, j'te plains. C'est toi qui encaisses maintenant.

Solly ne protesta même pas. Les Rosenthal l'énervaient autant l'un que l'autre. À quoi ça sert de gaspiller en chamailleries les quelques minutes de parloir ? Au lieu de se dire la vérité : « Tu m'as manqué, je m'inquiète pour toi, je t'aime, je souffre avec toi » ?

À la table d'à côté, un papa jouait avec son bébé. Il le faisait sauter dans ses bras : « Comme tu as grandi, mon âme, un vrai petit homme ! » Un type au crâne bosselé racontait qu'il avait écopé du mitard pour une couverture mal pliée. Un couple s'enlaçait avec une passion muette. Des photos de famille circulaient de main en main. De sa chaise, le gardien chauve comme un œuf (l'âge lui avait pris ses cheveux) ne manquait rien de toutes ces opérations.

Georgie larmoyait que c'était la première et la dernière fois. Il ne le ferait plus. Il avait compris la leçon. Solly détestait le voir ainsi, faible et repentant comme un gamin qui aurait pissé dans sa culotte. Et pas moyen de l'intéresser à quelqu'un d'autre que lui. Pas un mot aimable. Aucune question d'ordre personnel… « Quoi de neuf, Solly ? » « Comment tu t'en sors sans moi ? Et le boulot dans la volaille, c'est pas trop pénible ? » « Et Lola, elle achète toujours autant de bouquins ? » Non, rien. Sauf pour savoir si Solly voulait bien lui faire cadeau de sa montre. Ces choses-là valent de l'or en prison.

Lorsque des coups de sifflet annoncèrent la fin du parloir, la déception sentimentale de Solly avait passé. Une grosse boule lui barrait la gorge. Ce qu'on peut faire d'un être humain. Georgie marchait vers la sortie, le dos voûté, la tête basse, en regardant ses pieds comme pour y chercher quelque chose qu'il aurait perdu.

Dehors. À peine eurent-ils franchi le portail de la prison que tante Magda adressa à Solly un regard lourd de reproches. Il pensa qu'elle avait besoin de passer sa colère sur quelqu'un et, à coup sûr, ce quelqu'un c'était lui. Ses dents apparurent, elle se défoula : « Ça ne peut plus durer. Il serait temps de te mettre en ordre avec la loi, tu crois pas ? Il faut régulariser la situation, je ne veux pas de clandestins chez moi, vous devez avoir des papiers, ta sœur et toi, je vais m'en occuper. »

2

Ces derniers temps, le malaise couvait dans la Grande Maison. Tante Magda s'était mise à diriger son monde d'une main de fer. D'abord elle avait augmenté de quinze lirot le loyer en arguant du fait que Solly occupait désormais la chambre de Georgie. « La vie n'est pas un pique-nique, disait-elle. Chacun doit mettre la main à la pâte. » Ce qui voulait dire en clair qu'elle en avait assez de voir Lola se tourner les pouces à longueur de journée. À ce propos, tante Magda en vint à parler d'un de ses bons amis, un dentiste, dont l'assistante enceinte jusqu'aux yeux partait en congé maternité. Le dentiste cherchait une personne capable de taper à la machine, de répondre au téléphone et de lui passer ses instruments. Ce qui n'était vraiment pas sorcier. Lola en convint. Mais du bout des lèvres : ce genre de métier ne l'attirait pas plus que ça. « Alors quoi, se fâcha tante Magda, ce que fait Ruthie n'est pas assez bon pour toi ? » Lola accepta de poser sa candidature, un, dans l'espoir qu'elle ne serait pas retenue et, deux, parce que le remplacement prévu pour le mois de septembre (autant dire dans une éternité) n'excéderait pas les six mois.

« C'est dur au démarrage, lui dit tante Magda, mais si tu t'appliques, qui sait ? Le dentiste ne pourra plus se passer de toi. »

Alors, et pour la première fois, Lola sentit monter en elle de la rancœur contre l'esprit terre à terre de tante Magda. Mais cela ne dura qu'une fraction de seconde. Immédiatement après, une onde d'affection la submergea. Bien sûr, Solly avait raison de dire que tante Magda se comportait tel le Dieu tout-puissant. Mais c'était pour leur bien qu'elle s'arrogeait le droit de commander et de gouverner leur avenir à tous deux.

La semaine dernière, par exemple, tante Magda avait entrepris les démarches nécessaires à la régularisation de la situation des deux petits clandestins. Lesquels essayèrent de l'en dissuader. En vain, bien sûr. « Quoi qu'il arrive, affirma-t-elle, ça ne se passera pas comme ça ! » Alors, faute de comprendre comment « ça ne se passera pas comme ça », mieux valait croire que ça se passerait bien. Tante Magda alla donc à la mairie de Haïfa pour y déposer une déclaration d'hébergement et faire en sorte que ses locataires obtiennent des papiers d'identité. Pour quel résultat ? Mystère, qui, en bien ou en mal, serait éclairci dans un délai de trois mois.

À la mi-mai, le temps se gâta. Il pleuvait à verse. Les rues étaient pleines de boue. Un vent tiède et violent soufflait, déterminé à jeter bas les maisons. Au même moment, chose curieuse, l'oncle Maurice décrivait New York aux prises avec une terrible tempête de neige.

Sur ces entrefaites, Wadi Salib s'alarma d'une nouvelle rumeur. À savoir que, pour se venger des émeutes de l'an passé, le gouvernement aurait décidé de raser le quartier et d'évacuer sa population dans le désert du Néguev. Les gens s'affolaient. Ils se voyaient arrachés à leur foyer par la force, sans bagages ni même du linge de rechange. Ils voyaient leur quartier détruit, rayé de la carte par les bulldozers, les tanks, les explosifs, les gaz empoisonnés... Tout serait fait afin que ne subsiste aucune créature vivante, plus un homme, un oiseau dans le ciel, une fourmi sur la terre de Wadi Salib.

Ces absurdités chauffaient à blanc les esprits. Des orateurs poussaient à la révolte. Des commandos de jeunes parcouraient les rues pour appeler « les vieux » à la résistance armée. Sandok répétait à qui voulait l'entendre : « Moi vivant, aucun mur de Wadi Salib ne sera abattu ! » Ses fanfaronnades faisaient rire Solly aux éclats. Dans son cœur, Sandok avait remplacé Georgie. Ils ne se quittaient plus avant, pendant et après le travail chez le volailler. Lola était sûre que, si des affrontements avec la police éclataient à nouveau, son petit frère en serait, et dans les premiers rangs.

Heureusement, avec le retour du soleil, les esprits se calmèrent peu à peu. Les menaces d'expulsion s'estompaient. Pourquoi craindre toujours le malheur, la fatalité ? L'espoir fait vivre !

Une question taraudait Lola : pourquoi les gens tiennent-ils dur comme fer à rester dans la misérable demeure de leur misérable quartier ?

Elle s'en étonna auprès de Ruthie.

« Oui, c'est une question intéressante. Pourquoi s'attache-t-on toujours à la maison, au quartier, au territoire où l'on ne vit pas très bien ? Plutôt mal. Je ne sais pas. C'est un sentiment humain qui existe depuis toujours. Il existe une nouvelle de Kafka, "Le terrier", tu devrais la lire. C'est l'histoire d'une créature, mi-homme mi-bête, qui construit un terrier pour se protéger des attaques extérieures. Un simple trou dans la terre, dit-il, et mes pattes en ont fait un havre de paix. Et ce trou noir comme l'enfer il veut le défendre à tout prix, même s'il doit y laisser sa vie. Si je meurs, écrit Kafka, mon sang s'écoulera dans mon sol et ne sera pas perdu. »

*

À la fin du mois, par un soir tranquille, un événement d'une extraordinaire importance dramatique se produisit.

Ben Gourion, le Premier ministre, en fit l'annonce solennelle devant le Parlement : « Il est de mon devoir de vous informer qu'il y a quelques instants les services secrets ont appréhendé l'un des plus infâmes criminels nazis, Adolf Eichmann, responsable avec les autres dirigeants nazis de ce qu'ils ont appelé *la solution finale au problème juif*, en d'autres termes l'extermination de six millions de Juifs européens. Adolf Eichmann se trouve déjà en prison dans notre pays, il sera prochainement jugé conformément à la loi de 1950 concernant les nazis et les collaborateurs juifs des nazis. »

Le discours du Premier ministre souleva une tempête d'émotions à travers le pays. La radio ne parlait plus que du kidnapping de l'organisateur de la Solution finale. Les gens s'arrachaient les journaux aux manchettes bordées de noir, comme une notice nécrologique clamant le nom d'Eichmann et ses crimes. Tout le monde se sentait concerné. Même à Wadi Salib, constatait Lola, même les Orientaux sans connaissance ni mémoire des persécutions nazies se rassemblaient pour en parler. Les chambres à gaz, les fours crématoires, le massacre de six millions de Juifs européens ? Ils ne savaient pas, on ne leur avait rien dit ! C'était la première fois que les journaux israéliens publiaient des articles, des récits, des témoignages de rescapés des camps de la mort. Ils lisaient et la souffrance des victimes leur sautait au visage et les giflait. Comment des choses pareilles avaient-elles pu arriver ? Pourquoi ? Il n'y avait pas de réponse humaine à l'horreur sans fond. Du moins, espérait Lola, c'en était fini du temps du mépris, des moqueries, de l'hostilité affichée partout, pas seulement à Wadi Salib, à l'encontre des survivants qui comme des moutons se seraient laissé conduire à l'abattoir. Tante Magda et Ruthie pouvaient enfin être contentes. Oui, la capture du plus grand criminel nazi après Hitler avait provoqué une véritable révolution dans l'esprit et le cœur des Israéliens. Et un fort sentiment de fierté nationale à l'idée que le procès aurait lieu à Jérusalem. « Le Nuremberg du peuple juif », titraient les journaux. Une première dans l'histoire du jeune État d'Israël.

Lola lisait avidement tout ce qui s'écrivait à ce sujet et écoutait la radio jusque tard dans la nuit.

Chaque jour apportait son lot d'informations sensationnelles et contradictoires, parfois, sur la façon dont le Mossad avait découvert et arraché Eichmann à son impunité : tantôt au Caire où il aurait servi de conseiller à Nasser, le nouvel Hitler, tantôt au Koweït, ou encore à Buenos Aires, la capitale de l'Argentine. En prison, il aurait dit à son gardien : « Je rirai en sautant dans ma tombe car le sentiment d'avoir tué six millions de Juifs me donne beaucoup de plaisir et de satisfaction. » À quoi pouvait ressembler un tel monstre ? Sa photo étant interdite de publication, de peur qu'un vengeur ne vînt l'assassiner dans sa cellule, il prenait la figure du démon surgi de l'Enfer. « Que l'Ange de la Mort lui fasse immédiatement place à côté de Hitler. Et d'abord, pourquoi le garder en prison ? N'était-ce pas dommage de gâcher du pain à le nourrir ? À quoi bon le juger ? A-t-il jugé nos frères, lui ? Les a-t-il épargnés ? Mort, mort pour l'assassin de notre peuple ! Qu'on le fusille, qu'on l'égorge, qu'on le pende aux barreaux de sa cellule ! »

À l'imitation des adultes, les enfants avaient inventé un jeu ; la mise à mort d'Eichmann. Pendu à la branche d'un arbre par ses camarades, le petit Douby, huit ans, avait été sauvé juste à temps par l'intervention d'un passant.

Sur ces entrefaites et par pure coïncidence, Mar Yohannan fut surpris par la mort alors que retirant ses vêtements, il s'apprêtait à se mettre au lit. Le faire-part placardé à la porte de l'ulpan prévenait de la date des obsèques au vieux cimetière Yeshoua Tell de Haïfa. Lola en conçut de la peine, cela va sans dire. Au moment de partir pour le cimetière, elle croquait une pomme, debout dans la cuisine où l'horloge égrenait son implacable tic-tac. L'air rosé du matin pénétrait dans la pièce, frais et délicieux comme la pomme sous la dent. Si bien que, sans pouvoir se l'expliquer, elle laissa passer l'heure de se rendre à l'enterrement de Mar Yohannan.

Ces jours-ci, Lola commençait à avoir peur du calendrier. L'entretien d'embauche chez le dentiste avait été fixé au deuxième lundi de juin, et elle méditait de ne pas se présenter ce jour-là. Elle y alla pourtant mais avec une demi-heure de retard, pour ne rien arranger. De fait, le dentiste ne la reçut même pas. Son assistante, une femme assez âgée à l'air navré, lui fit savoir que la place était déjà prise. Par elle-même évidemment. Bravo et merci beaucoup, la félicita Lola. Pour un peu, elle l'aurait embrassée !

3

Le samedi matin, Lola et tante Magda faisaient leurs courses au Merkaz Mizrahi, le grand marché oriental de la ville. Un vrai souk copié, en plus petit, sur le Khan Khalili du Caire. L'air qu'on y respirait, la musique des propos, les pyramides savantes de fruits et de légumes, les senteurs de coriandre, de cumin, de pâtisseries grasses et sucrées, enchantaient Lola.

Tante Magda s'était arrêtée devant une montagne bien équilibrée de poivrons rouges, verts, jaunes, lorsque Lola remarqua un personnage à l'étrange comportement.

Une femme maigre, avec de longs cheveux filasse mal soignés, les suivait depuis un bon moment d'étal en étal. Elle leur collait au train. À quasiment enfoncer ses coudes osseux dans le dos de tante Magda. Celle-ci, préoccupée par ses achats, ne s'apercevait de rien. Elle remplissait son cabas resplendissant de bottes de carottes et d'oignons verts quand, soudain, la femme maigre vint se planter devant elle. Elle la dévisagea avec un air bizarre, craintif et pitoyable à la fois. Elle portait une chemise d'homme qui avait été blanche un jour et de gros souliers noirs dont elle avait retiré les lacets. Tante Magda lui fit face, un rien étonnée, un rien dérangée. Elle chercha une petite pièce dans son porte-monnaie. La mendiante avança le bras et d'un coup de main fit valser le portefeuille. Avec une haine stupéfiante. Victor Hugo l'a bien dit, « la pauvreté fait un trou dans le cœur et y met la haine ». Tante Magda se contenta de hausser les épaules, pas de temps à perdre avec les gens agités. La femme maigre s'empara du portefeuille tombé entre ses pieds. Puis, l'index pointé sur tante Magda, elle se mit à hurler : « Blokova, kapo, je sais ce que tu as fait, monstre, criminelle, salope, puisses-tu crever ! Je vais te tuer, je vais te dénoncer à la police ! » Médusée, tante Magda ne savait quoi répondre. Cette pauvre vieille délirait ! Mais tous ces égosillements, ces gesticulations, ces calomnies haineuses, ça commençait à bien faire, hein ? Tante Magda leva sa main de géante au-dessus du visage maigre, si décharné que sa main en resta arrêtée. L'autre en profita pour crier à la ronde : « C'est elle, arrêtez-la, c'est la blokova, ne la laissez pas s'échapper, par pitié, aidez-moi ! » Les gens ne réagissaient pas. Ils ne comprennent pas le tragique de la situation parce qu'ils ne savent pas, se dit Lola. Ils ne savent pas que la brûlure de la folie vient de ce que tout s'embrouille dans la tête des survivants. Le passé et le présent, l'avant et l'après du camp, les bourreaux et les victimes, tout se confond dans la souffrance de leurs souvenirs. C'est là le cœur de la folie de cette femme, c'est cette souffrance inguérissable qui la pousse à de terribles accès de violence. Lola l'imagina armée d'un revolver. Il y avait de quoi prendre peur. Les insultes, les accusations insensées, les menaces pleuvaient sur tante Magda tout comme, l'année dernière, les pierres s'étaient abattues sur la boutique d'Oscar Katz. Soudain, deux chiens déboulèrent en trombe et, fous de joie, se mirent à fouiller dans les denrées au rebut, les cageots vides et les papiers gras. Braves chiens ! La diversion mit fin aux hurlements assourdissants. La survivante avait cessé de voleter atrocement autour de tante Magda. Mais elle la gardait dans l'accusation de ses yeux. Elle la regardait avec quelque chose de nouveau dans les yeux. Une fatigue immense. Ses yeux ressemblaient à deux oiseaux morts. Et c'est dans un soupir de sa bouche aux mauvaises dents qu'elle dit : « Ravensbrück 10397. » Lola ne retint le numéro à cinq chiffres qu'après qu'elle eut répété : « Ravensbrück 10397. » Tante Magda devint écarlate. Puis, tournant sur elle-même, elle se sauva à si grande vitesse que, s'échappant du cabas, son chargement de légumes et de fruits roula épars dans l'allée. L'attention de Lola se concentra sur deux images simultanées : tante Magda s'éloignant sous le grand soleil du dehors et la vieille, à un pas d'elle, avec son visage brun et desséché, ses yeux noirs enfoncés au-dessus de ses pommettes osseuses et son menton ridé qui tremblait comme un enfant sur le point de pleurer. Et tandis que Lola s'enfuyait, les gémissements de la vieille la poursuivaient. Une longue plainte éperdue qui, allant en faiblissant, lui rappela le radotage des pauvres fous abandonnés à eux-mêmes.

*

Quelques semaines après l'incident au Merkaz Mizrahi, tante Magda fut arrêtée pour être interrogée.

Ce jour-là, une voiture de police noire avait descendu en trombe la grande rue et s'était garée devant le bureau de poste, de manière à en bloquer la sortie. Tante Magda avait été arrachée à son guichet, devant tous ses collègues, et embarquée dans la voiture de police.

Lola n'avait pas assisté à la scène. Mais Solly qui se trouvait à bosser chez le volailler, face au bureau de poste, la lui avait décrite.

Vers 11 heures du matin, il avait été assez surpris de voir les flics débarquer, vu que le quartier ne faisait plus de vagues depuis les émeutes de l'été dernier. Il s'était approché du bureau de poste où venaient de s'engouffrer les flics. Non, il n'avait pas pu voir ce qui se passait à l'intérieur. Trop de gens s'agglutinaient, le visage collé aux fenêtres de la façade. Quelqu'un avait lancé une insulte, genre « Sale kapo, on aura ta peau », et deux ou trois autres crétins avaient fait écho. Solly te les avait engueulés et fallait voir comme ! Bon, bref. Une minute plus tard, la porte de la poste s'était ouverte d'un coup. Tante Magda était sortie, décomposée, sous les regards excités par le spectacle. Elle n'était pas menottée, non. Elle portait son sac à main. Oui. Les flics l'avaient poussée à l'arrière de la voiture. Sans brutalité mais sans douceur non plus. Solly avait ôté son tablier long jusqu'aux pieds pour courir aussi vite que possible derrière la voiture. Elle s'ébranlait, mais lentement à cause de la cohue. Il avait rattrapé la voiture. Il avait tambouriné sur la vitre. Mais tante Magda n'avait pas regardé dans sa direction, pas une seule fois. Elle se tenait un peu affaissée, molle entre les deux policiers. Elle n'avait pas de colère, elle ne s'était pas rebiffée. Non. Ni indignée, ni révoltée. Rien. Elle semblait avoir subi un choc qui la paralysait corps et âme…

C'est à cause de cette pauvre folle, avait dit Lola, une survivante qui l'a confondue avec quelqu'un d'autre de Ravensbrück. C'est elle qu'il faudrait enfermer ! Tante Magda est innocente, ils vont la relâcher ! Alors Solly avait posé une drôle de question : « Et même si elle avait fait des choses horribles là-bas, dans le camp, tu l'aimerais encore beaucoup ? »

Une question aussi absurde que l'hypothèse d'une complicité avec les nazis et Lola s'était efforcée de l'étouffer avant qu'elle n'atteigne sa pensée.

Oui. Le premier jour, Lola avait refusé de laisser les soupçons se faufiler dans sa tête, y grouiller comme des vers et briser à jamais l'image idéale modelée dans son cœur. Le lendemain de même. Lorsque Ruthie annonça en deux phrases lapidaires la mauvaise nouvelle : tante Magda était retenue au poste pour de nouveaux interrogatoires, Lola se cramponna de toute son âme à ses certitudes. Tante Magda était victime d'une erreur sur la personne. La lumière faite, elle reviendrait, disculpée, et tout serait oublié. C'était une question de quelques heures. Déjà, malgré le temps qui les séparait, Lola sentait les ondes chaudes de sa présence à la maison.

Mais, au troisième jour, l'impensable se produisit. Vers midi, Lola trouva un mot laissé par Ruthie sur la table de la cuisine.

« *Lola, ne m'attends pas pour déjeuner. Magda a été mise en détention provisoire à la prison de Haïfa. Je passe voir son avocat avant d'aller à mon bureau. À ce soir.* »

Alors il se fit dans l'esprit de Lola un tel tumulte que ce qui se passait en elle et autour d'elle devint confus. Elle s'assit dans un coin de la cuisine. Elle resta immobile, raide, en une manière de paralysie défensive. Mais, malgré ses nerfs figés, d'horribles soupçons lui battaient le corps de tous côtés. Il y a peu, tante Magda était apparemment une victime comme les autres déportées, mais qu'avait-elle fait de plus ou moins que les autres ? Elle n'arrivait pas à poursuivre sa réflexion. Elle se mit debout. En revenant vers la table, elle fut secouée d'un sursaut, presque d'un sanglot d'espoir. Ne se pouvait-il pas qu'on eût pris tante Magda pour une autre ? Un instant, elle entrevit vraiment la silhouette pourpre de haut en bas du sosie de tante Magda. Mais simultanément, en voyant le message posé dans toute son horreur sur la table, elle fut prise d'une angoisse folle. Si elle se trompait, si tante Magda n'était pas celle que l'on croyait, ornée de l'auréole de la martyre, mais au contraire… Non, non, elle ne se trompait pas, non, mille fois non. L'amour est aveugle, mais quand même pas à ce point-là. Cependant… Si Ruthie avait jugé bon d'engager un avocat, c'était qu'elle prenait l'affaire diablement au sérieux. Quant à savoir le fond des pensées de la grande muette. L'arrestation de tante Magda l'avait rendue plus silencieuse encore que d'habitude. Aux questions inquiètes, elle répondait de manière évasive, dénuée d'émotions. Mais par instants, Lola croyait voir des sentiments humains se déposer sur le visage altéré par le malheur qui venait de se produire.

Une heure moins le quart. Solly ne rentrerait pas avant deux longues heures. Lola attrapa son chapeau de toile et sortit en courant. Elle dévala les escaliers menant aux ruelles étroites, craquelées et figées sous la chaleur comme un vieux tableau dont la peinture s'écaille. Les maisons, écrasées de soleil, avaient baissé leurs volets. Mais la grande rue commerçante bourdonnait encore d'énergie sous la lourde vapeur cotonneuse semblable à la purée de pois qui, en période de canicule, pesait sur Le Caire.

Solly se tenait devant la porte du marchand de volailles, dans son long tablier blanc encollé de plumes et de petites chairs de poulet. Un tuyau d'arrosage à la main, il parlait fort à quelqu'un vêtu du tablier de commis. Ce ne pouvait être Sandok car, ne disant mot, l'inconnu ressemblait à un homme qui ne buvait pas. Solly hochait vigoureusement la tête et ses yeux bleus regardaient au loin, courroucés. Puis il la vit et parut se muer en statue, la bouche béante de surprise :

— Qu'est-ce qu'il y a, Lola ? Pourquoi t'es venue ? Y a un problème ?

— Oui. C'est tante Magda, écoute, il est arrivé une vraie catastrophe, la prison, tu imagines ? J'ai tellement peur pour elle que…

— Tais-toi, c'est pas la peine de crier, voyons, pas ici.

Il balança son tuyau à terre et, jetant un coup d'œil méfiant à son collègue, lequel semblait en effet tendre l'oreille, il traîna derrière lui une Lola toute morfondue d'avoir laissé échapper de telles paroles. En cherchant un coin d'ombre, à l'abri des regards, il continuait de siffler sa rage et de gronder : « Ils bavent pas assez de saloperies sur tante Magda, ces connards, faut que t'en rajoutes. » Elle devina ce qu'il se gardait bien de lui dire : les avanies qu'il essuyait toute la sainte journée sous le méchant prétexte qu'il n'y a pas de fumée sans feu.

Ils firent halte dans l'angle obscur d'une porte cochère. Une odeur animale émanait de Solly, occupé à allumer une cigarette. Lola lui raconta la tournure dramatique des événements. « Elle peut pas être coupable, hein, à ton avis. » À cet instant, arriva une bonne femme chargée de paquets. Solly la connaissait. Elle le plaisanta sur sa dernière conquête – « une vraie petite beauté ! » – et il fallut faire semblant de rougir agréablement. La bonne femme lui demanda de l'aider à monter ses paquets au troisième étage. Solly dut s'exécuter.

Revenu dans la fraîcheur et l'ombre, il dit quelque chose d'incroyablement réfléchi : « Tante Magda est dans la mouise jusqu'au cou. Mais coupable ou pas, on s'en fout, Lola, on s'en fout. Quoi qu'il arrive, il faut se battre pour ceux qu'on aime. »

Solly avait croisé les mains sur son tablier avec l'intention de défier le monde entier. Ridicule et adorable. Don Quichotte contre les abattis de poulet ! Elle lui claqua deux baisers retentissants sur les joues. Sur le sol, à leurs pieds, une fenêtre à barreaux projetait de minces carrés de lumière moite. Un carré de lumière se transforma soudain en oiseau avec de longues ailes fines et Lola le vit, en heureux présage, s'envoler vers la liberté.

4

Les jours et les semaines passèrent. Il ne se passait rien. Le juge d'instruction avait pris ses vacances d'été. À son retour, il réexaminerait l'affaire de bout en bout en toute tranquillité. Ce juge, que Lola ne connaissait pas plus que l'avocat d'ailleurs, ce juge lui apparaissait sous la figure détestable de Porphyre jouant au chat et à la souris avec Raskolnikov. Il laissait volontairement croupir tante Magda au fond de son cachot afin que, désespérant de jamais revoir la lumière, elle en vînt à avouer les crimes dont on l'accusait. À tort ou à raison ? La question amenait Lola à un point d'angoisse et d'horreur insupportable.

Elle vécut le mois d'août dans un sentiment d'abandon et d'insécurité extrêmes. Elle n'avait de goût pour rien, pas même la lecture. Elle s'endormait à tout bout de champ, sa méthode habituelle en cas de conflit insoluble. Mais même dans ses rêves, elle ne faisait que penser à tante Magda. Des rêves dont elle sortait dans un état de totale confusion. Tante Magda cognait des poings à une porte, celle de la maison ? avec des doigts tout écorchés et sanguinolents. Puis s'élevaient les miaulements déchirants d'un chaton orphelin. Tante Magda l'attrapait par le cou, le jetait dans les cabinets et tirait la chasse d'eau. Mais le rêve le plus troublant fut celui où tante Magda se trouvait assise, à la place de maman, dans la voiture qui avançait vers la mort. Alors, la douleur du deuil se réveillant, Lola ne savait plus si elle pleurait la perte de ses parents ou la disparition de tante Magda.

Solly reçut de Georgie, averti de la situation, une lettre partagée entre l'incrédulité et la désolation parce qu'il savait très bien comment la prison vous fait mourir à petit feu. La simple idée de ne pouvoir aider la famille dans l'épreuve le rendait malade. Il avait demandé une permission, au prétexte d'aller au chevet de sa tante gravement malade, sans succès. « Les vaches ! » Il terminait par une formule frémissante d'espoir, « ça va s'arranger », mais le chagrin faisait trembler son poignet, « excuse mon gribouillage », au souvenir de sa chère petite tante incarcérée.

On était à la fin de l'été. Il faisait beau. Mais sauf nécessité absolue, Lola évitait de quitter la Grande Maison afin de se soustraire aux rumeurs et aux médisances dont les gens du quartier se régalaient. L'affaire de la « collabo des nazis » alimentait toutes les conversations et Solly était bien placé pour le savoir, la curiosité s'acharnait, brutale et insatiable, sur les proches de tante Magda. Parfois des visages qu'on n'attendait pas se montraient dans la cour comme des mouches qui s'agglutinent sur un gâteau sucré. Lola claquait la porte d'entrée et refermait les volets du rez-de-chaussée. Par une rainure d'un volet, elle voyait Mme Renée aller, folle furieuse, chasser les intrus.

Début septembre enfin, le juge accorda à Ruthie le permis de visite à la prison de Haïfa. Elle s'y rendait le mardi et le vendredi avec le colis autorisé, des victuailles et du linge propre, et en revenait les yeux noirs, étroits comme des fentes. Et quand on la sondait pour trouver une goutte d'espoir, elle se contentait de secouer la tête comme quelqu'un qui aurait perdu sa langue. Plus on la pressait de questions moins elle consentait à répondre. Parce qu'il y avait des choses qu'elle ne pouvait pas ou ne voulait pas dire. Des choses épouvantables que tante Magda lui avait fait jurer de garder secrètes. En tout cas, il fallait être la dernière des idiotes pour imaginer une double vie cachée à Ruthie et ne pas se douter une seconde du sombre passé de tante Magda ! Seulement voilà, on n'aime pas soupçonner les gens qu'on aime profondément.

Un soir, juste à l'heure de passer à table, l'avocat fit irruption à la maison. Me David Reuben. Un homme de la quarantaine avec quelques fils gris dans les sourcils et l'air empreint d'une grande satisfaction personnelle. Il arrivait porteur de Dieu sait quelle nouvelle et d'une serviette contenant probablement le dossier de sa cliente. Ruthie et lui s'isolèrent au salon durant vingt minutes environ.

Après son départ, Ruthie, épanouie pour une

fois, leur annonça un vrai miracle. Tante Magda allait être remise en liberté conditionnelle. « Conditionnelle ? s'inquiéta Lola. Elle pourrait retourner en prison ? » Mais Ruthie ne voulait pas perdre foi en Me Reuben. Il lui avait assuré qu'on n'irait pas jusqu'au procès car il se faisait fort maintenant d'amener le juge à classer l'affaire. On verrait bien. L'essentiel étant le retour de tante Magda parmi les siens. Quand ? D'un jour à l'autre, dit-elle, la voix légèrement déformée par l'émotion sentimentale.

Lola, tout excitée par l'heureux dénouement, eut du mal à s'endormir. Au milieu de la nuit, elle se réveilla humide de sueur et mourant de soif. Elle alla se préparer une citronnade bien fraîche. En passant par le salon couvert de taches de lune, elle vit la serviette que l'avocat avait oubliée au pied du fauteuil branlant adossé au mur. Elle alluma la lumière. Une serviette de cuir brun fatigué. Elle en sortit un gros dossier cartonné, noué par des lacets, dont la couverture s'ornait d'une étiquette : « Affaire Magda Rosenthal, réf. 766. » Elle tira d'un coup sec les lacets du dossier. Il contenait un énorme paquet de pages photocopiées, dont la première portait en titre « PROCÈS-VERBAL ». Une cinquantaine de pages environ et pas moins de deux heures pour en venir à bout. Mais bon, elle avait le reste de la nuit pour connaître la vérité qui papillotait devant ses yeux.

Cabinet Reuben et Carasso
12 rue Herzelia
Haïfa
Tél. 32912

DOSSIER Rosenthal Magda
Réf. 766
Commission rogatoire
250/11/60

Photocopie

PROCÈS-VERBAL

Mercredi 20 Juillet 1960.
12 h 10
Première audition
de la nommée Rosenthal Magda
sur commission rogatoire n° 250/11/60
délivrée par le Procureur Général

Inspecteur adjoint Ron Perez

Je fais comparaître la nommée Rosenthal Magda qui, interpellée sans opposer de résistance, décline son état civil et répond comme suit à mes questions.

R. : Je me nomme Rosenthal Magda. Je suis née le 10 février 1919 à Wintzenheim (France) de Benjamin Rosenthal, tailleur de profession, et de Sarah, épouse et mère de six enfants. Je suis célibataire et n'ai pas d'enfants. Je suis de nationalité israélienne. Je suis domiciliée 3, rue El Kébir à Haïfa (Wadi

Salib). Je suis employée au bureau de poste de Wadi Salib, responsable de l'accueil. Je possède une instruction secondaire. Je n'ai jamais été condamnée.

Question : Tu as été interpellée à la suite d'une plainte déposée contre toi. Tu en connais la raison ?

R. : Non.

Q. : Tu n'en as aucune idée, Magda ? Réfléchis, nous avons tout le temps. Tu veux un café ? Une cigarette ?

R. : Je ne fume pas. Suis-je en état d'arrestation ?

Q. : Tu es entendue pour l'heure. C'est une audition. Quand et comment as-tu été envoyée à Ravensbrück ?

R. : En 1943. Le 10 août 1943, j'ai été déportée à Ravensbrück, dans le convoi 17.0000. Toute ma famille avait déjà été massacrée par les nazis. Ma famille vivait en Alsace depuis deux cents ans, au moins. Nous avons été expulsés de Wintzenheim en 1940, juin 1940. La musique hitlérienne était installée sur la place du Marché avec tambour et trompettes, et tous les Français étaient venus fêter notre départ. Nous sommes partis à Montauban (France) en zone libre. Ma mère avait là-bas une sœur, Irène, propriétaire avec son mari d'une mercerie. Je me suis mise à travailler avec mon père. On faisait de la couture contre des sacs de pommes de terre. En 1942, Montauban a été occupée par les nazis. Nous sommes restés cachés chez ma tante, sans presque sortir de la maison pendant quelques mois. C'était trop dangereux. Une fois, le paysan chez qui j'allais acheter de la nourriture m'a dit : « Vous êtes française au moins ? » Je n'ai jamais oublié cette remarque. Mon grand-père était si fier d'avoir perdu un bras à la guerre, en 1870. Il s'en vantait.

Q. : Je me fiche de ton grand-père. Et ensuite, que s'est-il passé ?

R. : Ensuite, nous avons été dénoncés par ce paysan peut-être, ou des commerçants jaloux de la mercerie, ou alors à cause de mon oncle. J'ai pensé un temps que mon oncle aidait la Résistance, ou avait des liens avec le maquis, je ne sais pas. C'est la police française qui est venue nous arrêter alors qu'on ne s'y attendait pas du tout. On avait l'idée bizarre que les hommes étaient déportés, pas les femmes, et les enfants encore moins. C'était le 8 mai 1943. Nous étions en train de fêter l'anniversaire de ma petite sœur Esther, avec une tarte aux cerises faite avec les fruits du jardin. La tarte déjà découpée en tranches est restée intacte sur la table. La police a embarqué toute la famille, déportée et gazée à Auschwitz. Sauf mon grand frère et moi. Mon frère était parti à un rendez-vous dans l'espoir d'acheter une fausse carte d'identité. Moi, j'étais sortie derrière la maison, dans le jardin, pour donner à manger au chat. Je me suis enfuie en sautant la haie d'épines qui m'a labouré les jambes. En courant, j'entendais des coups de feu. Je ne sais pas si c'était pour moi, je n'ai pas regardé derrière moi. Je suis arrivée en ville par les champs. La robe déchirée, les jambes en sang. Je ne savais pas où aller, mon frère avait disparu. J'ai vécu quelques jours dans la rue, en dormant n'importe où, dans les cages d'escalier, au cimetière, au Jardin des Plantes, interdit aux Juifs. Je n'avais pas emporté d'argent sur moi et je n'avais rien à manger. Et mendier, je ne pouvais pas. J'avais décousu mon étoile, évidemment, je ne la portais plus, mais mendier n'est pas dans ma nature. Je suis retournée à la maison de tante Irène, pour cueillir les haricots du jardin, de la salade, des poireaux, n'importe quoi. Et fourrer dans une valise du linge propre et des bijoux qui restaient, peut-être. De voir la maison vide de mes êtres chers, mon père, ma mère, mes petits frères et sœurs, ma tante Irène et son mari, ça m'a rendue folle de douleur. Je me suis dit tu es seule maintenant, toute seule, et je me suis effondrée. Je n'avais plus la force de repartir errer dans les rues. Malgré le danger, je suis restée cloîtrée dans la maison. Jusqu'au jour où les SS, les « colliers de chiens » comme on disait à Montauban, sont venus me cueillir. Après mon arrestation, j'ai été internée au camp de Drancy (près de Paris) où j'espérais follement retrouver ma famille. Puis à la prison d'Aix-les-Bains (en Savoie, France). Et enfin déportée à Ravensbrück dans le convoi du 10 août 1943.

Q. : Quel était ton sentiment en arrivant à Ravensbrück ?

R. : Je me demandais où j'étais tombée, sur quelle planète. Des prisonnières squelettiques au crâne tondu, couvert de croûtes et de cicatrices. Des yeux hagards qui sortaient des visages. Et cette odeur horrible, de la viande grillée ou je ne sais quoi d'autre qui empestait. Dès l'arrivée, nous étions triées par une surveillante SS avec une matraque et son chien dressé à mordre. Elle nous regardait les yeux et les dents. Elle nous tapait sur les mollets avec sa matraque pour voir si on tenait debout.

Q. : C'est elle qui t'a nommée kapo ?

R. : Non. Personne ne m'a nommée kapo. Il n'y avait pas de Juives kapos à Ravensbrück. Ce n'était pas possible pour les Juives. Je n'ai jamais été kapo, c'est faux, c'est des mensonges.

Q. : Tu veux dire que tu n'as jamais été kapo à Ravensbrück ? J'ai l'impression que tu ne me dis pas la vérité.

R. : C'est la vérité. Les kapos étaient toutes des Boches criminelles, ou prostituées, et aussi des Ukrainiennes antisémites.

Q. : Je te lis une partie de la plainte te concernant : « Parmi les actes de cruauté commis par la kapo Magda, elle avait l'habitude de frapper les détenues dans leur sommeil afin de les réveiller pour l'appel du matin. » Qu'as-tu à répondre ?

R. : Je proteste. C'est un tissu de mensonges. Au contraire. J'aidais les malheureuses quand elles s'évanouissaient à l'appel.

Q. : Oui ? Tu peux citer les noms des femmes que tu as aidées ?

R. : Oui. Mais d'abord, je demande à lire la plainte déposée contre moi.

Q. : Quand tu auras répondu à mes questions.

R. : Comment pourrais-je me défendre si je ne sais pas de quoi on m'accuse ?

Q. : Tu n'as jamais battu une femme en lui donnant des coups de pied une fois à terre ?

R. : Jamais. Je n'ai jamais levé la main sur quiconque. Au contraire. J'aidais de mon mieux les femmes quand je pouvais, à mes risques et périls.

Q. : À tes risques et périls ?

R. : Oui. C'était interdit. Une fois, c'était fin 1944, une femme hongroise avec une petite fille est venue dans mon block. La kapo a révélé la présence de l'enfant aux SS. Ils ont pris l'enfant et nous avons appris qu'ils l'avaient jetée dans le feu. Cette nuit-là, la mère est allée pour se jeter contre les barbelés électrifiés. Du courant à haute tension sur cinq rangées de barbelés. Je suis arrivée juste à temps pour l'empêcher de s'électrocuter.

Q. : Tu lui as sauvé la vie bien sûr ! Tu me prends pour un idiot ?

R. : Tu n'as qu'à interroger Ruthie Schreiber, elle était détenue dans mon block. Tu sauras la vérité.

Q. : Très bien. Ruth Schreiber. Je note qu'elle habite avec toi depuis votre aliyah en Israël. Elle travaille à mi-temps, l'après-midi, au Centre culturel belge de Haïfa. Et Rachel Weiss ? Tu te souviens d'une nommée Rachel Weiss ?

R. : Non. Si c'est la femme qui m'a dénoncée, je ne la connais pas.

Q. : Tu ne la connais pas ? Dans ce cas, comment expliques-tu qu'elle t'ait accusée toi justement ?

R. : Je ne sais pas. Je suis victime d'une erreur. Je n'étais pas la seule et unique Magda prisonnière à Ravensbrück. Il y en avait beaucoup d'autres, selon moi. Renseigne-toi. En 45, le camp renfermait plus de 40 000 femmes.

Q. : Bien sûr. Pourtant, parmi tous les choix possibles, c'est toi qu'elle a choisi de dénoncer. Pourquoi, à ton avis ?

R. : Je ne sais pas. Plusieurs innocents croupissent en prison, juste parce que quelqu'un les a montrés du doigt dans la rue.

Q. : Ça t'est déjà arrivé d'être montrée du doigt ?

R. : Non. Je ne suis pas la personne décrite par cette femme, Rachel Weiss, mais ça ne m'étonne pas tellement au fond.

Q. : Qu'est-ce qui ne t'étonne pas ?

R. : Qu'elle prétende m'avoir reconnue. Il y a une véritable épidémie depuis l'arrestation d'Eichmann.

Q. : Une épidémie ? Tu veux dire que les survivants se dénoncent entre eux ?

R. : Oui.

Q. : Pourquoi ?

R. : Ils se sentent coupables, à mon avis. Coupables d'avoir survécu, de n'être pas morts eux aussi. Voilà mon explication. Les survivants se sentent coupables parce qu'on n'arrête pas de leur dire que c'est suspect, qu'ils n'auraient pas dû s'en tirer. Ça revient tout le temps. Vous avez survécu, d'accord, mais à quel prix ? En marchant sur le cadavre des autres, les moutons, les faibles, les lâches qui sont allés à l'abattoir.

Q. : Tu veux dire que toi, tu ne te sens pas coupable ? Ta conscience est blanche comme le lait ?

R. : Je suis une victime des bourreaux. Je

mérite le respect dû aux rescapées de l'enfer nazi.

Q. : Bien. Je te repose la question avec respect : tu n'as jamais collaboré avec les nazis ?

R. : Jamais.

Q. : Pourquoi as-tu émigré en Israël ? Pour te cacher, pour faire oublier ton passé ?

R. : J'ai émigré en Israël en 1947, du temps de la Palestine, parce que je croyais à la cause sioniste. À Wintzenheim, en Alsace, où je suis née, j'ai aidé à collecter de l'argent pour acheter des terres en Palestine.

Q. : Tu te souviens de deux femmes nommées Sarah Trieger et Suzanne Adler ?

R. : Oui. Elles étaient dans mon block.

Q. : Le block n° 9 ?

R. : Oui. Le block dit le « block des Juives ».

Q. : Vous étiez combien de femmes par block ?

R. : Entre 600 et 700 femmes entassées sur les paillasses, avec les souris et les poux, et le froid, surtout, le froid comme jamais durant l'hiver 44. Nous nous collions les unes contre les autres, ça aidait un peu. Mais on s'était à peine réchauffées sur la paillasse qu'il fallait sortir pour le premier appel à 4 heures du matin. Qui durait des trois, quatre heures parfois à attendre debout. Ça me fait tellement horreur d'attendre debout qu'il m'arrive de sortir d'une queue et de m'en aller juste quand ça va être mon tour.

Q. : C'était toi la « blokalteste » responsable de ces femmes ?

R. : Non.

Q. : Non ? Arrête de mentir, Magda, tu

aggraves ton cas. Tiens, je te lis un passage de la plainte de Rachel Weiss : « Magda faisait régner la discipline à coups de matraque. Elle poussait à la délation les femmes. Elle achetait pour une croûte de pain la soumission des déportées affamées. » Alors ? Qu'as-tu à répondre ?

R. : Rien. Rien. J'en ai assez. Quand cela finira-t-il ? Je veux m'en aller ! Je veux m'en aller !

La nommée Rosenthal Magda est prise d'une crise de nerfs. Je lui donne à lire la plainte déposée contre elle par Weiss Rachel, ancienne détenue à Ravensbrück, et co-signée par Trieger Sarah et Adler Suzanne, deux autres rescapées de Ravensbrück. Elle refuse de reprendre l'interrogatoire avant que son amie Ruth Schreiber ne vienne témoigner en sa faveur. Elle refuse de signer le présent interrogatoire. À l'issue de cette première audition, l'intéressée est placée en cellule de repos.

Fin du premier interrogatoire. 14 h 30

Rachel Weiss
18 rue Jaffa
Haïfa
Détenue à Ravensbrück
de décembre 1944 à avril 1945
Matricule 103972

Haïfa, le 25 juin 1960
M. le Procureur Général
du District de Haïfa

Monsieur le Procureur,

Je vous écris pour porter plainte contre une complice juive des nazis, toujours en liberté.

Je suis une rescapée des horribles massacres que les assassins allemands et ceux qui les ont aidés à les perpétrer ont commis contre notre peuple. J'avais une nombreuse famille en Roumanie, tous assassinés par les hitlériens et leurs complices. En Israël, j'ai voulu refaire ma vie et effacer la page finale des camps nazis. Mais les blessures du passé ne se sont pas refermées. Chaque jour, j'égrène mes souvenirs et je compte mes morts. Je vis avec mes morts et le souci lancinant de ne rien oublier.

Aujourd'hui, vous pouvez imaginer ce que j'ai éprouvé quand, au Merkaz Mizrahi, j'ai rencontré Magda Rosenthal, kapo à Ravensbrück. Le sol s'est dérobé sous mes pieds. Je l'ai reconnue même si elle avait beaucoup grossi, à cause de sa grosse voix qui n'avait pas changé. Je n'en croyais pas mes yeux : la blokova ! Elle était de nouveau là, devant moi, avec toute l'horreur de sa présence autoritaire et la peur qu'elle nous inspirait. Je l'ai montrée du doigt et j'ai dit : « Si vous ne l'arrêtez pas tout de suite, je vais faire justice moi-même. » Elle s'est défendue bien sûr. Elle a nié m'avoir jamais vue. Mais, en me voyant, elle est devenue blanche comme un linge. Avant de s'enfuir, elle a laissé tomber son porte-monnaie où, malheureusement, elle ne gardait pas ses papiers. Grâce à un commerçant du marché, j'ai appris qu'elle habitait et travaillait à Wadi Salib, au bureau de poste où vous la trouverez.

J'en viens aux faits attestés par deux autres déportées à Ravensbrück (voir plus bas les signatures) prêtes comme moi à témoigner lors du procès où, je l'espère, d'autres victimes se manifesteront.

Arrivée à Ravensbrück le 7 février 1944, j'ai d'abord été placée dans le block de quarantaine, puis j'ai été transférée au block 9. Magda Rosenthal en était la blokalteste, nommée par la SS Greta Bötzel, sa bonne amie. Une Allemande de Pologne qui ne la laissait manquer de rien : des œufs, du beurre, des saucisses de cheval et des cigarettes qu'elles fumaient ensemble. Les collaborateurs des nazis bénéficiaient d'énormes avantages personnels. Ils pouvaient manger à leur faim, se dispenser des travaux les plus pénibles et circuler à l'aise, partout dans le camp. Magda faisait régner la discipline à coups de matraque. « Debout là-dedans !

Garde-à-vous ! Fermez-la, sinon ceinture ! » Elle avait l'habitude de nous frapper dans notre sommeil afin de nous réveiller pour l'appel du matin. Même mourante, aucune détenue ne devait manquer à l'appel au garde-à-vous dans le petit matin glacial et les bourrasques de neige. Je l'ai vue, parmi ses nombreux actes de cruauté, cogner sur une femme que son extrême faiblesse physique empêchait de rester debout. Je l'ai vue assommer une femme qui avait voulu passer une lettre en dehors du camp. Je l'ai vue battre et mettre à genoux toute la journée une femme qui avait volé le pain d'une autre femme. À la distribution de la soupe, elle s'arrangeait toujours pour réserver le fond, plus épais, à ses protégées. Pour une bouchée de pain, elle achetait la soumission de déportées affamées. Lorsqu'une détenue se révoltait, Magda lui proposait, si elle n'était pas contente, de la transférer au block 10, celui des sélections pour le gazage. Et d'autres crimes qui vont me revenir en mémoire. La liste est longue.

Toutes ces femmes, kapos, lageralteste, blokalteste, étaient les instruments dont se servaient les SS pour l'extermination par la famine et les coups. Je suis convaincue que, sans leurs complices juifs, les nazis n'auraient jamais pu tuer six millions de Juifs.

J'espère, Monsieur le Procureur, que vous prendrez en considération ma plainte écrite avec le sang et les larmes des six millions pour juger Magda Rosenthal. Il serait totalement injuste de la laisser en liberté.

Je vous prie d'agréer, Monsieur le Procureur, l'assurance de ma considération très sincère.

Rachel Weiss

P.S. Ci-joint les noms et adresses des deux autres signataires :

Sarah Trieger - 7, rue Yehuda Halevi - Haïfa (signature manuscrite)

Suzanne Adler - 16, rue Hagefen - Haïfa

Mercredi 20 juillet 1960 – 17 h
2e audition de Rosenthal Magda
Capitaine Judith Dayan

Je fais comparaître la dénommée Rosenthal Magda et lui signifie son placement en garde à vue depuis ce jour à 15 heures, en raison d'un ou plusieurs motifs plausibles de soupçonner une collaboration avec les nazis. Je lui précise que la garde à vue dure vingt-quatre heures, selon la loi, avec possibilité d'une prolongation de vingt-quatre heures, pour les nécessités de l'enquête. Je l'informe de ses droits. Téléphoner à un membre de sa famille, ou un proche. Demander l'assistance d'un avocat lors de ses auditions et ses confrontations. Je lui demande si, après avoir pris connaissance de la plainte déposée contre elle par la nommée Weiss Rachel, elle reconnaît les faits qui lui sont reprochés.

R. : Non, non, non. Je ne connais pas cette femme, que Dieu lui pardonne ! elle n'a plus toute sa tête.

Q. : Calme-toi. Tu veux un verre d'eau ? Je suis là pour t'écouter et pour t'aider, Magda. Tu étais si jeune en arrivant à Ravensbrück. Quel âge avais-tu ?

R. : 23 ans.

Q. : Tu as été prisonnière d'août 43 à la libération du camp en avril 1945.

R. : Oui. Le 23 avril 45.

Q. : Tu as tenu le coup pendant vingt mois ? C'est un miracle.

R. : Vingt mois et dix jours.

Q. : Vingt mois et dix jours. Pourtant, d'après les témoignages, les Juives ne restaient pas aussi longtemps à Ravensbrück. Elles étaient envoyées à Auschwitz, dans les chambres à gaz.

R. : Oui. Au début il y avait les « Sortiering », c'est exact.

Q. : Les « Sortiering » ?

R. : Les sélections, les camions, les convois sans retour, les « transports noirs » pour les camps d'extermination. Ensuite, en fin 43, les Allemands ont cessé de nous tuer systématiquement. À cause du besoin de main-d'œuvre dans les usines d'armement. Ça s'appelait « Vernichtung durch Arbeit » : l'extermination par le travail.

Q. : C'est ton cas ?

R. : Oui. J'ai travaillé à l'usine Siemens, juste à côté du camp. J'ai travaillé au bobinage et à l'assemblage de relais électriques qui étaient utilisés pour les téléphones et surtout pour le réglage automatique des bombes.

Q. : C'est comme ça que tu as échappé aux transports noirs ?

R. : Oui. Les derniers transports étaient réservés aux malades, aux infirmes, aux folles qu'on emmenait pour les liquider dans les usines à tuer. C'était horrible à voir comment on les sortait de l'Idiotenstübchen (la chambre des folles, en allemand) à coups de matraque et les chiens dressés pour mordre. Les pauvres, elles n'avaient pas la moindre idée qu'elles allaient à la mort. Mais c'était une chance peut-être, par rapport à nous. Ne pas sentir venir la mort qui fait hurler les bêtes qu'on va tuer, c'était une chance.

Q. : Une chance qu'on peut aider parfois, non ? Toi, tu n'es pas morte.

R. : Je me suis toujours posé la question, pourquoi je ne suis pas morte ? Pourquoi moi ? Deux mille prisonnières devaient mourir chaque mois par ordre de Himmler.

Q. : Tu parles bien l'allemand ?

R. : Oui. En Alsace les Juifs parlaient allemand et yiddish.

Q. : C'est pour cette raison, parce que tu parlais bien l'allemand, que tu as été nommée kapo ?

R. : Je n'ai jamais été nommée kapo. Je l'ai dit cent fois à ton collègue, le petit malin qui faisait le méchant.

Q. : Ron Perez, l'inspecteur adjoint. Bien. Je t'écoute. Donc tu maintiens n'avoir jamais occupé la fonction de kapo, ni de blokalteste ? Ça veut dire quoi, blokalteste ? Gardienne du block ?

R. : Ni kapo, ni gardienne, mais gardée. J'ai été gardée, en enfer durant vingt mois. Et ici, c'est pareil, je suis gardée par la police israélienne depuis… Mon Dieu, mon Dieu, je n'en peux plus.

Q. : Tu as faim ? Tu veux un sandwich, un café, un coca ?

R. : Un coca et un sandwich. Et puis qu'on ouvre la fenêtre, avec cette chaleur, je n'en peux plus.

Q. : Je branche le ventilateur. Magda, qu'est-ce qui était le plus terrible au camp, la faim ou la soif ?

R. : La soif est plus torturante que la faim. La faim, à force, l'estomac oublie qu'il crève de faim, il s'endort dessus. On peut jeûner des semaines et durer quand même. Mais la soif vous tue en quelques jours, surtout l'été. À Ravensbrück la soupe était aussi salée que l'eau de mer.

Q. : Magda, quelle est la différence entre la kapo et la blokalteste ?

R. : La blokova. On disait blokova à Ravensbrück. Ce n'est pas du tout la même chose. La kapo avait pouvoir de vie et de mort sur les détenues. Pas la blokova. On ne peut pas comparer.

Q. : Non ? Rachel Weiss, la plaignante, les met dans le même sac. Je te lis le passage : « Toutes ces femmes, kapos, lageralteste, blokalteste, étaient les instruments dont se servaient les SS pour l'extermination par la famine et les coups. » Qu'as-tu à répondre ?

R. : Pour la dernière fois je répète : je suis une victime, pas une collaboratrice, une victime des nazis.

Q. : Oui, je comprends, une victime bien sûr. Calme-toi. Je sais combien tu as souffert.

R. : Tu ne sais pas. Comment le pourrais-tu ?

Q. : Toute ta famille a été exterminée, Magda, et tu as vécu des choses horribles. Je sais aussi bien que toi. Ne te fâche pas. Tu crois peut-être que j'ai du plaisir à regarder ta souffrance ? Revenons aux faits. Selon toi, est-il juste de considérer que les kapos juives étaient elles aussi des victimes du système concentrationnaire ?

R. : Je l'ignore. Il n'y avait pas de kapos juives à Ravensbrück. Je l'ai déjà dit. Je sais, parce qu'on me l'a dit, qu'ailleurs, dans les autres camps, les Juives kapos se montraient aussi féroces que les SS et même davantage.

Q. : Et les blokovas ?

R. : Les blokovas, d'après ce que j'ai vu, pouvaient se montrer cruelles. Mais pas toutes. Certaines parvenaient à sauvegarder leur dignité et leur humanité, alors que d'autres se transformaient en bêtes sauvages prêtes à tout pour survivre.

Q. : Et toi, Magda, évidemment, tu as réussi à sauvegarder ton humanité. C'est par nécessité seulement que tu t'es pliée aux ordres des Allemands. C'est contre ton gré que tu t'es rendue complice de l'œuvre d'anéantissement de notre peuple, n'est-ce pas ? Tu n'y pouvais rien, Magda, alors tu t'es dit : autant tirer les marrons du feu.

R. : Les marrons du feu… ! Mais qu'est-ce que tu connais des camps, toi ? Qu'est-ce que tu crois ? Que c'était un pique-nique sur l'herbe tendre ? Qu'on jouait de l'accordéon en dansant la hora autour du feu ? Est-ce que tu as vu des gens mourir de faim ? Est-ce que tu sais ce que c'est de sucer des cailloux pour avoir l'impression de mâcher quelque chose ? Est-ce que tu as vu des femmes en train de déchiqueter un cadavre pour se nourrir de sa chair toute bleue ? Est-ce que tu as vu les cadavres de gens gazés ? Et les mortes de la nuit qui étaient traînées toutes nues hors du block et mises par terre devant le block en attendant le chariot de ramassage ? Et de te réveiller à côté d'une amie morte de froid et d'épuisement durant la nuit ? Et de te dire « regarde ce nuage noir, c'est ton amie qui brûle » ? Et de penser tant pis, j'irai au crématoire, ça m'est égal où je meurs, je ne peux plus tenir, je ne peux plus.

Q. : Je te comprends, Magda. Je comprends tout à fait le dilemme moral qui s'est posé à toi quand on t'a proposé de devenir…

R. : Non, tu ne comprends pas, espèce d'hypocrite. Arrête de faire semblant. Si tu comprenais, je ne serais plus là à devoir me justifier de je ne sais quoi.

Grande colère de la gardée à vue. Elle déclare son intention de ne plus répondre à mes questions. Elle refuse de signer le présent interrogatoire. Elle réclame la présence de son amie et colocataire Ruth Schreiber. Elle demande si on l'a prévenue de sa situation. Je confirme. L'inspecteur adjoint Ron Perez a pris attache téléphonique avec Ruth Schreiber ce jour même à 15 h 10. À son bureau du consulat de Belgique. Je l'informe que la nommée Ruth Schreiber a refusé de venir déposer à décharge de son ancienne codétenue. Cette dernière semble stupéfaite, bouleversée. Elle refuse de croire à la défection de sa meilleure amie. Elle manifeste son incrédulité par des cris et des insultes à l'endroit du petit malin (l'inspecteur adjoint R.P.). Elle l'accuse de la « balader » comme le gibier devant le fusil (de lui tendre un piège) dans le but de lui extorquer de faux aveux de culpabilité.

Je décide de rappeler l'inspecteur adjoint Ron Perez pour une confrontation directe. Je la ramène en cellule de repos.

Interrogatoire interrompu à 21 h 10.

Mercredi 20 juillet 1960 – 22 h 25
Reprise de l'interrogatoire
Capitaine Judith Dayan
Assistée de Ron Perez, inspecteur adjoint

À notre entrée, la nommée Magda Rosenthal adopte une attitude détachée, sûre d'elle-même. Elle a remis du rouge à lèvres et s'est recoiffée. Après communication de la conversation téléphonique avec la nommée Schreiber Ruth, faite par l'inspecteur adjoint Ron Perez, la gardée à vue persiste dans ses accusations de propos fictifs de notre part, dans le but d'influencer ses réponses à nos questions. Elle se déclare indignée du procédé et convaincue que Ruth Schreiber n'a pas été prévenue de son arrestation.

Q. : Capitaine J.D. : Tu mets en doute la parole de l'inspecteur adjoint ici présent ? Tu l'accuses de mentir ? C'est une grave injure à un fonctionnaire de police assermenté.

R. : Il a peut-être parlé à quelqu'un d'autre au téléphone, pas à Ruthie. Tout le monde peut se tromper.

Q. R.P. : Je me suis assuré de l'identité de mon interlocutrice, Ruth Schreiber, lors de l'attache téléphonique ce même jour à 15 h 10. Je l'ai informée des faits reprochés à Magda Rosenthal et, loin de paraître surprise, elle s'est écriée : « Mon Dieu, ça fait quinze ans qu'elle vit dans l'angoisse ! »

Q. J.D. : Qu'as-tu à répondre ? Que signifie cette phrase pour toi ?

R. : Je n'en ai pas la moindre idée, mais c'est faux. Ruthie n'a pas pu dire ça, c'est impossible.

Q. R.P. : Pourquoi impossible ? Vous vous êtes mises d'accord sur ce qu'elle doit dire ou pas en cas de problème ?

R. : Mais bien sûr ! Le petit malin dans le rôle du méchant (Insp. R.P.) a tout compris. Ça va durer encore longtemps, ce petit jeu-là ? Je n'en peux plus.

Q. J.D. : Je sais bien, ce n'est pas très agréable, Magda. Mais comme tu le sais, nous menons une enquête concernant une affaire d'une extrême gravité, tu en es consciente ?

R. : Oui.

Q. R.P. : Une sale affaire et ta meilleure amie t'a laissée tomber.

Q. J.D. : C'est dur à encaisser, Magda, ta meilleure amie ! Franchement je te plains. Est-ce que vous vous êtes disputées récemment ?

R. : Non.

Q. J.D. : Alors pourquoi à ton avis a-t-elle refusé de venir faire une déposition ?

R. : Je ne sais pas.

Q. R.P. : Tu ne sais pas, ou tu le sais trop bien ?

R. : Mais si, je sais bien sûr, mais vous m'avez tellement embrouillée, tous les deux, à vous acharner sur moi ! En fait, c'est simple à comprendre. Ruthie ne peut pas, elle n'a jamais pu parler des choses de cette époque-là. C'est au-dessus de ses forces. Quinze ans après, ça lui fait trop mal de remuer les souvenirs du passé. Même avec moi, alors...

Q. R.P. : Alors ?

R. : Elle en parlera encore moins à des policiers. Au début, quand nous avons commencé à habiter à Wadi Salib, elle était tellement cassée ! Elle n'arrivait pas à s'adapter au deuil de sa mère, tuée sous ses yeux, dans un transport noir. J'avais peur qu'elle finisse par se suicider. J'étais obligée de la surveiller tout le temps. Qu'elle n'aille pas ouvrir le gaz ou avaler une boîte de somnifères, ou mourir de faim à force de ne presque rien manger ! Ah ! elle m'en faisait voir. Je lui en voulais de me faire vivre dans l'angoisse, sans penser à ce que je deviendrais moi, quand je l'aurais perdue. Heureusement et comme je dis toujours, la vie est la plus forte.

Q. R.P. : Eh bien c'est une belle histoire d'amour que tu nous chantes, bravo. Et bien calculée.

R. : Pourquoi bien calculée ?

Q. J.D. : Magda, est-il possible que Ruth Schreiber ne soit pas venue témoigner par amour pour toi, justement ? De peur de t'enfoncer malgré elle en lâchant un mot de trop par-ci, un secret compromettant par-là ?

R. : Non. Nous n'avons pas de secrets et ils ne sont pas compromettants. Mais enfin, si j'avais été le monstre que vous dites, est-ce qu'elle aurait décidé de vivre avec moi jour et nuit, dans la même maison ?

Q. J.D. : Pourquoi oui, effectivement, c'est troublant. C'est même difficile à imaginer, une ancienne détenue faisant amie-amie avec sa kapo. Non, ça ne tient pas debout.

R. : Non. Ruthie sait tout de ma vie comme je

sais tout de la sienne. Elle a fait partie de mon supplice comme j'ai fait partie du sien.

Q. R.P. : Quelle est la nature exacte de vos relations ?

R. : Comment ?

Q. J.D. : L'inspecteur te demande pourquoi vous ne vous êtes pas mariées, ni l'une ni l'autre. Vous étiez jeunes. Vous auriez pu vous marier, fonder une famille.

R. : Oui, mais ce n'est pas si simple quand on a perdu tous les siens de mort violente. On se dit, et si ça recommençait ? Voilà la question. Fonder une famille, avoir des enfants, c'est risquer de perdre encore une fois ce qu'on a de plus cher au monde. Enfin, notre famille à Ruthie et moi, elle s'est créée à Ravensbrück. Pour les enfants, oui c'est dommage. Je les aime beaucoup. Mais j'ai mon neveu et deux autres jeunes, des orphelins abandonnés, à m'occuper. Mon destin a toujours été de tomber dans la vie sur des gens faibles, malheureux, perdus, qui avaient besoin de mon aide.

Q. R.P. : Sainte Magda ! Une vraie petite mère de famille ! Et quelle famille ! Ton neveu Gabriel Rosenthal est en prison pour vol, pillage et refus d'accomplir son service militaire.

R. : Et alors ? Ça fait de moi une grande criminelle capable de jeter des bébés aux chiens et de briser à coups de gourdin le crâne des mamans ? Mais où veut-il en venir, celui-là ? Que t'ai-je fait pour que tu m'en veuilles tellement ? Pourquoi ? Parce qu'on ne m'a pas brûlée là-bas avec les autres ?

Q. J.D. : Ne dis pas de bêtises, Magda, tu es fatiguée, c'est normal. Prenons un café.

MENTION : Annexons une copie de l'Affaire Rosenthal Gabriel, le neveu de la gardée à vue, au présent procès-verbal.

Q. R.P. : Ça va mieux ? Je te repose la question… Quelle est la nature de tes rapports avec Ruth Schreiber ? Vous couchez ensemble ? Réponds. Pourquoi es-tu tellement sûre qu'elle va témoigner en ta faveur ? Vous êtes des lesbiennes ?

R. : Quoi ? Comment peux-tu imaginer une chose pareille ? C'est une infamie. Comment oses-tu déverser sur moi la boue que tu as dans la tête ? Tu n'es qu'un porc ! Un sale porc qui juge les autres d'après soi-même.

Q. R.P. : C'est tout ? Tu vas te calmer ? Bon. Après tout, Magda, tu as le droit d'aimer qui tu veux. Une femme peut bien coucher avec une autre femme ! Ce n'est pas un crime. Ce n'est même plus un péché.

R. : Tu n'as pas honte ? Tu n'as pas honte ? Tais-toi. Tu me dégoûtes. Je te méprise. Tais-toi. Je ne répondrai plus à tes questions. Je veux sortir d'ici. Je veux voir un avocat. Je ne répondrai plus qu'en présence de mon avocat.

Q. J.D. : C'est ton droit. Tu as droit à un avocat choisi ou commis d'office avant le délai d'expiration de la garde à vue. Je t'informe que celle-ci s'achève demain à 15 h 30, sauf en cas d'une prolongation de vingt-quatre heures. Ça dépend de toi. Dis-moi la vérité. Reconnais les faits et je te libère immédiatement. Je t'en donne ma parole.

R. : Ta parole ? Elle ne vaut pas mieux que celle du petit Hitler (l'insp. R.P.). Autre temps, autre pays, mêmes méthodes ! Je ne répondrai qu'en présence de mon avocat. Je ne connais pas d'avocat personnellement. Je demande l'assistance d'un avocat commis d'office.

....

....

....

Après lecture faite par elle-même, la nommée Rosenthal Magda refuse de signer le présent interrogatoire. Je lui notifie que, vu son refus de coopérer, sa garde à vue sera prolongée de vingt-quatre heures. Je la ramène au repos. Je m'assure qu'on lui a retiré sa ceinture, son soutien-gorge, sa montre, et ses bijoux.

Fin de l'interrogatoire. 23 h 55.

COPIE

PROCÈS-VERBAL

Affaire contre Rosenthal Gabriel
Vol - pillage - vandalisme au centre commercial Hadar Carmel
Désertion service militaire

Objet :
Transport au domicile
de Rosenthal Gabriel
chez sa tante Rosenthal Magda
à Haïfa. Perquisition

11 juillet 1959.
Nous, Yoram Abitbol
Inspecteur de police
Assisté du sergent Josy Brauman

nous transportons au 3, rue El Kébir à Wadi Salib Haïfa au domicile du nommé Rosenthal Gabriel chez sa tante Rosenthal Magda - - - - - -

où étant à 6 h 45 nous pénétrons dans les lieux. Où se trouvent quatre occupants : Rosenthal Magda, employée des Postes, Schreiber Ruth, employée au consulat de Belgique, et deux jeunes (un frère et sa sœur) qui louent une chambre au premier étage.

Nous faisons connaître à la nommée Rosenthal Magda l'arrestation de son neveu (le fils de son frère aîné) Rosenthal Gabriel, surpris en flagrant délit de vol, pillage et dégradation du centre commercial du Carmel. Nous l'informons que, n'ayant pas répondu à l'appel du service militaire, Rosenthal Gabriel est passible des tribunaux militaires.

La nommée Rosenthal Magda nous déclare ne rien savoir des délits commis par son neveu. Elle affirme n'avoir jamais rien relevé de suspect dans son comportement. Elle affirme ne l'avoir jamais vu en possession de grosses sommes d'argent. Elle le présente comme un artiste qui ne vit que pour sa musique. Étant totalement à sa charge, elle lui paye même ses cigarettes.

En sa présence constante, nous procédons à une perquisition de chacune des pièces de la maison.

C'est une grande maison ancienne composée de deux étages. La cour entourée d'une légère clôture dessert pour moitié une deuxième petite maison en moins bon état. Au rez-de-chaussée se trouvent : la cuisine, le salon, la salle à manger, le coin toilette, un débarras. Au deuxième étage, quatre chambres, une salle de bains et les cabinets. La chambre du nommé Rosenthal Gabriel est située à droite du couloir, au vu des photos et divers courriers à son nom. Elle se compose de gauche à droite d'une armoire à vêtements, d'un chevet, d'un lit à une place, d'une étagère, d'un appareil électrique et d'un placard fermé à clé. Interrogée sur l'absence de clé, la propriétaire susvisée refuse de nous la fournir. En sa présence, nous faisons sauter la serrure du placard à l'aide d'un tournevis. Lequel contient une petite valise, vide, et une guitare avec son étui. Il y a aussi une hanoukiah à huit branches en argent, un châle de prière, et une boîte à cédrat contenant des phylactères. La preuve, nous déclare Magda Rosenthal, que son neveu a été élevé dans le respect des dix commandements.

Nos investigations n'amenant à la découverte d'aucun élément utile à l'enquête, nous quittons les lieux à 8 h 30 afin de regagner le service.

Dont acte valant réquisition.

Jeudi 21 juillet 1960 7 h 45
Interrogatoire de Rosenthal Magda
Capitaine Judith Dayan

Je fais comparaître la nommée Rosenthal Magda, placée en garde à vue depuis hier, 20 juillet 1960, à 15 heures, pour quarante-huit heures. Elle se plaint de mauvais traitements par les gardiens du repos. Elle semble tendue, épuisée. Elle me demande si Ruth Schreiber, son amie et codétenue à Ravensbrück, est venue ou a l'intention de venir déposer en sa faveur. Je réponds par la négative. Elle a un instant d'accablement. Mais elle se ressaisit très vite dès que je l'informe que, néanmoins, Schreiber Ruth se préoccupe de son sort. Cette dernière a chargé Maître David Reuben, avocat au barreau de Haïfa, d'assister son amie et ancienne codétenue, Rosenthal Magda, durant sa mise en garde à vue. Je l'avise qu'elle a le choix soit de se taire, soit de répondre à mes questions en attendant l'arrivée de son avocat, lequel d'ailleurs n'est pas autorisé à intervenir directement en cours d'interrogatoire.

Q. : Comment as-tu été amenée à exercer le rôle de blokova à Ravensbrück ?

R. : Je n'ai rien à te dire.

Q. : Comment les Allemands choisissaient-ils une prisonnière pour la nommer kapo ou blokova ?

R. : Je n'ai toujours rien à te dire.

Q. : Est-ce qu'une prisonnière pouvait refuser ou renoncer à une nomination ?

R. : Quiconque n'obéissait pas à leurs ordres était violemment battu.

Q. : Sers-toi du café. Tu peux fumer. Les cigarettes sont là. Je te lis un passage de la plainte déposée contre toi par Rachel Weiss : « Lorsqu'une détenue se révoltait, Magda lui proposait, si elle n'était pas contente, de la transférer au block 10, celui des sélections. » Qu'as-tu à répondre ? Est-ce que tu as pris part aux sélections pour la chambre à gaz ?

R. : Mais non, c'est faux. Il n'y avait pas de chambre à gaz à Ravensbrück. Les femmes étaient gazées dans les transports en camion et bennées devant le Krematorium.

Q. : Bennées ?

R. : Balancées de la benne, la partie basculante du camion.

Q. : Il n'y avait pas de chambre à gaz ?

R. : Non. Sauf à la toute fin de 44. Une chambre à gaz a été construite à l'intérieur du camp. Les Boches avaient perdu la guerre. Ils n'allaient pas laisser sortir des témoins vivants de leurs atrocités. Alors ils ont fait construire la chambre à gaz et un deuxième crématorium, juste derrière le Revier (l'infirmerie). Mais c'était trop tard. Les Alliés avaient débarqué en France. Les Soviétiques avançaient en Allemagne, en libérant les camps, les uns après les autres. Des détenues polonaises qui avaient trouvé des tracts de l'Armée rouge, dans la forêt, pendant le travail, avaient terriblement peur que les Russes atteignent Ravensbrück avant les Américains ou les Anglais. Mais, le 15 avril 45, une rumeur parcourt le camp comme quoi les Françaises et les Belges vont être évacuées par la Croix-Rouge suédoise. Rassemblement sur la Lagerplatz. Prenez toutes vos affaires ! Nos affaires ? Quelles affaires ? On s'est regardées Ruthie et moi et ç'a été le fou rire. On riait, on riait à se tordre et on s'est mises à danser sur la Lagerplatz, clac, clac, avec nos sabots, clac, clac, clac, la danse des squelettes agiles. Tiens, ça me rappelle un poème de Ruthie qui disait. Attends, ça va me revenir. Oui voilà : « Nos pieds de chair à vif pourrissant dans l'argile, sous la pluie de glace et le vent qui mord, nous dansions le ballet des squelettes agiles. »

Q. : Quelle mémoire, bravo. Tu te souviens d'une surveillante nommée Greta Bötzel, une Allemande de Pologne ?

R. : Très bien, oui, pour mon malheur.

Q. : Elle t'aimait bien pourtant, non ? C'était ta bonne amie qui ne te faisait manquer de rien. Elle te donnait des œufs, des cigarettes, du beurre, en échange de quoi ? Tu devais être sévère, stricte avec les prisonnières ?

R. : Mon amie ? Qu'est-ce que tu racontes ? C'était une bête sauvage, « la bête » on l'appelait. Elle aurait pu me tuer si elle avait voulu et personne n'aurait rien dit. Une fois, les femmes s'étaient mises d'accord pour semer la pagaille au block. Greta Bötzel est arrivée folle furieuse. J'ai tenté de m'interposer, pour que les femmes se calment. Mais Greta s'est mise à tirer sur nous. Elle a tué une femme et sa cervelle a giclé sur mon épaule. Le lendemain, je suis allée la voir et je lui ai dit : « Tu aurais pu me tuer quand tu as fait sauter la cervelle de cette femme. » Et elle m'a fait : « Et alors ? Une youpine de moins ! »

Q. : Donc, le lendemain tu es allée voir la surveillante Greta Bötzel, comme ça, tranquillement, une petite visite entre amies.

R. : Non.

Q. : Oui. Tu l'as reconnu spontanément. Tu vas voir la surveillante Bötzel et ce n'est pas la peur qui t'étouffe, c'est l'indignation. Elle aurait pu te tuer, toi ?... Tu réagis comme si ce n'était pas normal, pas juste de tuer ceux qui travaillent pour eux. Car tu travaillais pour les nazis mais pas de ton plein gré, j'en suis sûre. Tu as un bon fond, Magda. Ton cœur battait d'angoisse et d'horreur quand tu frappais ces pauvres esclaves, comme tu l'étais toi-même, Magda, au bout du compte.

R. : Je vivais dans la crainte constante d'être liquidée. Toutes nos discussions avec Ruthie tournaient autour de ça : est-ce qu'ils nous extermineront avant la fin de la guerre ? Ou bien vont-ils laisser survivre les dernières centaines de déportées ?

Q. : Mais tu as survécu et des centaines de milliers de femmes sont mortes autour de toi.

R. : Oui, je sais. Ça paraît incroyable et pourtant c'est la vérité.

Q. : Tu étais solide physiquement et nerveusement. Tu voulais vivre, tu voulais sauver ta peau. N'était-ce pas suffisant pour accepter de collaborer, dans l'espoir de faire pencher la balance de ton côté ? Qu'as-tu à répondre ? J'ai raison ? Dis-moi quelque chose à ce sujet.

R. : Je n'ai rien à te dire à ce sujet ou à un autre. Tu ne m'auras pas avec ta voix douce et tes yeux froids. Je ne dirai plus rien avant d'avoir vu mon avocat.

Après lecture faite par elle-même, la nommée Rosenthal Magda persiste à ne pas signer le présent interrogatoire. Elle me demande s'il est possible de prendre une douche. Je réponds par la négative vu que Maître David Reuben, son avocat, nous a avertis par téléphone de son arrivée dans nos locaux ce jour à 10 h 30, afin d'assister sa cliente durant sa garde à vue.

Fin de l'interrogatoire à 9 h 28.

Jeudi 21 juillet 11 h 25
Interrogatoire de Rosenthal Magda
en présence de son avocat Maître David Reuben
Capitaine Judith Dayan

Je fais comparaître Rosenthal Magda en présence de Maître David Reuben, avocat choisi qui a pu consulter les procès-verbaux et s'entretenir librement avec sa cliente.

Cette dernière donne des signes de fatigue physique et morale sur sa chaise. J'ai l'impression que, son avocat lui ayant probablement confirmé le refus de Schreiber Ruth de venir déposer en sa faveur, elle sent l'étau se resserrer autour d'elle. Je donne connaissance à Maître David Reuben, de la commission rogatoire n° 250/11/60 en date du 3 juillet 1960, délivrée par Avi Weinstein, premier juge d'instruction au tribunal du district de Haïfa, contre sa cliente, à la suite de la plainte déposée par Weiss Rachel et cosignée par deux autres anciennes détenues à Ravensbrück : Trieger Sarah et Adler Suzanne.

Q. : À quelle fonction as-tu été assignée par les nazis ? Kapo ou blokalteste du block 9 ?

R. : J'ai déjà répondu à cette question. Je n'ai rien à dire de plus.

Q. : Je te lis une partie de la plainte de Weiss Rachel : « Arrivée à Ravensbrück le 7 février 44, j'ai d'abord été placée dans le block de quarantaine, puis transférée dans le block 9. Magda Rosenthal en était la blokova nommée par la SS Greta Bötzel, sa bonne amie. »

Comment peux-tu prétendre n'avoir jamais occupé la fonction de blokova, alors que, je te le rappelle, deux autres ex-détenues, ayant cosigné la lettre de Weiss Rachel, te mettent personnellement en cause ? Réponds.

R. : J'ai déjà répondu à cette question. Je n'ai rien à ajouter.

Q. : Est-ce parce que tu étais une prisonnière expérimentée et intelligente que tu avais réussi à capter la confiance des SS ?

R. : La confiance des SS ? Mais tu ne comprends rien décidément. Les SS avaient envie de déchirer chaque Juive à coups de dents et de griffes comme des bêtes sauvages. Tu ne comprends rien, Judith, c'est ça, capitaine Judith Dayan ? Parce que tout cela est incompréhensible pour votre génération nourrie de Coca-Cola et de pop-corn à l'américaine.

Q. : Tout cela est triste et j'en suis bien consciente. Pourtant, lors du premier interrogatoire, tu nous as avoué que « sans les collaborateurs juifs, les nazis n'auraient jamais pu assassiner six millions de Juifs ».

R. : Ce n'est pas moi qui ai dit ça, non, c'est l'autre, la folle qui crie vengeance après moi. Ah, si je la tenais celle-là, je pourrais la tuer de mes propres mains.

MENTION : Maître David Reuben intervient pour inciter sa cliente à revenir sur ce dernier propos. Il me demande de ne pas en tenir compte dans le présent interrogatoire. Je lui rappelle l'obligation pour le conseil de garder le silence au cours et jusqu'à la fin de l'audition.

R. : Je retire mon dernier propos dit sous l'effet de la colère et sans intention de menacer la personne qui m'accuse, à tort, de lui avoir fait du mal, j'en suis incapable.

Q. : Et pourquoi en serais-tu incapable ? Tu n'as jamais menacé personne de la transférer au block 10 des sélections si elle ne t'obéissait pas ? Tu n'as jamais assommé une détenue parce qu'elle avait fait passer une lettre en dehors du camp ? Avec quoi les frappais-tu ? La matraque, la ceinture ?

R. : Non.

Q. : Tu n'as jamais battu et mis à genoux toute une journée une femme qui avait volé le pain d'une autre femme ?

R. : Non, ce n'était pas ma façon d'agir, mais…

Q. : Mais ?

R. : C'est mal, c'est très mal de voler le pain d'une autre détenue. Ça revient à abréger sa vie. Il fallait être sévère avec le mal, encore plus que dans la vie normale.

Q. : Quel sens moral subitement ! C'est émouvant. Ce n'était pas ta façon d'agir en tant que quoi ? Responsable du block 9 ?

R. : J'ai déjà répondu à cette question. Je n'ai rien à ajouter. Tu peux m'arrêter, tu peux me mettre en prison, je n'y resterai pas de toute façon.

Q. : Ah oui, pourquoi ? Parce qu'il n'existe pas assez de preuves, tu crois ? Ça va se tasser ? Et tu vas passer entre les mailles du filet ?

R. : Parce que je n'ai commis aucune faute de conscience malgré toutes les souffrances et le malheur qu'il m'a été donné de vivre à Ravensbrück. Je vais te dire une dernière chose, Judith, écoute bien, tes cheveux vont se dresser sur ta tête. Parfois, lorsque les prisonnières se défendaient avant d'être fusillées, l'Oberscharführer Moll les jetait vivantes au feu dans les fosses communes. Une fois, pour s'amuser, il m'a ordonné de chanter et de sauter au-dessus des corps en train de brûler. Alors à côté de ça, tu vois, tu n'es qu'un petit cauchemar. Tu n'existes pas.

Après lecture faite par elle-même du présent interrogatoire, la nommée Rosenthal Magda refuse de signer le présent interrogatoire. Je l'avise de ma décision, au vu des soupçons et des indices à charge, de la déférer devant le Parquet du district de Haïfa.

Fin de l'interrogatoire.
Jeudi 21 juillet 1960 à 13 h 55.

ORDONNANCE DE MISE EN DÉTENTION PROVISOIRE

Cabinet de
Avi Weinstein
Premier Juge d'Instruction
District de Haïfa

Vu l'article 50 du Code de procédure pénale
Le 21 juillet 1960 à 20 h 45

Devant nous, Avi Weinstein, premier Juge d'Instruction au Tribunal du District de Haïfa, étant en notre cabinet, assisté de Shoshana Friedman, greffière,

Faisons comparaître la personne, assistée de son avocat Maître David Reuben. Nous lui faisons connaître expressément chacun des faits pour lesquels elle comparaît devant nous, en vertu de la commission rogatoire, la plainte déposée par Weiss Rachel en date du 25 juin 1960, ainsi que la qualification juridique de ces faits :

– Crime de collaboration avec les nazis ;
– Souffrances et mauvais traitements infligés aux détenues du camp de Ravensbrück.

Les observations de Maître David Reuben selon lesquelles la plainte déposée contre sa cliente ne contiendrait que ragots et banales diffamations sont entendues.

La nommée Rosenthal Magda nous déclare être innocente de tous les faits susmentionnés.

Nous lui notifions notre intention de la

confronter à la plaignante Rachel Weiss. Et de recueillir le témoignage, avec mandat d'amener si nécessaire, de Schreiber Ruth, ex-détenue à Ravensbrück.

Nous accédons à la demande d'un délai d'une semaine de Maître David Reuben pour préparer la défense de sa cliente.

Au vu des éléments du dossier et afin de garantir le maintien de la personne à la disposition de la justice, nous décidons d'une mise en détention provisoire de sept jours ouvrables, au terme de laquelle elle paraîtra à nouveau devant nous.

Nous invitons la personne placée en détention provisoire à relire ses déclarations telles qu'elles sont transcrites et à les signer si elle déclare y persister.

Lecture faite, la nommée Rosenthal Magda signe avec nous et la greffière.

Cabinet de
Avi Weinstein
Premier Juge d'Instruction
District de Haïfa

PROCÈS-VERBAL D'INTERROGATOIRE
DE DEUXIÈME COMPARUTION

Vu l'article 50 du Code de procédure pénale
Le 28 juillet 1960 à 10 h.

Devant nous, Avi Weinstein, premier Juge d'Instruction au Tribunal du District de Haïfa, étant en notre cabinet, assisté de Shoshana Friedman, greffière

Faisons comparaître, en présence de son conseil Maître David Reuben, la personne placée en détention provisoire à la prison de Haïfa, numéro d'écrou 27543, qui nous déclare :

R. : Je prends acte des faits qui me sont reprochés, à savoir : Collaboration avec les nazis en temps de guerre, et je souhaite m'en expliquer dans une déclaration spontanée.

Q. : Vous reconnaissez avoir collaboré avec les nazis ? Et si oui, de quelle à quelle période ?

R. : Non, je ne reconnais pas avoir « collaboré ». C'est une grave erreur d'employer le mot « collaboration », monsieur le juge. On ne collaborait pas avec les Allemands. Les Juifs étaient au monde pour qu'on les tue et, tôt ou tard, nous allions toutes y passer.

Q. : Les erreurs sont toujours possibles, mais nous savons corriger nos erreurs. Êtes-vous décidée à ne plus mentir, à nous dire enfin la vérité ?

R. : Oui. J'en ai assez. Je suis fatiguée. Je savais que si je m'en sortais, j'aurais des problèmes. J'ai préparé avec mon avocat une déclaration spontanée. Oui, j'ai bien été nommée blokova du block 9 à Ravensbrück. Oui, j'ai occupé ce poste d'octobre 1944 à avril 1945, à la libération du camp. Non, je ne pouvais pas refuser. Oui, si j'avais refusé, j'aurais signé ma propre condamnation à mort. À ma place, monsieur le juge, vous auriez refusé ?

Q. : Ce n'est pas à vous de me faire la leçon, madame Rosenthal. Mes deux grands-parents maternels sont morts gazés à Auschwitz. Parlez-moi plutôt du rôle de la blokova et des innombrables privilèges dont elle bénéficie, et des raisons pour lesquelles vous avez bénéficié de ce poste.

R. : Trois mois environ après mon arrivée au block 9, la blokalteste Lina, une mauvaise comme la gale, est morte du typhus. J'ai été choisie pour la remplacer grâce à ma connaissance de la langue allemande. Nous les blokovas, on pouvait manger à notre faim, avoir des vêtements plus chauds, disposer d'une chambre à part dans le block. On avait un brassard qui nous permettait d'aller et venir dans le camp, sans restriction. C'était bien pour faire passer les nouvelles et les informations. Mais si on se faisait prendre en faute, comme passer une lettre en douce, ou le pire : à tricher sur la liste des malades « inaptes au travail », à liquider c'est-à-dire, il nous fallait nous aussi courir sous une pluie de matraques SS. À la moindre faute, ils nous corrigeaient salement. Histoire de nous faire comprendre que nous étions nous aussi de la chair condamnée tôt ou tard à brûler dans le crématoire.

Q. : Il vous arrivait de corriger les femmes de votre block ?

R. : Je me montrais stricte avec elles. Parce que je connaissais la mort et je savais d'où elle survenait : de la saleté et du désordre. Je leur disais tous les jours : « Je veux un block où personne ne puisse venir fourrer son nez et me reprocher quoi que ce soit. Je veux un block propre, ordonné, sans cris ni bagarres. » Je me souviens d'avoir giflé une femme qui provoquait du bordel en essayant de passer en tête de la distribution de soupe. Elle m'a retourné un regard si lourd de tristesse et de désespoir, j'aurais voulu m'enfoncer sous terre de honte. Mais ce faisant, j'ai empêché les représailles pour toutes les autres. Sans un minimum de discipline, à quoi aurait ressemblé Ravensbrück ? Je n'ose l'imaginer.

Q. : Ce faisant, en maltraitant ces malheureuses prisonnières de façon impitoyable, vous cherchiez avant tout à plaire aux SS, à conserver leurs faveurs. Dites-le, vous aviez peur de perdre les privilèges tirés de votre sale besogne.

R. : Bien sûr que j'avais peur de perdre les privilèges de merde de ce camp de merde. Personne n'aurait voulu y renoncer. Personne. Je ne veux pas dire que j'étais absolument blanche, au camp personne ne l'était. Mais je sais que je faisais de mon mieux pour prolonger un peu l'existence de mon groupe. Je me montrais sévère, c'est vrai, mais dans notre intérêt à toutes.

OBSERVATION de Maître Reuben : nous savons que ma cliente s'efforçait d'aider et d'alléger les souffrances des femmes placées sous sa responsabilité, au moyen de risques non négligeables pour sa propre sauvegarde.

Q. : Vous vous montriez sévère ? Pourquoi et dans quel but ?

R. : Un jour, une révolte a éclaté devant mon block. Six ou sept cents femmes au bord de la folie. Je savais que si ça continuait, les SS allaient débarquer et tirer dans le tas. J'avais un bâton en réserve que je tenais dans ma main et j'ai été me placer devant les femmes en colère. Elles attendaient que je leur hurle dessus, mais je suis restée là, devant elles, sans dire un mot. Puis j'ai fait un pas en avant, en levant le bâton, et elles ont reculé. J'ai fait encore un pas, toujours avec le bâton levé, et elles ont encore reculé. Je leur ai dit : « Rien de bon ne va sortir de tout ça. Vous creusez votre propre tombe. Ce n'est pas moi qui vous ai amenées ici. Je n'ai pas envie d'être ici moi non plus. Mais je sais que si je vous laisse faire, ça se terminera dans un bain de sang. » Elles sont rentrées au block l'une après l'autre. Je donnais l'impression d'être si forte, un roc. Mais lorsque j'ai regagné ma chambre, je me suis mise à pleurer, à pleurer à n'en plus finir.

Q. : Vous aviez des remords, des regrets ? Votre conscience vous posait des problèmes ?

R. : Des remords, moi ? Je ne sais pas. Mais non, enfin, je n'en ai pas eu et n'en aurai jamais.

INTERVENTION de Maître Reuben : Ma cliente est sous le coup de l'émotion, monsieur le juge. Elle veut dire au contraire que l'écrasant fardeau que les bourreaux ont déposé sur ses épaules...

R. : Non, je sais ce que je dis. Monsieur le juge, ne voyez-vous pas que je suis juive ?

Q. : Je le vois bien, je le sais. Et alors ?

R. : Les six millions, vous savez ce qui leur est arrivé. Moi je voulais vivre, vivre malgré tout. Vivre. Un jour de plus, une semaine ! J'ai saisi l'étincelle de vie au fond de mon cœur et je m'y suis accrochée. Sans problème de conscience ou autre chose. Pourquoi ? D'abord, si j'avais refusé, une autre l'aurait fait en cent fois pire que moi. Et puis on se doit d'être d'abord solidaire envers soi-même. Ce n'est pas seulement naturel, c'est moral. C'est même recommandé par la religion au nom du Pikouah ha Nefesh. C'est un commandement divin comme quoi la vie humaine est tellement sacrée qu'on a le droit de tout faire pour la conserver. Et je l'ai fait. C'est tout. J'ai eu cette chance de ne pas terminer ma vie dans une chambre à gaz. Et je n'ai pas honte et je ne vous demande pas pardon. C'est tout. Je n'accepte pas de plaider coupable. Je ne suis pas un monstre. Je suis comme vous, monsieur le juge, seulement en plus malheureux. C'est tout.

INTERVENTION de Maître Reuben : J'espère, monsieur le juge, que vous tiendrez compte des aveux spontanés et touchants de ma cliente, mêlée à une tragédie qu'elle n'a pas voulue ni choisie. La femme qui se tient devant vous, comme au Jugement dernier, n'a été qu'un jouet impuissant aux mains sadiques des assassins de notre peuple et doit être traitée en conséquence. Aussi j'espère, je crois, j'attends, monsieur le juge, que vous preniez la décision qui s'impose : clore le dossier de Magda Rosenthal, détenue à Ravensbrück pendant deux longues années, et la rendre dès maintenant à la liberté de continuer de vivre en paix.

Q. : Je vous ai bien entendu, maître. Je vous ferai part de ma décision dans quelque temps.

Lecture faite, la personne persiste dans ses déclarations et signe avec nous et la greffière le présent procès-verbal.

Fin de l'audition à 12 h 55.

Cabinet de
Avi Weinstein
Premier Juge d'Instruction
District de Haïfa

PROCÈS-VERBAL D'AUDITION

Le 29 juillet 1960
11 h 30

Devant nous, Avi Weinstein, premier Juge d'Instruction au Tribunal du District de Haïfa, étant en notre cabinet, assisté de Shoshana Friedman, greffière, faisons comparaître Mlle Ruth Schreiber, à titre de témoin dans l'exécution de la commission rogatoire n° 250/11/60, affaire Rosenthal Magda.

Mlle Ruth Schreiber nous déclare :

Je suis née le 8 novembre 1927 à Bruxelles (Belgique) de Robert et Edith Schreiber. Je suis de nationalité israélienne. J'habite au 3, rue El Kébir à Haïfa. J'occupe le poste de secrétaire à mi-temps au consulat de Belgique à Haïfa. Je suis célibataire, sans enfants à charge.

J'ai été détenue au camp de Ravensbrück de décembre 1943 à avril 1945.

Q. : Êtes-vous parente, alliée ou au service de Magda Rosenthal ?

R. : Non. Nous sommes amies et nous partageons le même logement, à Haïfa, depuis notre aliyah en Israël.

Q. : Votre amitié a commencé à Ravensbrück ?

R. : Oui. C'est à Magda que je dois d'être restée en vie.

Q. : Il existe entre vous une amitié exceptionnelle. Pourtant, vous avez signifié à l'inspecteur adjoint Ron Perez que vous ne vouliez pas venir remplir une déposition en sa faveur. Le confirmez-vous ?

R. : Non pas que je ne voulais pas, mais que je ne pouvais pas à ce moment-là.

Q. : Pourquoi ?

R. : Suis-je obligée de répondre ? Il m'est difficile de parler de… tout ça. Remuer le passé ne fait que verser de l'acide sur les plaies encore vives.

Q. : À propos du passé, justement, je relève cette phrase dite lorsque l'inspecteur vous informe de l'arrestation de votre amie : « Ça fait quinze ans qu'elle vit dans l'angoisse. » Quelle angoisse ? D'être rattrapée par son passé ?

R. : Non, je ne m'en souviens pas. Je ne sais plus ce que j'ai dit ou pensé à ce moment-là, j'étais tellement bouleversée ! Sur le moment, d'ailleurs, je n'ai pas réalisé la gravité de la situation.

Q. : Non ? Mais vous avez aussitôt jugé nécessaire de charger Maître David Reuben de la défense de Magda Rosenthal.

R. : C'est un reproche ? Je n'avais pas beaucoup d'illusions en venant ici, mais je ne m'attendais pas à ce petit ton ironique et hostile. Oui, j'ai fait appel à Maître Reuben, l'avocat du consulat de Belgique, pour assurer la défense de Magda. Sa garde à vue devait être prolongée de vingt-quatre heures, comme pour un assassin, un violeur, un ennemi de l'État. Et vous, sans considération pour ce qu'elle a enduré par le passé, vous l'avez envoyée en prison.

Q. : En détention provisoire, pour les besoins de l'enquête. Mademoiselle Schreiber, je suis saisi d'une affaire criminelle, pas d'une infraction au code de la route. Dois-je vous rappeler qu'une personne suspectée de collaboration avec les nazis tombe sous la qualification judiciaire de « crime contre l'humanité » ?

R. : Au même titre qu'Adolf Eichmann, monsieur le juge ? Sous le coup de la loi israélienne de 1950 qui poursuit tant les criminels nazis que leurs collaborateurs juifs ?

Q. : Vous avez potassé le sujet, je vois, à m'en remontrer.

R. : Je me suis renseignée auprès de Maître David Reuben, voyez-vous, et je préférerais ne pas être prise pour une idiote. Donc, si j'ai bien compris cette loi, toute personne reconnue coupable de crimes contre l'humanité est passible soit de la prison à vie, soit de la peine de mort ?

Q. : Oh, la peine de mort dans notre pays, vous savez ! Mais l'enquête doit suivre son cours et qui sait ? Il est possible que le procès n'ait pas lieu.

R. : Et s'il a lieu ? Est-ce de la justice, monsieur le juge, d'appliquer la même procédure à un Eichmann, le maître d'œuvre de la Solution finale, et à une déportée, une victime, un être humain guidé par l'instinct de conservation ? Je ne sais pas. Votre savoir est mieux fondé que mon ignorance, mais cette loi qui efface la distinction entre les bourreaux et leurs victimes me paraît injuste, méchante et parfaitement perverse.

Q. : Mademoiselle Schreiber, je ne vous ai pas convoquée pour discuter de l'esprit des lois. Nous sommes un État de droit où les lois sont respectées. Quant à l'instinct de conservation, aucune abominable situation ne peut justifier que l'on tue autrui pour sauver sa propre peau.

R. : Magda n'a jamais tué personne, au contraire.

Q. : Non ? Pourtant une kapo avait, de l'aveu même de votre amie, droit de vie et de mort sur les prisonnières. Qu'avez-vous à dire ? Je vous écoute.

R. : Vous n'écoutez que ce qui vous arrange. Vous persistez, comme presque tout le monde, à coller l'étiquette « kapo » aux différentes catégories de l'échelle hiérarchique du camp. La blokova, voyez-vous, occupait le bas de cette échelle. Quelques-unes étaient des canailles et d'autres, au contraire, utilisaient leur pouvoir, tout relatif, pour améliorer la condition des détenues et augmenter leurs chances de survie.

Q. : Comme Magda justement ? Qu'a-t-elle fait pour obtenir ce poste ?

R. : Un mois environ après mon transfert au block 9, la blokalteste Lina, une asociale autrichienne brutale et bornée, est morte du typhus. Magda a été choisie pour la remplacer grâce à sa connaissance de la langue allemande.

Q. : Vous confirmez définitivement que Magda Rosenthal a occupé la fonction de blokova à Ravensbrück ? De quelle à quelle date ?

R. : C'est une fonction privilégiée, qui vous assure certains avantages matériels d'un côté mais dangereuse aussi, terriblement, si le Dieu allemand estime que vous avez manqué de sévérité. Au camp, il ne fallait pas se montrer bonne, compatissante, solidaire. Vous pouviez le payer de votre vie. Magda a accepté sans l'ombre d'une hésitation. À sa place, j'aurais fait de même. Qui serait prêt à renoncer à une chance même minime de survivre ? Refuser aurait été stupide. Personne au monde n'aurait refusé.

Q. : En quoi consiste exactement la fonction de blokova ?

R. : Faire régner la discipline dans le block. Relever la liste des malades. Distribuer la soupe. Gérer les conflits entre les prisonnières.

Q. : Portait-elle un uniforme ? Était-elle armée ? Lui arrivait-il de battre les prisonnières ?

R. : Elle était autoritaire mais son petit pouvoir tout relatif, elle l'utilisait intelligemment, avec parcimonie. Elle n'était jamais méchante. Il lui arrivait de donner des gifles si l'une d'entre nous commettait une faute ou causait du désordre susceptible d'attirer des sanctions au block tout entier. Elle nous frappait de temps en temps, c'est vrai, mais c'était dans notre intérêt en somme, pour nous épargner les châtiments autrement sévères de la kapo ou de la surveillante SS.

Q. : Pour ces mêmes raisons, je cite un passage de la lettre de la plaignante, Mme Rachel Weiss : « Elle frappait les détenues dans leur

sommeil pour les tirer plus vite du lit. »
Elle aimait ça, elle y prenait du plaisir ?

R. : Mais en aucun cas. Absolument pas. Magda avait un sens aigu de la discipline, de l'ordre. N'était-ce pas le seul moyen de satisfaire les exigences des Allemands ? En se conformant à leurs directives, elle les empêchait d'intervenir, de « mettre le nez dans nos affaires », disait-elle. Magda aimait rouler « ces idiots de Boches » et ne s'en privait pas. Chaque fois qu'elle en avait l'occasion, elle nous aidait à organiser (voler ou troquer au marché noir) des pommes de terre, de la margarine, un morceau de savon noir ou du rouge à lèvres, eh oui ! du rouge à lèvres, pourquoi souriez-vous ? Cultiver son apparence, se maintenir aussi propre que possible, paraître en bonne santé, c'était essentiel pour échapper aux sélections. Une fois, elle avait réussi à chiper dans la cuisine du camp deux chaudrons de panade au lard. Nous eûmes droit à un véritable festin, ce soir-là : deux chaudrons de panade, de cinquante litres chacun. Ce qui n'a pas empêché la fringale de nous mordre quelques heures plus tard. Magda prenait de grands risques parfois, pour nous adoucir l'existence. Elle nous autorisait à nous allonger sur les couchettes avant l'appel du soir, ce qui était strictement interdit et puni, si on nous prenait sur le fait. Magda postait une détenue à l'entrée de la baraque et, à la première alerte, si une surveillante approchait, elle nous faisait rapidement aligner debout devant notre couchette. Une fois, elle a été punie de vingt-cinq coups de bâton à cause de moi, pour avoir porté une lettre à ma mère qui se trouvait au Revier (infirmerie). Elle prenait des risques terribles, comme je vous l'ai dit, des risques qui pouvaient lui coûter la perte de ses privilèges et ainsi la faire retomber dans la masse affamée et exténuée dont elle avait la garde.

Q. : Pourquoi agissait-elle ainsi contre son propre intérêt ? Par pure solidarité juive, mademoiselle Schreiber, ou pour plus tard, pour se couvrir à l'heure des règlements de comptes ?

R. : Nous n'avions pas de « plus tard » à Ravensbrück, monsieur le juge, et j'aimerais ne pas être interrompue. Magda m'a sauvé la vie. Elle m'a nourrie, elle m'a protégée, elle m'a abritée sous son aile. Elle me soutenait pendant l'appel, elle me guidait pendant le trajet qui menait aux lieux de travail. Et quand un SS tournait son regard vers moi, elle me chuchotait : « Prends ta pelle, Ruthie, fais semblant de travailler. » Elle ne supportait pas qu'on se laisse aller à l'hébétude ou à l'apathie, les antichambres de la mort. Pour nous sortir de la tristesse du quotidien, elle nous incitait à réciter des poèmes ou à parler des livres que nous avions lus ou des pièces de théâtre que nous avions vues. Je l'entends encore nous dire : « Faites de la gymnastique cérébrale, c'est bon pour la santé. » Je ne veux pas dire qu'elle était absolument irréprochable, personne ne l'était au camp. Les privilèges dont elle bénéficiait ne lui causaient aucun remords. Mais elle se rendait compte qu'autour d'elle l'enfer se déchaînait, que le mal triomphait et qu'il fallait s'y opposer, dans la mesure du possible dans ce « cimetière gelé, cet antre obscur où la souffrance des damnés d'elle-même n'aura pas pitié ».

Q. : C'est de la poésie, vous êtes poète ?

R. : C'est un poème de Mandelstam, mort dans les camps de Staline.

Q. : C'était un Juif ?

R. : Elle m'a donné cette chose stupéfiante en enfer : la caresse de la chaleur humaine. Qu'allez-vous décider, monsieur le juge ? Vous allez la remettre en liberté ?

R. : Merci, mademoiselle Schreiber. Je n'ai plus de questions à vous poser.

Lecture faite, la citée pour témoin persiste dans ses déclarations et signe avec nous et la greffière le présent procès-verbal.

Fin de l'audition à 13 h 10.

Lola rangea les feuillets photocopiés dans le dossier à lacets. Puis elle resta assise, pétrifiée par le poids qu'elle avait sur les genoux. Sous le choc. Sonnée. Même croyant savoir des choses sur l'horreur des camps, son cerveau n'arrivait pas à encaisser le mal sous toutes ses formes.

Elle alla à la fenêtre. La bouffée d'air frais attendue ne vint pas. 4 heures du matin, peut-être. Il ne faisait ni nuit ni jour. Des insectes bruissaient, scintillants sous l'éclat de la lune. Levant les yeux, Lola se protégea de la main contre la noire clarté de l'ancienne vie de tante Magda. Si seulement on pouvait tout effacer d'un trait définitif, tout oublier mon Dieu, faire comme s'il n'y avait rien eu de grave, de monstrueux peut-être, d'écrit noir sur blanc dans le dossier à lacets. Qui es-tu, tante Magda, qui es-tu vraiment ? Il y avait comme une coupure entre la ronde, la bienveillante Magda de Wadi Salib et celle qui, à Ravensbrück, levait son bâton sur des femmes n'attendant plus que la mort. Les deux s'annulaient réciproquement. Comment raccorder la grande bonté de l'une et la cruauté encore plus grande de l'autre ?

Quand elle était petite fille, il y avait eu un crime chez les Sultan, les voisins de palier. Karima, la bonne à leur service depuis une dizaine d'années, les enfants l'adoraient, avait tué leur petit chien, une boule de poils blancs frisés, mignon comme tout. Karima l'avait découpé en morceaux avec le hachoir à viande. Puis, dans sa crise de folie ou de haine inexplicable, elle avait enfoui les morceaux saignants dans le panier à linge sale.

Mais tante Magda n'avait tué personne. En aucun cas. Absolument pas, jamais, d'après le témoignage de Ruthie. Digne de foi. Échapper à la mort ne veut pas dire qu'on a participé au meurtre de ses semblables. Au contraire. Confrontée au pire, tante Magda avait aidé, soutenu, protégé, sauvé des vies humaines. Et la sienne avant tout. Mais quoi qu'elle eût fait, elle avait bien fait. Car… Comment avait-elle dit au juge ? Une phrase de la Bible : « La vie humaine est un don tellement précieux qu'on a le droit de tout faire pour la conserver. » C'est beau, se dit Lola, et c'est juste. Le juge pensait de même puisqu'il avait décidé de rendre à tante Magda sa liberté.

Lola prit le dossier à lacets. Elle traversa le salon d'une haleine, franchit le vestibule, s'engouffra dans la cage d'escalier, pénétra dans la chambre de son frère et fonça sur lui à la manière d'une décharge électrique.

Engourdi de sommeil et maussade, Solly feuilleta le dossier sans entrain. D'abord il peinait à lire l'hébreu et ça le vexait, bien qu'il ne l'avouât pas. Et puis à quoi bon ? Toutes ces histoires horribles, la guerre, les camps étaient révolus depuis des siècles. Il ne se sentait pas concerné. Ah oui ? Elle se mit à l'enguirlander : « Tu t'en fous ? Toutes ces atrocités, ces souffrances, ces corps martyrisés, ça te laisse indifférent ? » Totalement. Et il ne voulait pas écouter des explications.

« Fous-moi la paix. Il est quelle heure ? Je commence tôt, moi. »

Il alluma une cigarette, aspira, souffla la fumée et la balaya d'un revers de la main. Sa main tremblait. Alors elle comprit. Cette indifférence exagérée n'était pas un sentiment mais une décision. Une armure pour se protéger contre les douleurs passées et à venir. Son petit frère ! Solly jouait à l'homme fort mais en réalité il était très fragile.

Un instant, elle resta penchée sur lui et des lèvres lui effleura le front. Elle se leva : « Je vais te préparer ton petit déj, tu veux une omelette ? Bon. Et une salade de tomates ? »

Elle récupéra le dossier à lacets. Puis dans une flambée d'allégresse – « Tante Magda va revenir sous peu et elle restera avec moi ! » –, elle sortit de la chambre et, légère, descendit quatre à quatre les marches de l'escalier.

5

Le juge tint la promesse faite à l'avocat. Il classa l'affaire et décréta la remise en liberté de tante Magda. Cependant, par méchant calcul, il fixa la date de sa sortie au 20 septembre, soit au terme exact de son troisième mois de punition.

Ce jour-là, Ruthie quitta la maison de bonne heure afin de se trouver à l'ouverture des portes de la prison, prévue entre 9 et 10 heures du matin.

La chambre de tante Magda sentait la poussière et l'humidité, à cause des volets tenus fermés en son absence. En laissant entrer le soleil, Lola vit qu'un chat était perché sur l'appui de la fenêtre. Un beau matou avec un petit nez retroussé, et les pointes des moustaches relevées légèrement dans une espèce de sourire. Voulait-il lui aussi souhaiter la bienvenue à tante Magda ? Il cligna ses yeux d'or et fit le gros dos quand elle le caressa.

Elle entreprit de nettoyer la pièce de fond en comble. Elle changea les draps, épousseta les meubles, roula contre un mur le tapis d'un bleu fané, balaya le plancher, aligna sur la coiffeuse la boîte à bijoux, la trousse aux bigoudis, les pots de crème de beauté, les crayons et les fards à paupières, les multiples rouges à lèvres flamboyants, le joli flacon Femme de Rochas au lourd parfum poivré. Elle lava à l'alcool de ménage la glace de la coiffeuse. Et au chiffon en fit disparaître les traces de doigts. Et voilà que, derrière elle, tante Magda s'examinait devant la glace, roulait des hanches, soulevait ses seins, les faisait dansoter de droite à gauche et, inquiète, demandait : « Comment tu me trouves, Lola ? Je suis encore bien ? » Lola fit oui de la tête. Elle se pencha vers la glace et le reflet de son visage apparut, souriant, près de celui de tante Magda.

Il était neuf heures moins le quart lorsque l'attente commença.

Assise avec un livre sur le seuil de la maison, Lola examinait l'horizon d'un jaune pâle et, au-delà de la ligne irrégulière des maisons, le bleu profond, infini de la baie de Haïfa. De l'autre côté du figuier, Renée Sandok, un foulard blanc autour des cheveux, rassemblait les jouets épars de ses petits. Elle se redressa, une main derrière le dos pour assurer son équilibre.

— C'est aujourd'hui qu'elle sort ? lança-t-elle, Mabrouk. Je le savais, remarque, je savais qu'elle s'en sortirait. Ce qu'on peut pas dire de tout le monde, ah ça non ! Chacun son mazal dans la vie, le mien est sorti noir comme le charbon.

Lola détourna la tête juste assez pour ne plus voir, pour ne plus entendre les jérémiades sempiternelles de la voisine. L'image s'offrit à elle d'une maison où les plus proches voisins seraient à cent kilomètres… Pourvu qu'elle s'en aille, mon Dieu faites-la rentrer chez elle avant que tante Magda n'apparaisse !

— Ce qui est certain, dit Mme Renée d'une voix sifflante, c'est qu'il va lui falloir du repos avant de se remettre au travail. S'ils la reprennent après tout ce tintouin. J'ai fait du gâteau au chocolat. Viens chercher un morceau pour ta tante !

— Merci, merci madame Renée, c'est gentil mais j'ai déjà préparé plein de bonnes choses pour le déjeuner.

Lola plongea le nez dans son livre, de façon à décourager une nouvelle intrusion fielleuse ou bien intentionnée dans leurs histoires de famille.

Beaucoup plus tard.

Lola sentait ses paupières se fermer de fatigue lorsqu'un taxi s'arrêta devant la cour. Ruthie en descendit la première avec une petite valise. Lola s'élança pour accueillir tante Magda. Elle l'embrassa avec une tendresse furieuse, et plusieurs fois. Cependant tante Magda ne réagissait pas, morne, les bras ballants, comme si ces retrouvailles n'étaient pas les siennes. Elle n'avait pas l'air de reconnaître Lola, ni sa cour, ni sa maison, ni ce monde trop cruel à son égard. Que lui avait-on fait subir en prison ? Son visage était creusé de rides qu'on ne lui connaissait pas encore. Elle avait la peau grise, vraiment, d'un gris chair de fer. Et ses cheveux, mon Dieu, ses beaux cheveux roux étaient devenus d'un blanc mêlé de gris avec çà et là sur le crâne des raies nues de couleur rose.

Vieillie comme ce n'est pas possible en trois mois seulement. Et cette difficulté à mettre un pas devant l'autre. Et Mme Renée qui était à l'épier devant sa fenêtre soupçonneuse. Et d'autres fenêtres qui s'ouvraient de chaque côté de la rue El Kébir. Soudain, comme les gamins Sandok accouraient, tante Magda eut un brusque mouvement de recul, telle une ombre qui a peur d'elle-même. Lola chassa les gamins. « Ils sont contents de vous revoir, tante Magda, c'est tout. Tout va bien ! » Elle lui prit le bras et doucement la fit entrer dans la maison, la sienne, parmi toutes ces maisons menaçantes.

L'horloge sonnait midi.

Tante Magda ne désirait rien de ce qu'on lui proposait pour se désaltérer ou se restaurer. Son unique désir était de dormir, dormir, dormir jusqu'à la fin des temps, je suis désolée, excusez-moi.

Ruthie lui dit qu'elle n'avait pas à s'excuser, de rien du tout. Elle la conduisit à sa chambre et Lola alla lui préparer un bain.

À deux, elles l'installèrent dans la baignoire. Tellement amaigrie, de dix kilos au moins, et pourtant gonflée de partout. Elle gisait là, l'eau tiède à mi-poitrine, la peau sous ses yeux était grisâtre, et ses yeux avaient perdu leur vivacité. Mais le plus bouleversant, quand Ruthie la mit debout, fut de voir qu'à la différence de ses cheveux blanchis, les bouclettes de son sexe étaient d'une noirceur stupéfiante. Ruthie l'empoigna par la taille afin que Lola pût lui laver le dos, les aisselles, le ventre et passer le gant entre ses cuisses. Elle se laissait faire, docile, obéissante, cassée. C'était à n'y pas croire : cette forte femme, coléreuse et enjouée, réduite à une marionnette disloquée !

Ramenée dans sa chambre, tante Magda fut mise au lit, en chemise de nuit. Ruthie lui peigna les cheveux devant un petit miroir en forme de cœur. Lola ferma les volets et elles la laissèrent allongée sur le dos dans la lumière feutrée de la lampe de chevet, avec une carafe d'eau à portée de main. Et la porte entrouverte au cas où elle aurait besoin de réconfort. Ensuite, Lola s'en alla nettoyer la salle de bains.

Tante Magda avait dû s'engloutir dans un profond sommeil. Chaque fois que Lola revenait jeter un coup d'œil par la porte, elle la retrouvait dans la même position qu'auparavant. Sur le dos, inerte, et sa tête soudain chenue semblait posée par erreur sur les larges formes du corps moulé dans le drap. Mais enfin, et au moins, son visage ne portait plus trace de souffrance.

Ainsi commença le premier jour de liberté de tante Magda. Elle dormit d'un sommeil sans limites. Le jour suivant de même. Elle ne mangeait pas, ne parlait pas, buvait quelques gorgées d'eau et sombrait dans son ivresse de sommeil.

Ruthie n'avait aucun doute sur la gravité de son état. Magda souffrait de dépression nerveuse. Quoi ? L'apathie, la tristesse, le découragement, la perte du goût et de l'envie de vivre. Oui, bon, Lola savait comment se manifestait une dépression, là n'était pas la question. Elle comprenait les effets de la maladie mais pas la cause. Pourquoi ?

La solide, la rayonnante survivante des pires supplices jamais infligés à un être humain, mois après mois et année après année, pourquoi n'avait-elle pas supporté ses trois petits mois de détention ? Ce sont des choses qui arrivent, dit Ruthie. Il arrive parfois qu'une goutte d'eau fasse déborder le vase. Elle lui raconta une histoire.

Un homme, rescapé d'Auschwitz, qui tentait de grimper dans un bus bondé, avait été injurié et molesté par le chauffeur. Rentré chez lui, l'homme avait calfeutré soigneusement portes et fenêtres, ouvert grand le gaz et fourré sa tête dans le four.

Cette histoire, naturellement, terrifia Lola : « Tante Magda ne va pas se suicider ? » Et elle se mit à crier « non, non, non ! » comme une fillette hystérique. Ruthie lui ordonna d'arrêter ses simagrées. Elle carra la tête de Lola sur son épaule maigrelette : « De quoi as-tu peur ? Tu n'es pas seule, je suis là pour m'occuper de Magda. On va la requinquer, voyons, on va faire le nécessaire ! » Et bien qu'elle l'eût repoussée ensuite, avec sa rudesse et son masque de froideur habituels, Lola n'arrêta plus de penser à ce que cachent les gens qui gardent le contrôle de leur visage. En vérité, la dépression de Magda l'angoissait et la faisait souffrir autant que Lola en souffrait. Et cette épreuve les unissait toutes deux comme les membres d'une famille tombée dans le malheur.

Ruthie décida d'emmener tante Magda consulter un médecin.

Il lui prescrivit des tas de médicaments pour les

fous, ainsi que des vitamines et un congé maladie de deux mois, lui garantissant son salaire au bureau de poste.

Le traitement se révéla impuissant ou alors trop efficace. Deux semaines entières, tante Magda demeura dans une sorte de torpeur, insensible à tout ce qui l'entourait. Un chagrin l'envahissait parfois dans son sommeil. Des larmes dont elle n'avait pas conscience lui traînaient le long des joues. Et quand elle se réveillait, oppressée par un cauchemar, c'étaient des pleurs d'orpheline perdue qui lui échappaient.

Sur ces entrefaites, arriva la lettre trimestrielle de l'oncle Maurice, assortie du même malheureux billet de vingt dollars. Mais cette fois sa teneur intéressa vivement Solly.

New York, 2 octobre 1960

Mes chers neveux,

J'espère que la présente vous trouvera en bonne santé. Rosette vous envoie son bonjour afin que vous sachiez qu'elle pense à vous.

Chez nous, grâce à Dieu, tout va bien. J'ai eu un problème avec l'enseigne du magasin, emportée par une pluie incroyable, un vrai déluge. Heureusement, parce que je n'avais pas d'assurance, elle n'est tombée sur la tête de personne. À part ça, je n'ai pas à me plaindre. Ma situation financière progresse, comme je vous l'ai déjà écrit, malgré la concurrence terrible entre les commerçants de Brooklyn. Enfin, avec du zèle et du courage, chacun peut faire son chemin. La seule question est : pourquoi n'avons-nous pas émigré plus tôt en Amérique ?

Votre tante Rosette a arrêté de m'aider au magasin. Son bébé va naître le mois prochain. Fille ou garçon, ce sera le premier à naître « américain pur sucre ». Nous allons déménager pour beaucoup plus grand. J'ai réussi à louer à Brooklyn, pas loin du magasin, une maison à deux étages toute meublée.

Ceci, mes chers neveux, pour aller droit au but de ma lettre. Vous ne devinez pas ? C'est au sujet de la promesse donnée sur la tombe de vos chers parents, qu'ils reposent en paix.

Voilà, c'est fait ! La semaine dernière, je me suis rendu à l'Immigration Service pour vous obtenir le visa d'entrée aux États-Unis. En échange de la garantie d'hébergement que j'ai remplie, sans problème grâce à Dieu (la maison est grande et pas trop chère à la location à cause des travaux d'électricité, de plomberie, de peinture et ainsi de suite). Un dossier existe à votre nom et juste le temps de réunir les papiers et l'argent nécessaire pour l'entrée en Amérique (5 000 dollars à peu près), je vous enverrai deux billets pour la traversée, avec l'aide de Dieu. Envoyez-moi une photocopie de vos deux passeports et des photos d'identité. Je vous enverrai alors le formulaire de demande d'immigration à me retourner (à condition que vous ne soyez ni communistes, ni futurs assassins du président Eisenhower !). Je plaisante mais it's not a joke in America !

J'ai toute confiance pour vous, mes chers neveux, dans un proche avenir. Pour commencer, Solly, tu pourras me donner un coup de main au magasin. Quant à Lola, dis-lui qu'elle aura sa chambre à elle, avec tous les livres qu'elle voudra !

Je termine en disant que nous sommes heureux, votre tante et moi, de votre prochaine arrivée à la maison, je l'espère. Nous formerons une grande famille heureuse, avec la main de Dieu posée sur nos têtes.

Mes cordiales salutations à Mmes Magda et Ruthie, également de la part de mon épouse.

See you soon.

Votre oncle Maurice

P.S. Ma nouvelle adresse : Maurice Toledano
205 34th Street
New York Brooklyn

Solly relut la lettre, au comble de l'excitation, et Lola rapprocha sa chaise pour s'assurer qu'elle ne rêvait pas.

L'invitation en Amérique les prenait par surprise. Jamais en fait, depuis la grande séparation d'avec la famille, ils ne s'étaient attendus à aucune sorte d'aide venue des oncles, des tantes et des cousins dispersés aux quatre coins du monde. Sauf, bien sûr, le petit billet de vingt dollars dont se fendait l'oncle Maurice de temps en temps. Une aumône qui amenait Solly, humilié, à concevoir une antipathie spéciale envers le seul oncle pourtant à demander de leurs nouvelles. La passion de son ressentiment intact au bout de deux années ne laissait pas d'étonner Lola. Car ne pas oublier, ne pas pardonner, c'est une blessure au cœur et des illusions peut-être auxquelles on ne veut pas renoncer. Solly croyait encore et malgré tout aux liens sacrés de la famille. Par contre, Lola, qui avait tourné la page, point final, n'était pas le moins du monde retournée par la proposition de l'oncle Maurice. Mais quelque chose dans l'attitude de Solly l'inquiétait. Son sérieux, cette interrogation éperdue dans ses yeux qui allaient de la lettre à Lola, sans paraître la voir, comme s'il poursuivait un rêve vague et impossible. Comme si, rêvant de cow-boys et de gangsters de cinéma, les seuls films qu'il aimait, il songeait aux aventures merveilleuses qui l'attendaient en Amérique. Un silence tendu s'installa. Des mouches vrombissaient. Un papillon égaré secoua la poussière de ses ailes sous le lustre de la cuisine. Solly gardait les yeux rivés à la lettre.

— À quoi penses-tu ? Alors écoute-moi bien, Solly, et regarde-moi surtout. C'est non. Tu peux monter au ciel et redescendre, je n'ai pas l'intention de quitter tante Magda, pas en ce moment.

— Non. Ce n'est pas possible. Mais tu ne crois pas qu'il faudrait au moins…

— Je ne crois rien du tout. Et puis d'abord c'est quoi ce retour de sentiment de l'oncle ? Tu trouves ça normal, toi ? Qu'il veuille nous faire venir juste maintenant, ça ne te paraît pas suspect ? Juste quand la tante Rosette accouche et qu'il a besoin de quelqu'un au magasin. Et moi je ferai quoi pendant ce temps dans cette belle chambre pleine de livres, tu parles ! Je vais devoir m'occuper du bébé, quelle horreur ! Je déteste, j'exècre, j'abomine les bébés.

— C'est nouveau, ça !

— Précisément. Je ne me vois pas bonne d'enfant. Et toi, tu as envie de passer ta vie à balayer le magasin « Tout à un dollar » ?

— C'est pas non plus pire que bosser pour le volailler.

— Mais tu ne comprends pas que l'oncle Maurice a machiné tout un plan à son avantage ! Il te fera travailler comme un esclave, mon vieux, un nègre du coton. Quant au salaire, mon petit Solly, tu attendras la semaine des quatre jeudis. Tu sais comme il est près de son argent, non ?

— Ouais, m'en fous. Ses vingt dollars, il peut se les mettre au cul. Ce que je comprends pas, c'est pourquoi tu t'énerves comme ça. T'as pas à t'en faire, je suis d'accord, Lola, tu pêches un convaincu.

— Prê-cher pas pê-cher. Je pêche à la ligne et je prêche un ignorant absolu. Bon, alors c'est sûr ? Tu ne vas pas changer d'avis ?

— Mais non, parole d'honneur ! D'ailleurs on n'a même pas de passeport.

— C'est la seule raison ? Le passeport ? Tu sais quoi, Solly ? Tu me déçois, tu me déçois terriblement.

— Je suis pas comme toi, moi ! J'ai pas besoin

de me trouver une famille, ma famille c'est toi et moi.

Du coup, elle le couvrit d'injures. Il n'était qu'un ingrat, un égoïste, un opportuniste, un atrophié du sentiment, et autres termes dépourvus de sens pour lui et si criants d'injustice qu'il bondit de sa chaise et son bras brusquement s'abattit sur la tête de Lola. Elle hurla, il ne connaissait pas sa force ! Elle lui lança son verre de limonade à la figure. Ils s'attrapèrent par le cou, les bras, les cheveux, s'agitant, hurlant, se mordant partout où ils pouvaient et se roulant par terre, morts de rire. Ils ne s'aperçurent pas que, sur ces entrefaites, Ruthie venait d'apparaître sur le seuil de la cuisine. Elle entra, vêtue d'un peignoir de bain, une serviette nouée autour de la tête. Elle leur jeta un regard noir, circulaire, redressa une chaise pattes en l'air, dit : « Qu'est-ce que c'est, cette foire ? » Et tandis qu'ils se relevaient, ébouriffés et honteux, elle alla se remplir un verre d'eau au robinet. Lola la pria de bien vouloir excuser le balagan : « Nous n'avons pas dérangé tante Magda, j'espère ! » Ruthie répondit de façon cinglante qu'il fallait apprendre à se conduire en adultes. Lola entreprit d'expliquer la raison du vacarme, « à cause de la lettre, là, sur la table ! », mais Ruthie l'arrêta d'un geste voulant dire : « Ce sont vos affaires après tout, en quoi ça me regarde ? » Néanmoins, un sourire lui découvrit les dents du haut et la pointe de celles du bas. Elle sortit de la cuisine. Lola alors se sentit transportée de joie. Ruthie ne voulait pas entendre parler de leur affaire parce qu'en réalité elle en savait assez long là-dessus. Elle les avait écoutés en catimini discuter et se quereller au sujet du départ à Brooklyn chez l'oncle Maurice. Elle était contente et émue aussi, sans aucun doute, du choix qu'ils avaient fait entre la famille du sang et la famille du cœur.

6

Au fur et à mesure que l'automne avançait, la santé de tante Magda semblait s'améliorer. Son visage n'avait plus la couleur peau de souris morte. Quand la mélancolie la rejetait dans des soupirs et des pleurs, Lola l'enroulait dans ses bras, la berçait jusqu'au moment où son corps se détendait dans une somnolence béate, provoquée, entre autres choses, par la dose de tranquillisants capable d'assommer un éléphant. Lola, hantée par le suicide au gaz du survivant d'Auschwitz, conservait la crainte que, profitant d'un moment d'inattention, tante Magda n'avalât d'une traite ses médicaments. Aussi s'était-elle mise d'accord avec Ruthie pour qu'elles veillent à tour de rôle sur leur malade. Laquelle les confondait parfois avec les spectres de ses rêves habités peut-être de flics, de mouchards, de gardiens de prison. Une fois sortie de ses hallucinations, elle s'excusait d'une voix timide et humble de tout le mal qu'on se donnait pour elle. Alors, sa profusion de remerciements, sa gratitude larmoyante, débile, ne faisaient que désoler Lola. Elle avait tellement changé ! Jamais plus elle ne serait, comme auparavant, le pilier et l'âme de la maison !

Mais peu à peu les épisodes de dépression s'espacèrent. Maintenant, elle trouvait la force de se lever et de procéder toute seule à sa toilette. Elle écoutait la radio déménagée à sa demande de la cuisine à sa chambre. De temps à autre, elle tendait la main vers le plateau posé sur la table de chevet et, encouragée par Lola, s'efforçait de réapprendre à manger. Et bien qu'elle gardât encore le lit, ses membres robustes par nature reprenaient de la tonicité et la malsaine patine grise disparut tout à fait de son teint.

On entrait en convalescence.

Un jour, tante Magda se planta devant la glace de sa coiffeuse, se regarda, et son expression fut celle d'une femme qui refuse d'admettre la surprise. Sa crinière bicolore lui faisait horreur, ça sautait aux yeux. Lola lui proposa de l'emmener chez le coiffeur, voire de lui acheter un shampooing colorant en roux bien sûr. Sans succès. Elle ne voulait rien entendre à ce propos. Bon. Mais la graine était plantée. La façon dont elle se mit à brosser les cheveux de sa détestation, à les aplatir sur le crâne, les ramener en arrière, et y planter deux petits peignes incrustés de strass, témoignait d'un retour certain de la coquetterie.

On s'acheminait vers la guérison.

L'automne s'attardait, inondé de la chaude lumière de l'été. On entendait les criquets qui chantaient leur dernière chanson dans les feuilles du vieux figuier. Les figues pendaient encore aux branches, lourdes et éclatées, et adoucissant le monde de leur odeur sucrée. Tante Magda s'asseyait dans un coin ensoleillé de la cuisine et humait les senteurs des plats que Lola lui mitonnait. Elle restait là des heures entières, désœuvrée – elle dont les mains ne cessaient autrefois de s'activer –, l'esprit vide et la parole absente, sans demande ni désir, sauf de retourner se coucher. Elle dormait encore beaucoup trop. Elle dormait pour pouvoir se lever et se levait pour aller dormir. Autre motif d'inquiétude : elle refusait de mettre le nez dehors, ne fût-ce que dans la cour pour prendre l'air. Et la moindre visite impromptue, celle du facteur ou de Mme Renée en quête d'un peu de sel ou d'un doigt d'huile d'olive, l'affolait au point de courir se cacher dans sa chambre. Elle ne voulait pas se montrer ainsi amochée par la maladie, excusez-moi, mais la dépression ce n'est pas rien et on ne remet pas facilement en marche une machine tombée en panne d'électricité. Chacun comprenait qu'en réalité tante Magda avait peur de tout contact humain autre que ses êtres chers. Peur, après le scandale déterré de Ravensbrück, d'être jugée et condamnée par la société humaine. Et c'était avec terreur qu'elle voyait approcher ce jour où, son congé maladie écoulé, elle serait dans l'obligation de reprendre le travail à la poste de Wadi Salib. Lola avait beau affirmer : « Les gens ne sont pas si méchants et d'ailleurs ils oublient vite », la panique de tante Magda croissait maladivement. Rien qu'à évoquer la date fatidique, le 15 du mois de décembre, on avait le sentiment de la persécuter et la torturer. Ruthie se taisait par délicatesse : la quasi-totalité de leurs petites économies avait servi à payer les honoraires de l'avocat. Mais elle n'était pas tranquille. Comment boucler les fins de mois sans le salaire de tante Magda ? On tournait autour du pot. Ce fut Solly finalement qui osa crever l'abcès. En gros, le problème de tante Magda était un putain de problème. Et là, tu pouvais t'appeler Einstein, tu trouverais rien. Autrement dit, il fallait choisir entre la peste et le choléra : soit donner sa démission, soit se préparer à subir une épreuve impossible à différer.

*

Pendant ce temps, un drame se profilait à l'horizon de Wadi Salib. Un cataclysme dont les conséquences viendraient soudain libérer tante Magda du poids de ses tourments, au moins provisoirement.

Un décret promulgué par les autorités administratives de Haïfa s'affichait sur les murs du quartier. Pour cause de surpeuplement, de vétusté et d'insalubrité, Wadi Salib serait démoli de haut en bas. Ses habitants expropriés seraient relogés dans les immeubles flambant neufs situés dans des localités voisines de la ville de Haïfa.

L'ultimatum fut évidemment accueilli dans la rage et la douleur. Choqué, bouleversé mais nullement surpris, le quartier se demandait : « Mais qu'est-ce que c'est que ce nouveau bobard ? Des localités proches de Haïfa ? Tu parles ! Ce ne serait pas plutôt dans une de ces cités fantômes où le plâtre n'a pas fini de sécher ? Dans le désert du Néguev à repeupler ? Loin du monde civilisé et proche des frontières harcelées par l'ennemi arabe ? » Faut pas nous la faire, disaient les gens, on n'est pas des idiots. Il ne s'agissait pas d'une promenade de santé. Il s'agissait de représailles. D'un acte de vengeance. D'un châtiment. Les autorités rancunières étaient pressées d'écraser la poignée d'émeutiers déchaînés qui, à notre vive désapprobation, avaient semé la pagaille dans les beaux quartiers. Et du coup c'est le nid tout entier qu'ils voulaient raser. Dans leur crainte pétrie de haine raciale envers les « Hébreux noirs », comme ils nous appellent, ils veulent nous écraser, nous déraciner, nous séparer et nous éparpiller comme les oiseaux dans la tempête. Sommes-nous un peuple de trop sur la terre d'Israël ? L'humiliation était grande. Une résistance s'ébauchait. Manifester par exemple devant la maison du maire, porter plainte en justice, ameuter les journaux et la radio. Ç'aurait pu marcher, oui, si Wadi Salib n'avait pas été un tel trou dont le monde égoïste se fout pas mal, croyez-moi, il a d'autres chats à fouetter. Sandok, tout échauffé, proclamait que l'union fait la force des faibles que nous sommes. Son plan ? La forteresse de Massada. On occupe nos maisons, mes frères, on se barricade, ils peuvent venir, on ne sort pas, et même s'ils nous tirent dessus, à Dieu ne plaise, on saura se défendre ! Sandok parlait d'expérience mais celle-ci, à vrai dire, ne rencontrait pas l'écho souhaité. On n'est ni des têtes brûlées ni des va-t-en-guerre. La présence renforcée des policiers intimidait. Leurs rondes sournoises, maison après maison, pour vérifier que la tribu des Marocains ne ferait pas d'histoires ! Et ces menaces en cas de rébellion d'envoyer les bulldozers commencer le boulot ! Il y avait de quoi paniquer. S'ils venaient pendant la nuit disons, on ne pourrait même pas sauver nos maigres biens ensevelis sous les décombres. Et il y avait les enfants ! Si l'un d'eux se prenait le plafond sur la tête ? Et les vieux, les malades, les femmes enceintes, les veuves, vous y pensez ? Qui les aiderait dans leur détresse ?

La déportation (ce fut vraiment le terme utilisé en pensée par Lola) prenait effet dans quelques semaines, deux mois maximum. Les habitants de Wadi Salib, près d'un millier de personnes en comptant les enfants, étaient priés d'aller s'inscrire sur les registres tenus par la mairie de Haïfa. Laquelle promettait aux premiers enregistrés l'accession aux plus grands et beaux logements édifiés non loin de Haïfa.

On ne savait plus quoi penser, quoi faire. Comme les feuilles qui commençaient à tomber des arbres, le découragement s'était abattu sur le quartier. Et l'affliction. Et l'humiliation, de se sentir moins que des chiens à qui on ordonne « Fais ci et fais ça » ! Il n'y avait pas d'échappatoire. Ils nous ont eus, les salauds ! Une sorte d'impatience s'éveillait, maintenant que nos jours étaient comptés ici, de faire table rase du passé. De se tourner vers l'avenir avec espérance ! Car il est impossible d'entreprendre quoi que ce soit dans le pessimisme absolu. Fallait voir, quoi, fallait réfléchir à certaines contreparties financières. La prise en charge du déménagement des meubles et des personnes, soit, c'était la moindre des choses. Mais il y avait cet argument électrisant : une prime d'installation pas mirobolante mais pas négligeable non plus. Vu qu'elle se calculait non seulement par tête d'adulte mais au nombre des enfants, ce dont on manquait le moins ! Grâce à Dieu ! Cette allocation, ça permettrait de voir venir, n'est-ce pas ? Ça ne vous dirait pas d'entrer dans un chicoun tout neuf pourvu d'une salle de bains complète comme ils les font aujourd'hui ? Et si l'appartement se trouvait vraiment dans la périphérie de Haïfa, avec un balcon sur la mer ? Et s'il y avait le travail qu'ils nous ont promis, des écoles, un dispensaire gratuit, une synagogue de rite marocain, un café pour jouer aux dominos et aux échecs ? Une vie digne dans le travail et la sécurité ? Une vie qui nous rendrait tout ce dont elle nous a privés à Wadi Salib ?

*

À la Grande Maison, chacun réagissait à sa manière à l'opération dite de salubrité publique.

Solly, et ce n'était pas une surprise, crachait dessus « les bâtards de la mairie » et avec les mots de Sandok (son belliqueux mentor dont le sang s'était refroidi) il exprimait sa hâte de déguerpir « fissa de ce trou à merde ». Charmant pour celles qui l'avaient accueilli, hébergé, nourri, protégé !

Lola se désolait de la destruction du sordide et magnifique quartier. Elle se souvenait du profond chagrin que lui avait causé le départ précipité du Caire. La catastrophe se répétait. Elle avait le sentiment de perdre pour la seconde fois le pays qu'elle avait cru être le sien. Elle n'aimait pas que les choses finissent, ni qu'elles commencent d'ailleurs, mais elle aimait tellement tante Magda ! C'était à elle qu'il fallait penser en premier. De fait, le décret d'évacuation survenait à point pour lui épargner les avanies de ses voisins et la froide hostilité de ses collègues de la poste. Le sort s'inversait en sa faveur. En partant n'importe où, dans un endroit où personne ne la connaîtrait, elle en aurait fini avec tous ses ennuis. Une chance inouïe en fait que de renaître à une vie où l'on n'a plus besoin de se bourrer de calmants pour se la rendre supportable.

Et tante Magda, que disait-elle de l'exode ? Pas grand-chose, sur quoi que ce soit d'ailleurs. Sinon des propos sans rapport avec les événements… Un cafard trouvé sur son oreiller, le carreau de la cuisine brisé par un coup de vent ou une main malveillante, la bonde de la baignoire qui fuyait… Ses préoccupations se bornaient aux petits tracas domestiques et pourvu que tout fût bien propre dans la maison (et qu'il n'y entrât personne d'étranger) rien d'autre ne semblait la perturber.

La cruauté du monde extérieur et les menaces du lendemain s'étaient effacées de sa mémoire, disparues comme si des décennies s'étaient écoulées depuis sa sortie de prison. Son esprit était rivé au seul jour d'aujourd'hui. L'avenir? Elle semblait incapable de l'envisager. Que la Grande Maison s'écroule, que le quartier se vide de sa population, ne la laissait pas indifférente pourtant, pas tout à fait. Elle comprenait qu'il s'agissait d'un tremblement de terre, d'un ouragan qui allait tout détruire sur son passage. Mais quand elle en parlait (à table on ne parlait que de ça), elle ne manifestait pas plus d'émoi que quelqu'un de pas directement concerné. Serait-elle devenue une infirme du sentiment? se demandait Lola. Même à apprendre une très bonne nouvelle (à savoir la fermeture programmée des bâtiments publics, dont le bureau de poste bien entendu), elle resta distante et détachée.

À cet instant, lorsque Lola eut fini de l'informer, tante Magda se trouvait dans la salle de bains à laver ses affaires. « Ah oui? dit-elle, c'est bien. » Elle demeura courbée au-dessus du lavabo en regardant fixement ses mains dont la peau s'était amollie et fripée sous l'effet de l'eau chaude. « Comment, c'est bien? insista Lola. Mais c'est formidable, tante Magda, vous ne comprenez pas? Écoutez, il y aura d'autres bureaux pour vous, et vous pourrez aller travailler tranquille, avec de nouveaux collègues, vous comprenez? » Tante Magda s'arrêta de frotter son linge. Un silence. Elle semblait rechercher dans son cerveau quelque chose d'oublié depuis longtemps. « Oui c'est bien, on verra plus tard », dit-elle. Puis, reprenant sa lessive, elle changea de sujet : « J'me demande s'il me faudra pas des lunettes. J'y vois plus très bien de près, avec toute cette fumée, remarque, c'est peut-être la fumée ! » Son visage encore amaigri entouré de vapeur d'eau paraissait si détendu, paisible. On eût dit qu'elle flottait sur une mer de tranquillité. Et si c'étaient les médicaments ? se demandait Lola. Si c'était cette saleté de drogue dans le corps qui lui fabriquait une tête d'idiote du village ? Et la dévisageant comme si elle ne l'avait jamais vue, Lola n'arrivait pas à croire qu'on pût à ce point changer de personnalité.

Ruthie s'était elle aussi étrangement métamorphosée depuis qu'on buvait jusqu'à la lie toutes sortes de calamités. L'altière, la distante Princesse des Glaces s'était muée en quelqu'un sur qui on peut compter et s'appuyer dans la tourmente. Était-ce par devoir, pour prendre la relève de tante Magda, défaillante, qu'elle dirigeait à présent la maison promise aux démolisseurs ? Oui, c'était peut-être l'adversité qui l'avait fait descendre de sa tour d'ivoire. Mais pas seulement. Lola pensait que Ruthie était capable de tendresse maternelle. En se comportant ainsi, en responsable du sort de deux adolescents et d'une femme comme retombée en enfance, elle s'élevait à la dimension sublime d'une héroïne de roman.

Et puis quoi encore ? raillait Solly. Elle a bon

cœur finalement, voilà tout, et toi t'es qu'une fifille à sa maman.

Toujours est-il que Ruthie déployait une énergie qu'on ne lui connaissait pas pour défendre les intérêts et l'avenir des membres de sa famille, sinon la sauvegarde de leur maison. Là-dessus, il n'y avait pas d'illusions à se faire et, du reste, disait-elle, un changement d'herbage serait profitable à l'humeur et à la santé de tante Magda. Elle multipliait les démarches auprès des autorités afin d'obtenir une installation au cœur même de Haïfa, dans un quartier proche de son lieu de travail. Pour cela, elle avait demandé à son employeur, le directeur du consulat de Belgique, de lui délivrer une attestation selon laquelle il ne pouvait ni ne voulait se passer de ses services. Non seulement le directeur s'était exécuté, mais il avait poussé la bonté jusqu'à s'entretenir au téléphone avec le maire de Haïfa. Celui-ci, harcelé également par l'avocat de Ruthie, s'était récrié, le favoritisme allait contre sa morale et ses habitudes.

Si bien que, fin janvier, une lettre portant le cachet de la mairie arriva à la maison. La lettre contenait un formulaire à remplir en vue de l'attribution d'un logement à Kiryat-Yam, une localité située en bord de mer à une dizaine de kilomètres de Haïfa.

7

Février. L'hiver s'était installé, froid et sombre et pluvieux comme si la nature voulait montrer aux habitants de Wadi Salib le visage de leur désolation.

En février donc, les gens commencèrent à déménager.

Les maisons déversaient sur leur seuil un fouillis de pauvres biens, des meubles cabossés, des matelas, des landaus, des tapis roulés, des paquets de marmites attachées avec une ficelle, des réchauds à alcool, des ballots de linge, de vieilles valises bourrées à craquer. Les affaires de toute une vie en somme et elles pesaient leur poids de souffrance. Il fallait les acheminer à dos d'homme à travers les rues étroites, les descendre marche après marche le long des escaliers interminables et, parvenu à la rue principale, les déposer où se trouvait encore un coin libre sur les trottoirs et la chaussée. Ensuite, il fallait attendre dans le tumulte et le froid extrême l'arrivée de tel ou tel camion de déménagement vers telle ou telle destination. Bonne ou mauvaise ?

On ne savait pas. On espérait avoir tiré le bon numéro à la loterie du destin. Chacun sa chance alors et adieu ! On se souhaitait santé et prospérité où que l'on aille.

La famille Sandok partait s'installer à Beer-Sheva, une ville aux portes du Néguev peuplée en majorité de Juifs émigrés des pays arabes. Sandok, qui avait ravalé sa colère, affirmait avoir recueilli en confidence, de la bouche du chef de la police, une mesure favorable aux nouveaux arrivants : d'office, ceux-là bénéficieraient des terres et des maisons laissées libres par les Bédouins expulsés en 1948 de Beer-Sheva. Ce merveilleux scénario étant jugé délirant par Renée, sa pauvre femme débordée et harassée par les préparatifs d'emballage (préparatifs devant lesquels Sandok se défilait au motif qu'ils lui brisaient le cœur), elle désespérait autant de l'avenir que de son incapable de bonhomme.

Ils partirent.

Un immense silence engourdit la cour où traînaient, oubliés, ici une cuvette, une chaussette de taille moyenne trouée au talon, là une peluche de lapin amputée d'une oreille, une paire de vieilles sandales d'homme et, gracieusement suspendu à une branche basse du figuier, un léger foulard de soie blanche bordé de bleu foncé. Lola décrocha le foulard de Renée. Elle hésita un peu à l'emporter, en guise de souvenir. Un voile de poussière grise ternissait déjà le blanc de la soie imprégnée encore de l'odeur de lessive qui émanait non seulement de la mère de famille mais aussi de toute sa maisonnée. Lola aurait aimé s'envelopper la tête un instant dans l'odeur familière des voisins qu'elle ne reverrait jamais. Mais elle n'y arrivait pas. Avec sa bordure bleu foncé qui paraissait presque noire, le foulard qu'elle avait sous les yeux faisait penser à un faire-part de deuil. Alors, comme une créature vivante, elle le remit à danser, délicat et gracile, sur sa branche de figuier.

Savait-on seulement à quoi ressemblait Kiryat-Yam ?

D'après Ruthie il s'agissait d'une charmante petite localité construite en bord de mer par les pionniers des années 40, selon ce qu'ils imaginaient être le genre moderne européen.

À deux semaines d'emménager dans le nouveau logement (8e Rue, bâtiment 7, hall 2, 5e étage, chicoun numéro 55), Ruthie décida qu'il était temps d'aller y jeter un coup d'œil. Ce n'était absolument pas loin. À huit kilomètres et vingt minutes en autobus de Haïfa.

Samedi matin. Il pleuvait fort quand, jouant du parapluie, Ruthie et Lola se rendirent à la gare routière centrale.

Chemin faisant, sous une grosse pluie balayant le paysage, on ne voyait plus la mer. On devinait la voie ferrée s'étirer tout le long de la route côtière cernée par la brume de mer ou la fumée de charbon d'un train qui venait de passer. On entendait les sifflets toujours mélancoliques des locomotives.

Autant de sinistres pensées que Lola, le visage collé à la vitre, préférait garder pour elle.

Au bout du trajet, un soleil timide. On se retrouva sur une large et longue avenue asphaltée, face à la mer encore un peu en colère. À intervalles réguliers, des palmiers aux pieds protégés par des cages grillagées se haussaient de manière très décorative devant la blancheur lisse à perte de vue des façades d'immeubles. Mais en avançant, on découvrait aussi de belles maisons basses bordées d'un carré de gazon. Il devait faire bon vivre là-dedans. Impossible de le nier. Ensuite venaient des rues dessinées à angle droit, sans aucune fantaisie, alignant des constructions cubiques, propres, blanches et calmes. Des rues hygiéniques et qui se ressemblaient toutes, voilà l'ennui. On chercha la 8e Rue, en vain. Il n'y avait pas de plaques de rue, pas de gardiens d'immeuble, aucune ronde de policiers, ça ne semblait pas nécessaire. Sur les visages des rares passants en ce matin de shabbat, il n'y avait pas trace de la chaude hospitalité des habitants de Wadi Salib. On aurait pu errer encore longtemps sans le chauffeur de taxi pour qui Kiryat-Yam n'avait pas de secrets.

La 8e Rue commençait juste à exister à la limite de Kiryat-Yam. Dans un quartier informe pour le moment, sans trottoirs ni chaussées goudronnées. Des blocs de bâtiments de cinq étages montés sur pilotis avaient poussé vaille que vaille sur un terrain sablonneux où çà et là s'obstinait un olivier sauvage. Le bâtiment 7 semblait être encore en cours de construction. Des gravats gris béton jonchaient le sol du hall numéro 2. Pas d'ascenseur. Un ouvrier rencontré dans les escaliers leur souhaita des muscles et du cœur à la grimpette jusqu'au cinquième étage.

Ruthie s'était munie de la clé mais l'appartement numéro 55 était ouvert, à cause des travaux. L'entrée sentait le plâtre finissant de sécher. Une minuscule entrée aux murs nus encombrée d'une échelle et de pots de peinture. Chose surprenante, l'appartement tenait les promesses faites dans l'acte d'attribution. C'était un vrai cinq pièces. Il comportait quatre chambres assez petites. Un salon de dimensions correctes éclairé par de grandes ouvertures vitrées. Une salle de douche. Un water-closet à part. Et enfin la cuisine équipée d'un coin repas et d'un évier à deux bacs d'où coulait une eau un peu saumâtre soit, mais du moment qu'elle coulait ! Et le soleil qui entrait à flots dans chaque pièce ! Et cette vue imprenable qu'on avait au dernier étage, c'était pas mal, non !

En parcourant l'appartement, Ruthie s'animait d'une joie bien trop démonstrative pour être sincère. Car, enfin, les cloisons si minces que la pression d'un seul doigt les enfoncerait ! Les chambres grandes comme des boîtes d'allumettes ! Les plafonds si bas que l'on avait peur de s'y cogner ! Et la vue, parlons-en de la vue sur la barre bétonnée d'en face !

— Tu ne dis rien, Lola ? Pourquoi restes-tu plantée là comme une bûche ? Ce n'est pas assez bien pour toi ? Qu'est-ce que tu croyais ? Atterrir au Ritz Palace de Paris ! Estime-toi heureuse, tu entends ?

— Oui, mais je pensais simplement qu'on n'arrivera jamais à faire entrer toutes nos affaires là-dedans. Les meubles du salon, la grande table de la salle à manger, tout ça ! Et votre piano, surtout, votre piano, il ira où ?

— On verra. On fera avec ou sans, dit-elle.

Puis elle dit quelque chose d'obscur et de beau comme un poème. Elle dit : « Écoute, Lola, nous sommes livrées à nous-mêmes, à notre solitude et à notre courage. »

En redescendant, on croisa à nouveau l'ouvrier en train d'enduire de peinture blanche les murs de l'escalier.

— Vous avez vite fait, leur dit-il. Vous arrivez quand ? Dans deux semaines, mazel tov ! Ce sera fini, pas de problème ! Y a plus que la peinture à faire ! Écoutez, avec un petit supplément, je peux vous peindre le chicoun dans la jolie couleur que vous voulez.

— Fais ce que tu as à faire et rien de plus, lui dit sèchement Ruthie, et surtout dépêche-toi !

8

Les derniers jours dans la Grande Maison furent marqués par l'agitation et l'anxiété.

Il fallait résoudre les problèmes du déménagement. Ce n'était pas une mince affaire d'argumenter jusqu'à l'épuisement sur ce qu'on devait emporter ou laisser derrière soi. Avec de toute façon le sentiment qu'on était en train de tout perdre !

Alors Ruthie prit les mesures qui s'imposaient. Elle établit la liste du petit mobilier, des objets et des bagages personnels à transporter à Kiryat-Yam. Quant au piano droit, elle haussa les épaules et dit qu'elle ne savait pas si oui ou non il partirait. Lola, aidée de Solly que le remue-ménage semblait beaucoup amuser, tenta de la convaincre d'essayer quand même de le caser là-bas, ça devait pouvoir se faire. Ruthie résista un peu, on verra je ne sais pas, mais on sentait qu'elle rêvait de sauver son cher piano du naufrage de la Grande Maison.

Une fois les tâches réparties, tout le monde dut s'y mettre. Même tante Magda s'activait avec de lents mouvements et sans beaucoup d'états d'âme. Comprenait-elle qu'un chapitre de sa vie se terminait et qu'un autre débutait ? Elle rangeait ses effets personnels dans des valises et les vidait. Elle emballait des choses et les déballait à nouveau. Elle comptait les pièces de vaisselle et les recomptait avant de les empiler dans les caisses et les cartons éparpillés à la diable dans la cuisine. À part cela, faire et défaire, tante Magda semblait n'avoir aucun regret, aucune pensée pour le sacrifice de ses possessions. La commode compacte et pleine de charme pourtant. Une des deux tables de chevet. La coiffeuse devant laquelle elle avait pris tant de plaisir à se pomponner. Peut-être pensait-elle qu'au point où elle en était la coiffeuse ne lui serait plus d'aucune utilité. Peut-être aussi ne pensait-elle à rien parce que Ruthie était là pour penser à tout.

Ruthie avait planifié le déménagement dans ses moindres détails. L'opération se déroulerait en deux étapes. D'abord, un transporteur viendrait charger et décharger l'énorme quantité d'affaires, piano compris. On suivrait dans un taxi pour quatre personnes, de façon à arriver sur place en même temps que les déménageurs. Là, on pourrait compter sur l'aide de Georgie. Bientôt libéré de prison, il avait demandé une permission de trois jours avant d'être incorporé dans l'armée trois années durant. À la dernière ligne de sa lettre sur laquelle le stylo avait appuyé si fort qu'il avait troué le papier, il écrivait : « C'est vraiment chouette Kiryat-Yam, je connais, y a rien à dire ! »

La veille du départ, lorsque tout fut emballé au prix d'efforts gigantesques et prêt à être expédié, une sale petite pluie obsédante ne cessa de tomber. La pluie résonnait goutte à goutte sur les carreaux, ploc, ploc, ploc, un vrai supplice chinois, du matin au soir. En conséquence il fut impossible de rien entreposer dehors, histoire de gagner du temps le lendemain. La masse mélancolique de bagages s'étendait dans toutes les directions, on avait l'impression d'errer dans la salle d'attente d'une gare. On avait froid. On se sentait mort de fatigue. On dîna à la va-vite de n'importe quoi dans la cuisine encombrée aux trois quarts par les cartons du déménagement. Et on alla se coucher sur le coup de 21 heures afin d'être d'attaque le lendemain, 5 heures, dès l'arrivée des déménageurs.

Au milieu de la nuit, on fut réveillé par des cris d'angoisse déchirants.

C'était tante Magda sous l'emprise d'un cauchemar. Depuis son lit, elle hurlait qu'il fallait se lever tout de suite avant qu'ils n'arrivent et partir, vite vite partir avant qu'il ne soit trop tard.

À l'aube, Ruthie passa sonner le réveil de chambre en chambre. La crise de tante Magda terminée, elle ne s'en souvenait plus. Simplement, elle avait un peu mal au crâne. Comment fallait-il s'habiller aujourd'hui ? Puis, pour la énième fois, elle demanda si vraiment son Georgie serait à les attendre là-bas, à Kiryat-Yam. Rien ne pouvait lui causer de plus grande joie.

À 5 heures, un camion arriva devant la maison. Les déménageurs, au nombre de trois, se mirent aussitôt au travail. Des spécialistes. Les choses les plus lourdes, ils les transportaient à la vitesse de l'éclair malgré les flaques boueuses où les pieds s'enfonçaient. Et sans rien abîmer. Ils chargeaient à si bon train qu'en même temps qu'une petite tristesse Lola éprouvait, elle devait l'admettre, un certain soulagement. Mais le piano de Ruthie, se demandait-elle, le piano passerait-il par la porte aussi facilement ? De fait, oui, mais il traversa la cour bercé par les plaintes et les jurons des déménageurs. Le piano soi-disant ne figurait pas sur leur liste, déjà qu'ils bossaient pour trois fois rien. Ruthie resta inflexible. Sans plus tergiverser, ils enroulèrent une corde autour du piano et, avec l'aide de Solly grimpé dans la remorque, ils glissèrent les extrémités de la corde à l'intérieur du camion. Quand le piano entortillé dans de sombres couvertures s'éleva dans les airs, un cri de surprise et d'admiration échappa à Ruthie. Les déménageurs à la nuque rouge de tension observèrent une pause. Tante Magda allait de l'un à l'autre, proposant sans cesse une tasse de café. Calme et souriante dans la demi-lumière du petit matin. Après tout, ce camion si lourdement chargé de ses biens n'était peut-être qu'un banc de brume passager dans son esprit obscurci par les médicaments. À la reprise du travail, un rayon de soleil apporta un bon esprit d'équipe.

10 heures du matin.

Au moment où les déménageurs repartaient, le taxi apparut, grosse tache noire, dans la rue déserte.

La voiture portait, comme convenu, une galerie sur son toit. Le chauffeur, un ni jeune ni vieux avec une tête ronde et de petits yeux plissés par le soleil, rechigna un brin à propos des bagages et paquets à arrimer sur la galerie. Ensuite, quand il vint dans la cuisine dévastée boire le café de tante Magda, il enleva ses chaussures pour reposer ses pieds. Il mangea un reste de pain tartiné de margarine. Ruthie s'impatientait, l'heure tournait, on n'allait pas y passer la nuit.

Tante Magda fut la première à s'installer dans le taxi, auprès du chauffeur, avec un abandon confiant. Solly et Lola prirent place sur la banquette arrière. Ruthie les rejoignit après avoir claqué et fermé à clé la porte de la maison. « Éteins ça », dit-elle au chauffeur qui avait allumé son poste de radio. « Mais pourquoi, dit-il, mais qu'est-ce qu'elle a, celle-là ? » Et il se tourna vers tante Magda dont les doigts tambourinaient sur le tableau de bord, au rythme entraînant de la musique. « Parce que », répondit Ruthie, et Lola pensa, oui, rien ne sonnerait plus faux qu'un départ en fanfare.

— Allons-y, dit Ruthie, vous n'avez rien oublié les enfants, c'est sûr ? Oui ? Vous ne retrouverez plus rien demain, que dis-je ? Dès que nous aurons tourné le dos, la maison sera pillée de fond en comble.

Elle se pencha en avant et pressa l'épaule de tante Magda.

— Et toi, ma grande, ça va ? Tu as bien pris tout ce qu'il te faudra ?

Tante Magda se retourna et, inclinant d'amour sa tête vers tous les trois, serrés les uns contre les autres, elle remarqua :

— Au moins il ne pleut pas.

— Au moins tu ne pleures pas ? dit Ruthie. Mais il n'y a aucune raison de pleurer, ma grande.

— Il ne pleut pas, je disais, au moins il ne pleut pas !

— En route, dit Ruthie.

Le chauffeur démarra. Le gros véhicule avançait avec précaution dans les rues étroites qui descendaient en lacets entre les maisons vides, silencieuses, désertées. Lorsque Wadi Salib se fut éloigné loin, toujours plus loin, jusqu'à devenir un minuscule point sombre à l'arrière de la voiture, des mondes entiers étaient tombés en ruine.

À la sortie de Haïfa, un embouteillage. Le chauffeur roulait au pas. Devant lui, avançait un long convoi de camions militaires. Un agent réglait la circulation au compte-gouttes. Le taxi progressait si lentement dans l'engorgement qu'on aurait été plus vite en continuant à pied. Arrivé devant un passage à niveau, le chauffeur s'arrêta et éteignit son moteur. Le train n'en finissait pas de dérouler ses wagons. En face, la route du bord de mer était illuminée par l'éclat du soleil. La barrière du passage à niveau se leva. Le convoi militaire passa. La route se dégagea. Le chauffeur appuya à fond sur le démarreur. Le moteur rugit. Alors enfin, le taxi s'élança vers la nouvelle vie qui les attendait à Kiryat-Yam, vers le bonheur d'être ensemble à Kiryat-Yam.

REMERCIEMENTS

Je tiens à exprimer ici toute ma reconnaissance aux personnes qui m'ont apporté conseil, soutien et encouragement à écrire cette fiction basée sur des faits historiques. Je remercie Eglal Errera, Tom Segev, Annette Wievorka, Amos Gitaï, Dan Setton, Henri Leclerc, Jean-Louis Chalanset.

DU MÊME AUTEUR

Au Mercure de France

LUMIÈRE DE L'ŒIL, 1980 (Folio nº 1490)

UN BAISER FROID COMME LA LUNE, 1983

L'HÉRITAGE DE TANTE CARLOTTA, 1987 (Folio nº 2159)

DEBORAH ET LES ANGES DISSIPÉS, 1991. Prix Femina (Folio nº 2637)

LA DESCENTE AU PARADIS, 1995 (Folio nº 2922)

LES FEMMES AVEC LEUR AMOUR, 1997. Prix Liberatur (Folio nº 3274)

GILDA STAMBOULI SOUFFRE ET SE PLAINT..., 2002. Prix Europe 1. Prix Nice Baie des Anges (Folio nº 3918)

RACHEL-ROSE ET L'OFFICIER ARABE, 2006. Prix Simenon (Folio nº 4586)

KAYRO JACOBI, JUSTE AVANT L'OUBLI, 2010

Au Éditions Stock

AU MOINS, IL NE PLEUT PAS, 2015 (Folio nº 6151).

Composition : IGS-CP à L'Isle-d'Espagnac (16)
Achevé d'imprimer par Novoprint à Barcelone
le 20 mai 2016
Dépôt légal : mai 2016

ISBN : 978-2-07-046872-0/Imprimé en Espagne

294684